KB071772

막국수 연가(戀歌)

박철호 장편소설

청어

막국수 연가(戀歌)

박철호 지음

발행처·도서출판 **청어**
발행인·이영철
영 업·이동호
기 획·이용희
편 집·방세화
디자인·이해니 ｜ 이수빈
제작부장·공병한
인 쇄·두리터

등 록·1999년 5월 3일
(제321-3210000251001999000063호)

1판 1쇄 인쇄·2019년 4월 1일
1판 1쇄 발행·2019년 4월 10일

주소·서울특별시 서초구 효령로55길 45-8
대표전화·02-586-0477
팩시밀리·02-586-0478

홈페이지·www.chungeobook.com
E-mail·ppi20@hanmail.net
ISBN·979-11-5860-628-2(03810)

이 책의 저작권은 저자와 도서출판 청어에 있습니다.
무단 전재 및 복제를 금합니다.

이 도서의 국립중앙도서관 출판시도서목록(CIP)은 서지정보유통지원시스템 홈페이지
(http://seoji.nl.go.kr)와 국가자료공동목록시스템(http://www.nl.go.kr/kolisnet)에서 이용
하실 수 있습니다.(CIP제어번호: CIP2019008530)

차 례

작가의 말

메밀연구자로서 1990년부터 메밀과 인연을 맺어왔다. 그전에는 어쩌다 막국수나 메밀전을 먹어보는 정도였다. 연구자로서의 30년을 목전에 두고, 돌아보면 연구한 게 별로 없는 것 같아 부끄럽기도 하다. 메밀책 3권, 메밀 논문 50여 편, 메밀을 소재로 한 시집과 수필집 각각 1권, 단편소설 3편과 장편소설 2편이 전부다.

2001년 제8회 세계메밀학회를 춘천에 유치하고 20여 명의 세계의 메밀학자들과 지금까지 교류해 온 보람은 있다. 생애 마지막 과업으로 지역에 맞는 품종 육성에 임하고 틈나는 대로 시와 소설로 메밀과 막국수의 대중화 작업에 힘을 보태려고 한다.

그동안 쓴 메밀책은 대개가 딱딱한 이론서였다. 이 『막국수 연가(戀歌)』는 문자 그대로 막국수에 대한 사랑의 노래 즉, 막국수를 주제로 하는 최초의 장편소설이다. 막국수와 메밀을 벗하며 살아가는 사람들의 이야기를 통해

향민(鄉民)의 정감 어린 삶의 원형과 막국수 식문화의 진
수를 느껴보고자 하는 것이다. 아울러 막국수와 원료인
메밀에 대한 과학적 사실에도 안목을 넓히며 그것들에
친근하게 다가가는 계기가 되기를 바라는 마음이다.

둘둘 감겨 그릇에 담기는 순백(純白)의 막국수 면발처
럼, 발가벗겨져 비로소 향기와 풍미를 자아내는, 위선도
가식도 없는 서민적 삶의 원형을 세대와 국경을 넘어 면
면이 이어가며 입에서 입으로, 가슴에서 가슴으로 막국
수의 영토를 넓혀 갈 것이다. 그리하여 막국수는 사람들
의 가슴에 또 하나의 연가(戀歌)로 남아 세상을 사는 힘
이 될 것이다.

이 소설이 '메밀문학'의 지평을 넓히는 데 작은 보탬이
되기를 소망한다.

박철호

1

정만봉 기사는 벽에 걸린 가족사진을 보며 오늘도 무사고를 기원한다. 시외버스를 운행하는 정씨는 28년째 무사고 운전기사이다. 회사에 출근할 때마다 가족사진을 쳐다보며 무사고를 기원하는 것이 습관처럼 몸에 배었다. 정기사의 가족은 요즘 보기 드문 대가족이다. 슬하에 다섯 남매를 두었고 노모를 모시고 있다. 부친은 삼십 년 전에 불의의 사고로 돌아가셨다. 딸 둘과 큰 아들이 결혼을 해 외손자 둘과 외손녀 한 명이 있고 손자와 손녀도 각각 한 명씩 있다. 3대가 모여 찍은 가족사진은 사위와 며느리까지 포함해 모두 열다섯 명이 단란한 가정을 이루고 있음을 보여준다.

정기사는 가족사진을 보면서 가장의 책임도 무겁게 느끼지만 그보다는 대가족이라 든든한 마음이 들어서 좋다. 가족을 위해 일할 수 있다는 데 사는 보람과 즐거움도 느낀다. 가정을 이룬 딸과 아들은 분가를 했고 노모와 아내, 미혼인 남매와 같이 부친에게서 물려받은 한옥에 살고 있다. 아내와 아이들은 집을 팔고 아파트로 이사를 하자고 조르고 있지만 정기사는 마당이 넓고 뒤에 약간의 텃밭도 있는 이 집이 좋다. 비번인 날 집에서 쉬면서 텃밭을 가꾸는 재미도 포기할 수가 없다. 아파트 타령을 하던 아내도 남편이 땀 흘려 가꾼 유기농 야채와 과일을 식구들에게 내놓을 수 있는 것 때문에 번번이 아파트를 포기하고 남편의 뜻을 따랐다.

정기사는 방문을 열고 마루를 지나 댓돌에 놓인 검은 구두를 신고 구두주걱을 들어 뒤꿈치를 집어넣었다. 부친의 손때가 묻은 구두주걱의 손잡이가 오늘따라 더 윤이 났다. 아버지 생전에 풍물장에서 사다가 아버지께 드렸던 구두주걱이다.

정씨는 15년째 원주와 정선을 하루 2번 왕복하는 노선을 맡아 왔다. 무정차보다는 완행버스가 더 좋았다. 굽이굽이 시골길을 돌아 고객을 태우고 내려주는 일에 운전기사로서의 보람을 느꼈다. 운행하면서 마주치는 주변 시골마을의 정취와 고객들과 나누는 소박한 인정에 마음이 푸근해져 좋았다. 도착지에서는 차를 세워 두고 다음 출발 때까지 장터를 돌아보거나 음식점에서 향토 음식을 즐기는 것도 월급 못지않게 값진 보너스라는 생각이 들었다. 특히 국수를 좋아하는 정기사에게 시골의 막국수는 빼놓을 수 없는 것이어서 가는 곳마다 단골 막국숫집이 있다. 마침 오늘도 장날이어서 정선에 도착하면 장터를 한 바퀴 둘러 볼 생각을 하며 집을 나섰다.

매지(梅池)의 물기를 머금기라도 한 것처럼 상쾌한 봄바람이 정기사의 머리카락 사이를 헤집고 들어온다. 어느새 매지의 벚꽃도 거의 다 떨어져 호숫가가 썰렁해졌다. 정기사는 얼마쯤 기다렸다가 도착한 시내버스에 올랐다. 흥업에서 탄 시내버스가 터미널에 도착하기 전에 왼쪽으로 '강원도막국수' 집 간판이 보였다. 춘천에서 '상천막국수'라는 상호로 성업을 이루던 집의 아들이 원주로 이사와 개업을 한 집이다. 식당은 주로 부인이 맡아 운영하고 남편은 동네일을 열심히 하다가 시의원에 연거푸 당선돼 시의회 부의장을 지내고 있다. 메밀 함량도 높아 면 질도 좋고 육수 맛도 사골, 동치미, 과일즙 등이 어우러져 맛이 좋아 정기사는 비번인 날 가끔 가족들과 찾는다. 반죽에는 쫄깃하고 부드러움을 주기 위해 오가피, 황기, 헛개나무 달인 액을 쓴다. 육수는 사골국물과 동치미를 베이스로 하여 발효시킨 과일즙과 황기, 녹각, 감초달인 액으로 만든다. 상호만 보면 강원도를 대표하는 막국수인 것처럼 '강원도막국수'라고 한 기지가 돋보인다. 그 집 막국수가 좋다며 다른 도시의 몇 집에서 같은 조리법에, 같은 상호로 마치 분점처럼 개업을 한 곳도 있다. 한때 새터민 여성들 몇 사람이 한때 모 기관이 운영을 위탁 맡았던 춘천의 막국수체험박물관에서 조리를 맡게 돼 '강원도막국수' 집에서 막국수 조리를 배워가기도 했다. 막국수 맛에

8

도 중독성이 있어서 가끔 먹고 싶은 생각이 날 때가 있는데 그 집도 그중 하나라는 것을 인정하며 그 집 앞을 지나 터미널 앞에서 내렸다. 이른 아침인데도 터미널 앞에는 버스에서 내리는 사람과 택시를 타려는 사람들로 붐볐다. 거리에 넘치는 활기가 정기사에게도 생동감을 주어 기분이 좋았다.

2

정기사가 모는 버스는 원주 시내를 빠져 나와 영동고속도로를 달려 장평에서 국도를 타고 평창을 거쳐 정선으로 간다. 그래서 장평까지는 무정차인 셈이다. 제천과 영월을 거쳐 정선으로 가는 노선도 있으나 정기사는 평창을 거쳐 가는 노선만 벌써 10년째 운행하고 있다. 어느 노선이나 별 문제는 없으나 정기사는 모친의 고향인 평창을 지나는 노선이 왠지 더 정감이 갔다. 이모님 댁이 있던 미탄을 지나면서 오지의 교통난 해소에 일조하는 보람도 있었다. 오늘도 미탄을 지나면서 정기사는 이모님과 이모부님이 생각났다.

이모부님이 뒤실(율치리)의 탄광에 다니시게 되어 이모님도 한동안 뒤실에 살면서 밭농사를 지으셨다. 그곳은 폐광된 지

오래 되었고 지금은 '동막골' 영화의 촬영세트장이 있는 곳이다. 폐광되기 전에는 꽤 여러 집이 마을을 형성하고 있었다. 대개 남자들은 광산 일로, 아낙네들은 밭농사 일로, 가난하지만 평화로운 생활터전이었다. 정기사가 초등학교를 다닐 무렵 방학이면 으레 며칠씩 가서 놀다가 왔던 곳이다. 이종사촌 누나들과 형들이 여럿 있고 동생도 한 명 있어서 이모님 댁에 가면 하루가 어떻게 가는 줄도 모르게 재미가 있었다. 한번은 산에 올라갔다가 내려오는데 급제동이 안 돼 시커먼 개울물에 처박힌 적도 있었다. 잘 맞지도 않는 동생 옷을 빌려 갈아입고 웃음거리가 되기도 했었다. 이모님이 지어주신 강냉이밥은 지금도 잊을 수가 없다. 논도 없는데다가 밭농사 중 으뜸은 옥수수농사라 집집마다 맷돌로 옥수수를 타개 밥을 지어 먹었다. 가끔 콩이나 팥도 섞지만 쌀 한 톨 안 섞인 강냉이밥은 그래도 갓 지었을 땐 먹을 만 했다. 그런데 점심 때 아궁이에 불을 지필 것도 아니고 달리 마땅한 화기(火器)가 없어 찬밥을 먹어야 할 때는 돌을 씹는 것 같아 고역이었다. 그런 식생활을 매일 한다고 생각하니 흥업에서 보리쌀 섞인 쌀밥을 먹고 사는 자신은 부모님 덕에 잘 사는 축에 든다는 것을 어렴풋이 느끼기도 했었다. 이모부가 막장에서 폭발사고를 당해 한쪽 눈을 실명하고 직장도 잃게 돼 가

세가 더 어렵게 되자 결국 가족들이 도회지로 뿔뿔이 흩어
지게 되었다. 그 후로는 정기사도 이모님 댁을 찾지 않게 되
었다. 이모님 내외분도 자식들을 따라 경기도로 가 사시다가
돌아가신 후 벽제 추모공원에 묻히셨다. '동막골' 영화가 나
온 이후 언젠가 정기사는 아이들을 데리고 영화 촬영장을
가느라 뒤실에 간 적이 있었다. 그때는 이미 이모님이 사시던
집은 흔적조차 찾을 수가 없었다. 세월의 무상을 다시 느끼
며 희미한 기억에만 남아 있는 뒤실의 추억을 떠올리던 정기
사는 가속페달을 밟아 정선을 향해 달렸다.

정선터미널에 도착한 정기사는 차를 세워두고 점심을 먹으
러 정선역 앞에 있는 막국숫집으로 갔다. 장날이라 거리를
오가는 사람들이 평소보다 많았다. 식당에도 자리가 없을
정도로 먼저 온 손님들로 북적였다. 정기사를 알아본 식당
주인이 내실로 안내해 줘 겨우 자리를 잡고 앉았다. 이 집 내
실에도 벽에는 여러 장의 가족사진이 촘촘히 붙여져 있는 액
자가 걸려 있다. 가장자리가 누렇게 바랜 흑백사진이 가난하
지만 정답게 살아온 가족사임을 느끼게 한다. 이 집은 3대
째 콧등치기국수로 유명세를 이어오고 있는 향토음식 명가
이다. 메밀가루에 전분을 섞어 칼국수처럼 굵게 뺀 면발은

탄력이 좋다. 그래서 후루룩 먹다 보면 면발이 콧등을 치게 된다. 그래서 콧등치기국수라는 이름이 생겼다. 누가 처음 이름을 붙였는지 사실적이면서도 자연스레 토속적 이미지화에 성공한 이름이라는 생각이 들었다. 콧등치기국수는 '꼴뚜국수', 또는 '꼴두각시기'라고도 한다. 먹을거리가 없어서 끼니마다 메밀국수를 먹었기에 나중에는 꼴도 보기 싫어서 '꼴뚜국수'라고 불렀다고 한다. 바가지에 구멍을 뚫어 그 구멍으로 옥수수가루 끓인 죽을 내밀어 찬물에 뚝뚝 떨어지는 올챙이모양의 국수도 '올챙이국수'라고 불린다. 정기사는 모두 선조들의 소박한 정서와 기지가 돋보이는 작명이 아닐 수 없다고 생각했다. 콧등치기국수는 차가운 동치미 국물을 부어 먹는 물막국수나 양념으로 비벼먹는 비빔막국수가 아니고 감자옹심이를 넣어 면과 같이 끓인 온면이라 따끈한 국물도 약간 걸쭉하고 구수해 맛이 좋다.

  손님이 계산하고 나가고 새로 들고 하면서 식당 안이 왁자지껄하더니 젊은 아가씨가 콧등치기국수를 들고 들어왔다. 국수 그릇을 내려놓는 그녀의 가슴골에 살짝 하얀 브래지어가 보이기도 했다. 전이 담긴 넓적한 접시를 내려놓는 그녀의 손목에는 가는 면실을 꼬아 만든 것 같은 팔찌가 늘어져 접시에 닿을 듯 말 듯 했다. 정기사는 입맛을 몇 번 다시고는 젓가락을 들어 그야말로 연실 면발로 콧등을 치며 맛있게 국수를 먹었다. 메밀반죽을 밀어 칼로 굵게 썬 면을 뜨거운 물에 삶아 된장 육수에 넣었다가 체로 건져낸 국수에 김 가루, 김치 썬 것, 계란지단, 고추 썬 것, 파, 깨 등을 고명으로 얹은 온면이었다. 먹을 때마다 느끼는 것이지만 국물 맛이 좋았다. 한 젓가락 집어 올려 입에 물고 후루룩 삼키면 끄트머리 면발이 콧등을 치며 살짝 국물이 튀었다. 한 여류시인은 국수가닥이 정선아리랑의 가락처럼 휘, 휘 늘어져 있다가 먹는 이의 콧등을 잽싸게 후려치는 이 유머스러운 장면을 장난기 많은 개구쟁이의 얼굴에 비유하고, 세상을 똑바로 살라고 하는 채찍에 비유하기도 했다. 조금씩 한 접시에 담아낸 녹두전, 메밀전병, 메밀전, 수수부꾸미도 맛있게 곁들여 먹었다. 곤드레막걸리도 한 잔 하고 싶었지만 오후 운행을 생각해서 꾹 참았다. 국수 그릇을 두 손으로 들어 올려 남은 따끈한 국물을 거의 다 마시고 나서 정기사는 포만감에 흡족해 하며 "아구구구!" 소리를 한번 내고는 일어서 나왔다. 나이가 들면서 언제부턴가 앉았다가 일어날 때는 무거운 몸이 예전 같지 않아 번번이 자신도 모르게 신음을 냈다. 그 소리가 국숫집 안주인에게는 "계산합시다!"로 들려 안주인은 주방에 있다가도 잽싸게 카운터로 왔다. 비번인 날을 빼고 일주일에 다섯 번은 정선에 오지만 매번 장날은 아니어서 오늘 같이 장날일 때는 꼭 장터를 돌아보는 게 일과처럼 된 정기사는 이내 장터로 발걸음을 옮겼다.

3

점심때가 지나면서 장터에는 난전마다 사람들로 꽉 차다시피 했다. 특히 음식을 파는 난전에는 점심 손님들로 북적였다. 구수한 음식 냄새가 배가 부른데도 정기사의 식욕을 자극했다. 빵가게 앞에서 설탕이 묻은 꽈배기를 하나 산 정기사는 디저트라고 생각하며 한 입 한 입 베어 먹었다. 장터는 매번 같은 품목들이 대부분이지만 야채와 약초 같은 농산물은 철에 따라 조금씩 달랐다. 조금 있으면 시작되는 산나물 시즌에는 정말 많은 종류의 산나물이 바닥에 쌓여 날개 돋친 듯 팔린다. 정선 5일장 특별열차가 운행되어 서울에서도 많은 사람들이 와서 음식을 사먹고 농산물을 사 간다. 정기사도 장터에 오면 뭐라도 한 가지는 꼭 사 간다. 오늘은 텃밭 일을 할 때 쓸 요량으로 새로 나온 신형 호미를 하나 샀다. 앞부분은 예전 것처럼 세모꼴이고 뒷부분은 넓적하게 만든 것이다. 뾰족한 데로 땅을 파서 모종을 심고 넓적한 데로 흙을 끌어다 구덩이를 채워 모종을 바로 세우는 데 적합한 호미라 꽤 쓸모가 있어 보였다. 누구의 아이디어인지 발명을 잘 했다는 생각이 들었다. 목공예품을 파는 가게 앞에서 걸음을 멈춘 정기사는 자그마한 나무국수틀에서 눈을 떼지 못했다. 집에도 노모가 쓰던 나무국수틀이 하나 있기는 한데 크고 낡아서 볼품이 없었다. 아직 막국수를 뽑아 먹는 데 문제는 없지만 새 것이 크기와 재질이 맘에 들어 하나 사 갈까 싶었다. 그러나 "집에 있는데 왜 또 사 왔느냐?"고 하는 아내의 잔소리를 두고두고 듣게 될 것 같아 일단 오늘은 아니다 싶어 발길을 돌렸다.

"정기사님 아니세요?"

갑자기 한 남자가 아는 체를 했다. 버스에서 자주 마주치며 알게 된 장씨였다. 이름은 기억나지 않는다.

"장씨! 오래간만이우. 장에 왔구려."

"예. 기사님은 여전하시네요."

"장씨는 한동안 꼼짝을 안 한 것 같소. 통 보지 못했으니."

"북면에 처박혀 산판 쫓아다니다 보니 그렇게 되었네요. 게다가 똥차 하나 장만해서……"

장씨는 자가운전을 하면서 버스 탈 일이 없다는 얘기였다.

"아무튼 잘 되었소. 벌어먹으면 됐지."

"정기사님! 막걸리 한잔 안 하실래요?"

이미 한 잔을 걸친 것 같은 장씨가 소매를 잡아끌었다.

"난 운행해야 돼서 술은 못 마셔."

"오래간만에 정기사님과 한잔 하려고 했는데……"

정기사가 사양하자 장씨는 아쉬운 듯 잡았던 소매를 놓고 돌아서 갔다.

"미안해요. 장씨! 다음에……"

정기사는 지킬 수 없는 약속을 하며 그렇게 장씨와 헤어지고 장터의 남은 구간을 마저 돌아보았다. 요즘 장터는 지역에서 장사하는 사람들이 난전을 차지하는 경우가 많다. 장이 서는 지역을 떠돌며 제 물건을 파는 장돌뱅이도 없지는 않으나 예전에 비해 많이 줄었다. 그래서 파는 사람은 대개 그 사람이 그 사람이었다. 외지에서 온 장돌뱅이도 거의 정해진 탓인지 새 얼굴은 어쩌다 눈에 띄는 정도이다. 장터를 운영하는 협회에 자릿세를 내고 자리를 잡게 되는 탓에 새로 좋은 자리를 잡기가 쉽지 않은 이유도 있을 것 같았다. 그렇다 보니 오일장도 거의 정형화 되어 가는 느낌이었다. 그렇지 않던 예전에는 장터 한 바퀴를 돌면서 물건을 안 사고 장돌뱅이 구경하는 것만으로도 재미가 있었다. 파는 물건의 종류와 장돌뱅이의 성격이 어쩌면 그렇게 잘 맞을 수 있을까 하는 생각이 들만큼 '사람'도 구경거리가 되었던 것이다.

정기사는 운행 시간이 가까워져 장터를 나와 터미널로 향했다. 산에서 미처 못 내려온 봄바람이 이제 행차라도 한 듯이 상쾌한 바람이 얼굴을 감싼다. 목욕탕에서 목욕을 하고 밖으로 막 나왔을 때 그 느낌이다. 여기서는 태양의 움직임도 느린지 '아침 같은 오후'라는 생각을 하며 버스 문을 열고 운전석에 앉았다.

4

원주행이라고 행선지 표시가 있는 승차장에 버스를 대고 타는 손님들에게서 표를 받아 챙겼다. 오늘은 그렇게 타는 사람이 많지 않았다. 시간이 다 되어 막 출발하려는데 한 젊은 아가씨가 헐레벌떡 다가와 닫히려는 문을 잡았다. 정기사가 다시 문을 열어주자 표를 내밀고 차에 올라탔다. 손목에 늘어진 면실 팔찌가 어디서 본 듯해 아가씨의 얼굴을 쳐다보니 아까 점심 먹을 때 음식을 날라다 주던 막국숫집 그 아가씨였다.

"아까 그 국숫집 아가씨네. 어디 가요?"

정기사가 먼저 아는 체를 했다.

"기사님이셨어요?"

아가씨도 기사가 점심 때 내실 손님이어서 그런지 금세 기억을 했다. 버스가 출발을 하느라 후진을 하다 보니 아가씨는 비어 있는 운전석 바로 뒷자리에 급하게 앉았다.

"예. 내가 이 버스 기사요. 아가씨는 처음 탄 것 같아요. 난 10년이나 되었는데……"

"그러세요. 전 버스 오래간만에 탔어요."

"그런데 오늘은 어디를 가려고?"

정기사는 오래간만에 버스를 탔다는 아가씨 말에 궁금해서 물었다.

"새말에 내려 주세요."

"새말 아가씨인가?"

"그런 건 아니고 면접 보러 가요."

"우천 공단에?"

정기사는 새말 근처에 있는 우천공단에 입주한 어느 기업에 입사면접이라도 보러 가는가 싶어 그렇게 물었다.

"아니요. K리조트에서 직원을 뽑는다고 해서 지원을 했는데 오늘 갑자기 면접을 보러 오라네요."

아가씨는 시원스레 대답을 잘 했다. 성격도 화통한 편 같았다. 정기사는 버스 안에 다른 손님도 별로 없어서 아가씨와 대화를 즐겼다.

"그럼, 새말에는 처음 가는 거요?"

"아니요. 전에 지나가다 근처의 '광암막국수'집에 들러 막국수 먹고 간 적이 있어요."

"아! 그 집. 그 집도 막국수 잘 하지. 손님도 많고."

"예. 그런 것 같아요. 그때도 많이 기다렸다 먹고 간 기억이 나요. 동치미 국물에 말아 먹는 굵직한 면발이 맛있었어요."

"맞아요. 그 집이 옛날 조리법을 고수하는 편이지요."

"기사님도 막국수를 좋아하시나 봐요?"

"좋아해요. 아까도 아가씨가 서빙(serving)해서 점심을 콧등치기국수 먹었잖아요."

"전 막국숫집에서 일하면서도 그게 왜 좋은지 잘 모르겠던데요. 기사님에겐 특별한 이유라도 있으세요? 좋아하는 이유가?"

"이유야 많지요. 열 손가락도 모자랄 만큼."

"그래요?"

아가씨는 몰랐다는 듯이 고조된 억양으로 되물었다.

"막국수 원료가 메밀인 것은 알지요?"

"예. 그런데 백 퍼센트 메밀은 아닌 것 같은데요."

"백 퍼센트 순메밀가루로 만들면 좋은데 밀가루나 전분을 섞어서 국수를 뽑는 집이 많지요."

"그런 것 같아요. 제가 일하는 집에서도 전분을 많이 섞어서 면발이 탄력이 커지고 그래서 콧등을 치는 것 같아요."

버스는 가리왕산을 넘어 평창 터미널에 정차했다. 부부로 보이는 할아버지가 조그만 종이박스 하나를 들고 할머니를 앞세워 버스에 탔다. 박스에 새겨진 글씨를 보니 메밀부침개와 메밀전병 가게의 포장박스였다. 정기사는 문 앞의 빈자리에 앉은 노인에게 아는 체를 했다.

"어르신, 메밀부침개 사 가시나 보네요. 대화까지 가세요?"

정기사의 손에 들린 차표에는 '대화'라고 찍혀 있었다.

"그렇소. 오늘이 며느리 생일이라……"

"그러시군요. 평창 시장 메밀배추전이 유명하지요?"

"암요! 원래 메밀 하면 '평창' 아니오?"

할머니가 정감 있는 목소리로 대답을 했다. 정기사는 대화까지 가는 손님이라 혹시 대화에 사는 분인가 싶어 또 물었다.

"어르신도 대화 사세요?"

"살았지. 지금은 작은아들 내외만 대화에 살고 평창읍에 나와 큰아들 집에 산다오."

"그러세요. 제 어머니도 대화 하안미 분이시거든요."

"우리 집은 상안미요. 그래 어머니는 지금도 안미에 사시우?

"아니요. 지금 제가 원주 흥업에 모시고 있지요."

"그렇구만."

버스가 평창 읍내를 벗어나자 정기사가 막국수를 좋아하는 이유를 아직 듣지 못했다고 생각한 아가씨가 하다만 메밀 얘기를 다시 꺼냈다.

"기사님! 메밀 때문에 막국수가 좋다고 하셨지요?"

"그렇지요. 막국수가 좋은 것은 원료인 메밀의 성분이 좋기 때문이요. 그래서 메밀가루를 많이 섞을수록 좋은 막국수가 되는 것이지요."

"메밀전도 요즘엔 주로 쇠로 된 번철을 쓰지만 평창 이 집은 옛날 방식대로 솥뚜껑(소당)을 뒤집어 화덕에 올리고 순메밀가루로만 묽게 반죽을 해 소당에 흘려서 지져내 맛도 구수하고 부드러운 게 아주 좋지."

할아버지가 메밀 얘기라면 빠질 수 없다는 듯이 느닷없이 메밀전을 거론하며 대화에 끼어들었다. 할머니도 한 마디 거들었다.

"기사 양반도 막국수를 잘 드시우?"

"예. 어르신."

"그럼 대화막국수도 드셔 보셨우? 대화에도 잘 하는 집이 있는데……"

"아! 예! 그 고등학교 앞에 있는 그 집요? 이름이 뭐더라? 아! 아승막국수! 순메밀 동치미막국수인데 옛날 맛 그대로이지요."

"맞소! 기사 양반도 가봤구면."

정기사는 아가씨의 질문에 답을 해야 해서 아는 대로 메밀에 대해 설명을 이어갔다.

"메밀은 타 곡물에 비해 영양적으로 우수해요. 주곡인 쌀, 보리, 밀, 옥수수와 비교하면 메밀이 단백질 함량이 가장 높고(13㎎/건물100g), 살찌는 원인이 되는 탄수화물은 가장 낮아요(68㎎/건물100g). 세포의 구성 및 대사에 필요한 단백질은 많고, 에너지로 사용되고 남은 게 지방이 되는 탄수화물은 적어서 건강에 이롭지요. 단백질을 구성하는 필수아마노산인 리신(lysine)은 곡류 중에서는 메밀에만 들어 있어요. 메밀에는 또 다른 곡류에는 없는 '루틴'이라고 하는 성분이 있다고 해요. 루틴은 예전에 '비타민 P'라고도 했는데, 메밀에 많이 있는 대표적인 약리성분이지요. 원래 메밀의 고향은 중국

운남성의 높은 고산지대래요. 해발 2천 미터가 넘는 고산지대는 자외선이 강해 식물도 살아가기 힘든 곳이지요. 그런데 메밀에는 루틴이 있어서 자외선으로부터 식물체를 지킬 수 있었던 거래요. 즉, 메밀은 자외선이라고 하는 유해환경으로부터 자신을 방어하는 물질을 스스로 만들어내 살아남은 것이지요. 메밀 식물체 내에서 만들어지는 그런 방어물질을 루틴이라고 해요."

"기사님은 어떻게 그렇게 메밀에 대해 잘 아세요?"

정기사의 메밀에 대한 지식이 보통 수준이 아닌 것을 짐작한 아가씨가 경이로운 듯 물었다.

"막국수를 좋아하다 보니 평소 메밀에 관심이 많았고 그래서 메밀에 대한 자료를 많이 찾아보았지요. 더구나 둘째 딸이 농대를 나와 농업기술원 연구사로 근무하고 있어서 딸에게 메밀 자료를 많이 받아 보았어요."

"메밀 성분 중에 루틴이라는 것이 사람의 몸에 좋은 작용을 하나 보지요?"

"그래요. 루틴은 혈관의 지나친 투과성을 억제시켜 주는 작용을 가지며 모세혈관의 벽을 튼튼하게 해주어 비정상적인 투과성을 조절해 준다고 해요. 그래서 메밀은 고혈압의 예방 및 치료에 효능을 나타내기 때문에 특히 루틴을 정제해

혈압강하제와 같은 제약 원료로 이용한다고 해요."

아가씨는 전문가 수준의 메밀지식을 막힘없이 이어가는 정기사가 대단하다고 생각했다. 버스 운전만 잘 하는 줄 알았는데 메밀에 대한 내공이 상당히 강한 사람이라는 생각이 들었다. 노인 부부도 정기사를 메밀박사라고 하며 아가씨의 반응에 동조했다. 그리고 할아버지가 알고 있는 메밀의 영험 (靈驗)한 이야기를 들려주었다. 옛날에 마을에 초상이 나서 집 앞으로 상여가 지나갈 때 메밀짚을 태워 연기를 피우던 관습이 있었다고 했다. 메밀짚을 태운 연기가 귀신이 집 안으로 못 들어오게 막아주는 것이라고 했다.

정기사는 대화에 노인 부부를 내려주고 장평 정류장에서 손님 몇 사람을 더 태우고는 영동고속도로로 진입해 속도를 높여 달렸다. 정기사는 새말에 당도하기 전까지 30여 분을 더 메밀의 효능에 대해 설명해 주었다. 당뇨, 비만, 암, 신장염 등을 예방하고 치료하는 데도 효능을 갖는다는 것을 아가씨는 미처 몰랐다고 했다. 메밀 공부를 시켜준 정기사에게 감사를 표하고 아가씨는 버스가 새말 정류장에 멈추자 백을 챙겨 들고 내렸다. 정기사는 면접을 잘 보라는 말로 작별 인사를 대신했다. 눈에서 멀어지는 아가씨의 뒷모습을 보며 이름을 물어보지 않은 걸 후회했다.

5

정기사는 박봉이지만 그런 대로 식구들을 안 굶기고 살았다. 그런데 아이들 교육은 버거웠다. 큰딸 진희는 그런 집안 사정을 감안해 일찌감치 상고를 들어가 졸업하자마자 마을 농협에 취업을 해 정기사의 짐을 덜어 주었다. 농협 직원 연수에 갔다가 만난 인근 마을 농협의 총각 직원과 사귀게 되어 결혼까지 했다. 딸네 부부가 모두 농협 직원이라 큰딸에 대한 걱정은 없었다. 경제적으로 일찍 자립해 저희들끼리 잘 살아 주는 게 그렇게 대견하고 고마울 수 없었다. 큰아들 상선은 대학에 다니다가 전투경찰에 지원해 복무를 마치고 바로 순경 시험에 합격했다. 그래서 대학 복학은 포기하고 1학년 때 미팅에서 만나 오랜 기간 교제를 한 교대 출신 초등학교 교사와 결혼까지 해 처가가 있는 강릉 시내 한 지서에 근무하고 있다. 슬하에 남매를 두고 단란한 가정을 꾸려 잘 살고 있다.

둘째딸 선희는 공부를 곧잘 하는데다 언니가 적극 대학진학을 권유하여 농대 원예학과에 들어갔다. 점수도 될 것 같은데 농대가 아닌 다른 데를 가라는 선생님의 권유가 있었지만 정기사는 딸의 선택을 적극 지지했었다. 농업 자체도 의미가 있는 분야라고 생각했지만 딸이 공무원 하기를 바라는데 공무원이 되는 데는 농대를 나와서 농업연구직이나 농촌지도직이 더 수월하다는 지인의 얘기가 나름 일리 있게 생각되었기 때문이었다. 농협을 다니면서 농업분야의 전망에 대해 남다른 안목을 갖게 된 언니의 조언도 선희의 선택에 한몫을 했다. 선희는 주변의 예상과 기대에 부응해 대학 4학년 때 농업연구직 공무원 시험에 합격하여 강원도 농업기술원에 근무하면서 파트타임으로 대학원에 진학해 석사학위도 받았다. 농업기술원에서 메밀연구를 맡게 되어 석사 논문도 메밀을 주제로 연구한 것이었다. 선희는 도청에 근무하는 공무원인 김상섭과 혼인을 하게 돼 맞벌이를 하면서도 연구직이라 대학원 과정을 이수할 필요가 있어서 아들 하나를 키우면서도 공부를 더 한 것이다.

그 무렵 정기사는 비번인 날이면 으레 춘천에 가서 딸이 연구에 집중할 수 있도록 외손자를 봐주곤 했었다. 그러다 보니 딸에게서 메밀 얘기를 많이 듣게 되었고 어떤 때는 기술원 시험포에 가서 딸의 실험을 돕기도 했었다. 딸이 메밀연구를 하다 보니 그 뒤로도 원주든 춘천이든 식구들이 모이면 자주 막국숫집을 찾아 메밀음식을 먹게 되었다. 사물과의 인연도 그렇게 우연한 기회로 인해 필연적인 것처럼 끈끈

해질 수 있다는 것을 메밀을 통해 경험할 수 있었던 것이다. 선희는 직장에서 과장, 부장으로 승진할 것에 대비해 박사학위까지 취득을 해야 할 것으로 마음먹고 있었다. 연구 분야에 종사하면 일 년에 몇 번 국내·외의 학회도 참석해 교수나 연구원들과의 교류를 하게 되어 박사가 되어야 할 필요성을 다분히 느꼈다. 그래서 아들이 중학교에 들어갈 때쯤에 맞춰 아들과 동반해 메밀연구가 활발한 영어권 대학에 가서 박사학위 과정을 공부할 계획으로 준비를 하고 있다. 공무원 해외 연수 케이스를 활용하기 위해 필요한 조건을 갖추느라 영어학원도 다니면서 미국과 캐나다 쪽으로 대학도 알아보고 있는 중이다.

집에 있는 둘째아들 중선은 육군 병장 만기 제대를 하고 복학해 지금 대학교 3학년에 재학 중이다. 컴퓨터학과를 다니지만 소방공무원이 되기 위해 시험 준비에 열중하고 있다. 경찰관인 형의 조언이 있었는데다가 자신도 국민의 생명과 재산을 보호하는 소방관의 삶이 갖는 사회적 의의에 공감을 했다. 막내 미희는 전문대학에서 뷰티미용을 전공하고 있다. 제 명의로 된 피부관리실을 갖는 꿈을 키우며 틈나는 대로 화장품도 제 손으로 만들어 쓰고 있다.

정기사는 하나 같이 제 앞가림을 잘 해주는 5남매가 그렇게 대견할 수가 없다. 젊어서부터 틈만 나면 절에 가서 불공을 드린 노모의 불심 덕이라고 생각했다. 노모는 금년이 84세인데도 허리도 굽지 않고 아들의 텃밭 일을 도울 정도로 정정하시다. 아버지는 삼십 년 전에 문막 공단의 한 회사에 취업해서 어느 날 맨홀 청소를 하다가 유독가스에 질식돼 돌아가셨다. 정기사가 군 복무 중일 때였으므로 갑작스런 가장의 유고로 말미암아 독자인 정기사는 제대하자마자 직업 전선으로 뛰어들어야만 했다. 처음에는 공사판을 전전하며 일용 잡급 일을 했는데 운전기술을 배워 대형 면허를 취득하고 나서는 운수회사의 견습생을 거쳐 노선 버스기사가 되었다. 견습생 시절에 운수회사의 사무원으로 일하던 아내와 눈이 맞아 결혼해 가정을 이루었다. 누구에게나 다 그렇듯이 청년 정기사에게 결혼은 기사로서의 삶에 완전한 의미를 더하는 것이었다. 버스의 승객을 목적지까지 안전하게 모셔야 하는 것처럼 아내와 꾸린 새 가정을 행복의 길로 안전하게 운행을 해야 한다는 책임감을 무겁게 느꼈기 때문이다.

6

정기사는 회사에서 운수조합의 정기 연찬회가 있으니 참가하라는 통보를 받았다. 비번인 기사들이 반나절 시간을 내 참가하는 연찬회가 매년 5월에 지역을 돌아가며 열렸다. 올해는 횡성 새말에 있는 K리조트에서 열린다고 했다. 정기사는 일찌감치 한 동료의 승용차에 편승해 리조트를 찾아갔다. 아직 이른 시간이라 회의장은 한산했다. 로비에서 이것저것 둘러보다가 카운터에서 검은 정장을 하고 전화를 받고 있는 한 아가씨에게 시선이 닿았다. 어디서 본 듯한 얼굴이라 찬찬히 살펴보았더니 정선 콧등치기국숫집에서 일하던 그 아가씨였다. 언젠가 새말까지 오면서 버스에서 메밀 얘기를 길게 나누었던 그 아가씨가 분명했다. 정기사는 반가운 마음에 카운터로 다가갔다.

"아가씨! 여기서 일하나 봐요?"

아가씨의 명찰에 '마주영'이라고 쓰인 이름을 확인하며 아는 체를 했다.

"기사님! 여긴 어쩐 일이세요?"

"연찬회가 있어서…… 지난번 면접 본 게 잘 되었나 봐요."

"예. 기사님 덕분에요."

"내가 뭘 했다고?"

"그날 면접 잘 보라고 격려해 주셨잖아요. 게다가 면접 때 막국숫집에서 일한다고 했더니 메밀에 대해 물어보더라고요. 그래서 기사님한테 들은 얘기를 거침없이 얘기했더니 일하면서도 공부하는 자세가 좋다고 그 자리에서 합격했어요."

"그래요? 잘 되었네. 다 아가씨 운이지 뭐."

"그러잖아도 언제 한번 기사님 뵙고 인사드리려고 하던 참이었는데…… 너무 잘 되었어요. 이렇게 뵙게 돼서."

"오늘 주무시고 가시나요?"

"아니. 기사들이라 자지는 못하고 저녁 때 회식하고 헤어져요."

"그러세요. 아쉽네요. 주무시면 제가 약주 한잔 대접하려고 했는데……"

"말만 들어도 고맙지. 마신 걸로 해요. 마주임!"

정기사는 그녀를 마주임이라고 불렀다. 명찰을 보고 이름을 알았지만 대놓고 부르기가 뭐해서 주임이 적당하지 싶어 성에다가 '주임'을 붙였다.

"명함이나 한 장 줘요. 혹시 연락할 일이 생기면……"

"예. 여기 있어요. 리조트 오실 일 있으면 연락 주세요. 제가 성심껏 안내해드릴게요."

"그래요. 그럼 근무 잘 하고. 또 봐요."

"예. 기사님. 수고하세요."

정기사는 등을 돌려 회의장으로 향하면서 둘째아들 중선을 떠올렸다. 중선이 짝으로 마주임을 생각한 것이다. 명함을 받았으니 언젠가 연락을 취해서 아들과의 맞선 자리를 주선해 보리라 마음먹고 정기사는 가던 발걸음을 멈추고 뒤로 돌아 마주임을 다시 바라보았다. 상냥한 표정으로 다른 고객을 대하는 마주임의 모습이 아름답고 매력적이라는 느낌이 들었다.

회의장은 어느새 참석자들로 빈자리가 거의 없었다. 정기사는 좌중을 비집고 들어가 가운데 빈자리를 찾아 앉았다. 양 옆에 앉은 기사들과 악수를 하며 인사를 나누었다. 이북 사투리를 쓰는 왼쪽의 기사가 친근하게 자기소개를 했다. 서울-태백 노선을 뛰고 있는 태암운수 소속의 오봉태 기사라고 했다. 정기사도 동원여객의 정만봉이라고 답례했다. 연찬회는 네 시간짜리인데 중간에 한 번 쉬는 시간이 있었다. 휴식시간에 정기사는 따끈한 메밀차 두 잔을 타서 한 잔을 오기사에게 권했다.

"오기사님! 메밀차 드세요?"

"고맙습네다. 메밀차 좋디요. 정기사님도 이 차 자주 드시나 보오?"

"예. 몸에 좋으니까요."

"오기사님은 이북이 고향인 것 같은데 고향에서도 메밀차를 드셨나요?"

"오데요? 먹고살기도 힘든데 차는 무슨…… '메밀' 하면 그저 냉면이디요."

"정기사님도 피양냉면 드셔 보셨지 않소?"

"예. 먹어 보긴 했는데 여기선 막국수를 많이 먹지요."

"그래. 여긴 막국수디. 같은 메밀인데 피양냉면보다 못해. 내래 처음 넘어와서 화전에서 메밀국수 훔쳐 먹고 이건 국수가 아니고 무슨 풀인 줄 알았디."

정기사는 오기사의 이북사투리 억양과 얘깃거리가 재미있어 회의장에 들어갈 생각을 접고 휴게실에서 오기사와 잡담을 계속 했다. 회의장에서 공식 일정이 파할 때까지 잡담은 계속 되었다.

오기사는 간첩으로 남파되어 신고가 돼 군경에 쫓기다가 귀순한 귀순용사였다. 햇수로 벌써 35년 전 얘기다. 북한에서 남파 훈련을 받고 동해안 해안 경비를 뚫고 태백준령에 숨어들어 남하하다가 삼척 인근의 한 마을 뒷산에서 벌목을 하던 인부들 눈에 띄어 신고가 되었다. 긴급 출동한 군경 합동 포위망을 뚫고 다시 산중으로 숨었다. 몸에 지닌 비상식량도 바닥나 당장 굶주린 배를 채우는 게 급선무였다. 간첩 오봉태는 외딴 산기슭에서 화전을 일구고 사는 한 농가에 몰래 들어가 부엌에서 음식 같이 생긴 것은 집히는 대로 죄다 먹었다. 집주인은 대낮인데도 밭에서 일을 하느라 집안에는 아무도 없었다. 오봉태가 먹은 음식 중에는 먹다 남은 불은 국수도 있었다. 오봉태는 화전 농가에 두 번째 음식을 훔치러 들어갔다가 밭에서 돌아오던 주인에게 들켰다. 주인 내외가 처음엔 놀라고 당황했지만 남편이 오봉태를 신고도 안 하겠다고 하며 진정을 시키고 대화를 이어갔다. 그 사이에 안주인은 빻아 놓은 메밀가루로 정성껏 메밀국수를 뽑아 밥상을 차려 주었다. 훔쳐 먹은 불어터진 메밀국수는 풀과 같았으나 갓 뽑아낸 국수는 향긋하고 구수한 맛이 허기진 오봉태의 입맛을 자극하기에 충분했다. 순식간에 사리 몇 개를 게 눈 감추듯 먹어 치웠다. 오봉태는 긴장을 풀고 주인 내외와 어색하지만 띄엄띄엄 대화를 해나갔다. 벽에 걸린 가족사진을 가리키며 사진 속에 있는 자녀의 행방을 물었다. 혹시 눈에 안 보이는 자녀가 어디 숨어서 신고라도 했을까봐 두려워하는 눈치였다. 집주인은 오봉태의 심사를 알아채고 걱정하지 말라고 했다. 애들은 도회지에 나가서 중학교를 다니고 있다고 했다. 방학이 돼야 집에 오는데 집에 와서도 오래 못 있고 또 공부하러 다시 도회지로 간다고 했다. 애들은 부모와 떨어져 남매가 저희들끼리 자취를 하며 학교에 다니지만 공부를 잘 해서 장학금을 받아가며 공부를 한다고 했다. 부모는 비록 화전에서 농사를 짓고 살아도 아이들은 대학도 갈 것이고 저희들 하고 싶은 일을 하며 꼭 출세를 할 것이라는 강한 믿음을 가지고 있었다. 성분이 중요한 북에서는 불가능한 것이어서 그런 믿음이 어디에서 나오는 것인지 오봉태는 혼란을 느꼈다. 훔쳐간 음식으로 며칠 산속에서 버티면서 화전에서 가난하지만 평화롭게 사는 농가의 모습을 보고 막연히 느끼던 남한 사람들의 가정생활의 내면을 알게 된 오봉태의 마음에 조금씩 파문이 일었다. 주인 내외의 간곡한 설득도 있고 스스로도 회의를 느껴 마침내 마을에 내려가 귀순 의사를 밝히고 자수를 했다. 남한에서는 가장 열악한 삶의 터전인 화전민인데도 북한 주민의 삶보다 나은 것이 결정적으로 오봉태의 마음을 움직였다. 그 후 정착과정을 거쳐 정보기관에서 공직생활을 좀 하다가 결혼을 해 가정을 갖게 된 후 운전기술을 배워 버스기사가 된 것이다.

오봉태가 경험한 화전의 메밀국수라는 것이 원래 그랬다. 메밀가루는 차진 성분인 부질(글루텐)이 없어서 면발이 형성

되지 않는데다가 맷돌로 빻은 가루는 망이 굵은 어레미로 친 것이어서 거뭇거뭇 껍질가루가 섞였다. 아낙이 바쁘고 힘들다 보니 반죽도 대충 치대어 뽑은 면발을 화력도 시원치 않은 솥으로 끓여냈다. 그러니 국수 가락은 젓가락질이 안 될 정도로 금방 풀어져 버렸다. 화전의 아낙네들은 힘들게 밭일을 하고 들어와 식구들이 기다리는 밥상을 빨리 차려 내려니 반죽을 힘들여 오래 치댈 수가 없었다. 장작을 때는 아궁이에서 단시간에 물을 펄펄 끓이는 것도 쉬운 일이 아니었다. 그런 여건을 감안하면 숟가락으로 퍼먹다시피 한 당시의 막국수가 이해가 되었다. 정기사는 오기사에게 요즘은 고성능 제분기에 의한 제분, 기계반죽 후 손 반죽, 스테인리스 전기압출 제면, 가스버너로 국수 삶기 등 여러 가지 면에서 옛날과 많이 다르다는 것과 그래서 요즘 막국수는 껍질이 전혀 안 들어간 순메밀가루로 반죽해 뽑아 면발이 좋고 맛도 구수해서 좋다고 하였다. 오기사도 운행하면서 가는 곳마다 메밀국숫집을 다니면서 그런 변화를 몸소 체험해 잘 알고 있다고 했고 제 입에 맞는 막국숫집도 몇 군데 단골로 정해 놓았다고 했다. 오봉태와 환담을 나누다 보니 연찬회도 끝나 회의장 문이 열리면서 사람들이 우르르 쏟아져 나왔다. 사람들은 그날의 마지막 일정인 만찬장으로 몰려갔다. 정기사도 오기사와 함께 뷔페 음식이 차려진 만찬장으로 들어갔다. 만찬장에서도 정기사는 오기사와 같은 식탁에 앉아 마치 오래 교분을 쌓아온 사람들처럼 이런저런 얘기를 나누며 즐거운 시간을 가졌다. 만찬을 마치고 연락처를 주고받은 두 사람은 기회가 되면 또 만나기로 하고 작별 인사를 나누었다.

7

집에 돌아와 정기사는 노모와 밤참을 먹으면서 낮에 만난 오봉태 이야기를 했다. 노모는 "나도 그랬어야." 하며 6·25 한국전쟁 때 직접 겪은 얘기를 들려주셨다. 그때 어머니는 평창 대화에 시부모, 시동생들과 함께 살고 있었다. 막 시집을 와서 가난한 신접살림을 꾸리고 있을 때였는데 그때 전쟁이 났다. 비행기 날아다니는 소리가 나고 여기저기서 폭발음도 들렸다. 초저녁에 밖에 나갔다 들어온 남편이 다들 피난을 간다고 우리도 얼른 보따리를 싸자고 했다. 그래서 식구들이 주섬주섬 당장 필요한 것들로 봇짐을 꾸리고 날이 밝기를 기다렸다. 새벽에 잠깐 선잠이 들었는데 인기척이 나더니 갑자기 인민군 한 명이 들이닥쳤다. "꼼짝 마!"라고 식구들에게 총을 겨누며 식구들을 방 한쪽으로 몰아 벽을 보고 앉게 했다. 그리고 며느리를 발로 툭 치며 먹을 것을 내놓으라고 했다. 아마 본진에서 낙오돼 몇 끼를 굶은 눈치였다. 며느리는 벌벌 떨며 부엌으로 나갔으나 먹을 게 있을 리 없었다. 곡식도 피난 가려고 싸둔 짐 속에 있었다. 이것저것 뒤지다 보니 다행히 맷돌에 타개고 남은 메밀가루가 있는 광주리가 하나 있었다. 가루보다는 껍질이 더 많아 안 쓰고 처박아둔 것이었다. 그것이라도 얼른 먹을 수 있게 만들어야 했다. 마침 선반 밑에 감자도 몇 개 눈에 띄었다. 국수를 뽑을 상황은 아니어서 감자를 깎아 으깨어 메밀가루에 섞어 반죽을 했다. 물이 얼른 끓어야 하는데 불이 잘 붙지 않아 애를 먹었다. 겨우 장작에 불이 붙어 물이 끓기 시작했다. 안에서는 시부모와 남편이 연실 "살려 달라!"고 애원하는 소리가 들렸다. 며느리는 손으로 반죽을 뚝뚝 찢어 수제비를 만들어 상을 차려 들어갔다. 인민군은 수제비가 식기를 기다렸다가 한 손에 총을 들고 한 손으로 허겁지겁 수제비를 먹었다. 며느리는 긴장한데다가 급히 음식을 만들어 내느라 온몸이 땀에 젖었다. 얼굴도 땀범벅이 되어 소매로 연실 땀을 훔치며 서 있었다. 수제비를 떠먹는 인민군의 얼굴과 표정을 흘끔흘끔 쳐다보니 사람이 악해 보이지는 않았다. 수제비를 다 먹고 난 인민군은 며느리도 식구들 옆에 앉히고 "오늘 이 간나 새끼 덕분에 산 줄 알라!"고 하며 이제 곧 대부대가 내려올 테니 죽지 않으려면 빨리 가라고 피난을 재촉했다. 그러고는 후다닥 튀어나가 어디론가 어둠 속으로 사라졌다. 식구들은 안도하며 일어나 그 길로 피난길에 올랐다. 시부모는 "니가 욕 봤다."고 하며 "그 긴박한 순간에 어떻게 메밀수제비를 끓여낼 생각을 했느냐?"고 며느리를 칭찬했다. 피난 중에 보리죽이나 메밀죽으로 겨우 연명을 하던 식구들은 대구까지 피난을 갔다가 미군이 들어와 인민군이 퇴각을 하고 나서야 고향으로 다시 돌아왔다."

처음 들어본 어머니의 이야기가 흥미진진했다. 오봉태가 남파간첩이었다는 말에 어머니의 기억 속에 희미하게 남아있던 '메밀수제비'가 떠올랐던 것이다. 노모는 "우리도 그때 메밀 덕에 살았지."라고 하시며 메밀은 생명의 음식이라고 했다. 정기사도 사람이 위급한 상황이 되면 당황하고 긴장해서 자기 이름도 잊어버리는 판에 어머니가 어떻게 그런 기지를 발휘했을까 생각하니 어머니가 젊어서부터 매우 총명했었던 것 같았다. 그래서 어머니가 담도 크고 총기가 남달랐던 가보라고 했더니 노모는 "정신 바짝 차리면 죽으라는 법은 없더라." 하시며 절체절명의 순간에도 정신 차리고 살아야 하는 이유를 느끼게 해주었다. 그리고 전쟁 때만이 아니고 농사철에 일이 많고 쌀이나 보리쌀도 귀할 때는 미리 빻아둔 메밀가루로 반죽을 해서 손으로 뚝뚝 떼어 넣기만 하면 되는 수제비로 끼니를 때우는 일이 다반사였다고 했다. 시간이 조금 더 있으면 반죽을 밀대로 밀어 넓게 편 다음 칼로 숭숭 썰어 칼국수를 해먹기도 했다고 했다. 감자와 호박을 썰어 넣고 심심하면 된장도 좀 풀어 넣으면 맛있는 메밀장칼국수가 되는데 수제비 끓일 때도 장을 풀기도 한다고 했다. 그런 말씀을 하시며 어머니도 옛날 맛이 생각나셨던지 몇 번 입술을 실룩이며 입맛을 다시기도 했다. 정기사는 노모한테 "그때 급하게 만들었던 메밀수제비 한번 해주세요. 장수제비도 좋겠네요." 하고 주문을 했다. 노모는 "그런 재료를 지금 만들 수 있겠느냐? 언제 집에서 맷돌로 메밀 타개 보자."고 하시며 메밀수제비를 재연해 볼 것처럼 아들에게 암시를 해주었다. 노모의 이야기를 들은 정기사는 오봉태를 다시 떠올리며 언제 한번 오봉태도 다시 만나보고 싶었다.

노모에게 생명의 음식이 되었던 메밀이 재배적인 면에서도 '구황(救荒)작물'이라는 것은 메밀의 생육기간이 짧다는 것을 경험하면서 느낄 수 있었다. 어머니가 매년 텃밭에 조금씩 메밀씨를 뿌려 농사를 해보는데 메밀은 파종하고 나서 두 달도

채 안 되어 꽃이 피고 까맣게 결실까지 되었다. 결실까지 서너 달씩 걸리는 벼나 콩 같은 것에 비하면 메밀의 생육기간은 매우 짧은 편이었다. 그래서 날씨가 몹시 가물어 모내기도 못하고, 모를 냈다가도 물이 없어 모가 다 말라 죽고 설령 비가 와서 다시 모내기를 하더라도 서리 오기 전까지 벼의 생육기간이 충분하지 않다고 판단될 때는 논에다 벼 대신 메밀을 파종하는 '대파(代播)'가 성행하던 것이 이해가 되었다. 메밀 씨를 뿌린 논에 비가 오더라도 물도랑을 내 물이 차지 않게 해주면 메밀은 잘 자라 서리 오기 전에 수확을 하는 데 전혀 문제가 없었던 것이다. 요즘에도 산을 깎아 도로를 내거나 무슨 공사를 하고 나서 깎아내 벌거벗은 땅(裸地)이 보기 흉할 때는 메밀씨를 뿌려 빨리 꽃을 피워 경관을 조성하는 일이 있는데 그런 관행도 구황작물로서는 아니더라도 메밀의 짧은 생육기간을 이용하는 한 가지 사례라는 생각이 들었다. 정기사는 '구황'이든 '경관'이든 메밀은 급할 때 인간에게 유용한 식물임은 틀림없는 것 같아 신이 주신 고마운 선물이라는 생각을 했다. 하나의 식물체에 청(잎), 적(줄기), 백(꽃), 흑(씨앗), 황(뿌리) 등의 다섯 가지 색을 띠어 메밀을 가리켜 '오방지영물(五方之靈物)'이라고도 하니 메밀은 특별한 식물임이 틀림없는 것 같았다.

8

어느 주말에 운행을 마치고 집에 와 보니 자취를 하면서 대학에 다니고 있는 중선이 와 있었다. 봄이 가고 여름이 깊어지기 시작한 때라 여름 옷가지며 반찬을 가지러 온 것이다. 중선을 보자 마주영 주임이 떠올랐다. 중선에게 사귀는 여자가 있느냐고 물었다. 중선은 없다고 했고 아버지의 중매 의사에 "아직 취업도 안 됐는데……" 하면서도 조심스럽게 긍정적인 반응을 보였다. 정기사는 지갑에서 명함을 꺼내 마주임에게 전화를 걸었다.

"안녕하십니까? 사랑과 행복의 요람 K리조트. 마주영입니다."

"아! 마주임 나 정기사요. 기억하겠소?"

"예. 기사님. 아다마다요. 그런데 어쩐 일이세요?"

"근무 중에 이런 얘기를 해서 되나 모르겠는데 사귀는 남자가 있소?"

다짜고짜 사귀는 남자가 있느냐는 정기사의 질문에 당황스럽기도 했으나 마주영은 솔직하게 대답을 했다.

"없는데요."

"그럼 내가 한 사람 소개를 해도 될까요?"

"기사님이 소개하는 사람이면 한 번 만나보지요."

정기사가 느끼는 그대로 마주임은 시원시원한 성격답게 조금도 주저 없이 정기사의 제안을 받아들였다.

"오늘은 근무 중이니까 제가 나중에 연락을 드리지요."

정기사는 자기의 전화번호를 알려주고 "근무 방해해서 미안하다."고 하며 전화를 끊었다. 이제 두 사람의 긍정적인 의사를 확인했으니 마주임에게 전화가 오면 약속만 하면 되는 상황에 정기사는 마음이 놓였다. 순간 마주영이 중선의 짝이 되고 자신의 둘째 며느리가 되어 한 가족이 되는 즐거운 상상을 했다. 중선에게 연락이 가면 즉시 약속된 장소로 오라고 일러두었다. 다음날 중선은 자취집으로 돌아갔다.

정기사는 버스 운행을 하면서 숱하게 많은 사람을 대해 봐서 그런지 사람에 대한 첫인상이 그 사람을 파악하는 데 과히 틀림이 없었다. 첫인상은 처음 대면 5초 내외에 80% 정도가 결정된다고 들었다. '초두효과'라고 하여 대인지각에 있어서 중요한 원리의 하나가 첫인상이라는 것을 언젠가 TV 특강에서 들었었다. 정기사의 기억에 남아 있는 첫인상의 중요성에 대한 특강 요지는 이랬다. "첫인상은 표정과 제스처, 어투로 정해지는데 그것은 바로 자신의 지난 '경험'들을 통해서 해석한다. 흔히 말하는 '딱 보면 알아'라는 표현은 지칭대상이 사람, 상황, 사물로도 표현이 되는데 뇌가 자신의 지난 경험을 통해 정보를 쌓아놓고 이를 토대로 하여 첫인상으로 대상을 평가하게 된다. 첫인상은 쉽게 바뀌지 않으며 큰 효과를 나타내기 때문에 매우 중요하다. 특히 사람과 사람간의 커뮤니케이션에서 첫인상은 상대방을 평가하는 중요한 요소이다. 특히 상대방을 배려하고 설득력 있는 말투, 밝은 표정, 상대방을 이해하며 바라보는 눈, 위트와 유머도 중요한 첫인상 평가요소이다. 약속시간을 지키고, 먼저 인사를 하고, 안부를 묻는 작은 배려가 외적인 아름다움보다 훨씬 더 오랫동안 상대방 가슴속에 기억된다는 것을 생각해야 한다."

이런 점에서 보면 마주영에 대한 정기사의 느낌도, 메밀과 막국수에 대한 이미지도 첫인상이 주는 '초두효과'가 크게 작용하는 것이라는 생각이 들었다. 콧등치기국숫집에서 서글서글한 성격으로 싹싹하게 서빙을 하던 모습과 버스 안에서 대화를 주고받으며 느꼈던 온화한 성품의 마주영이 틀림없이 중선에게 좋은 배필이 될 것이라는 기대감에 정기사의 마음은 부풀었다. 그리고 그녀의 첫인상에 대한 자신의 믿음이 헛되지 않을 거라는 느낌도 들었다.

어느 날, 그날도 비번이라 집에서 쉬는데 전화가 걸려 왔

다. 마주임의 전화였다. 자기는 주말과 휴일에는 더 바빠 못
쉬고 평일에 하루 쉬는 날이 있는데 그날 약속대로 정기사가
소개하는 남자를 만나보겠다고 했다. 멀리는 못 가니 원주시
외버스터미널 이층 커피숍으로 나가겠다고 했다. 날짜와 시
간을 정하고는 전화를 끊었다. 그때까지도 정기사는 소개할
남자가 자기 아들이라는 얘기는 그녀에게 하지 않았다. 비루
한 것을 숨기는 마음이 아니라 제 것을 선뜻 앞세우지 못하
는 소심한 성격 때문이었다. 만나는 날 얘기를 하리라 마음
먹고 중선에게 약속된 날에 꼭 약속장소로 나오라고 연락을
취했다. 약속된 날, 정기사도 근무 조를 바꾸어 약속 장소로
나갔다. 정기사가 제일 먼저 커피숍에 당도해 창가 쪽 빈자리
를 잡고 앉았다. 곧이어 마주임이 들어왔다. 곱게 단장하고
나온 모습이 신경을 많이 쓴 것 같았다.

"어서 와요. 마주임!"

"안녕하셨어요? 볼 것도 없는 제게 신경을 써 주시고. 감사
해요."

"마주임! 사실 오늘 내가 소개하는 사람은 내 둘째아들
이오."

"예? 기사님 아들이라고요?"

"미리 말해 주지 못해 미안해요. 그렇다고 부담은 갖지 말

44

고 두 사람이 만나보고 교제를 하든지 말든지 결정해요. 잘 되기를 바라지만 억지로는 안 되겠지……"

"기사님 아들이라니 좀 당황스럽긴 한데 그래도 기사님이 신경 써주신 거니까 말씀하신 대로 부담 없이 만나보겠어요."

마주임은 정기사를 마음 편하게 해주려는 듯이 시원스럽게 받아주었다. 정기사는 고맙다고 하며 며느리를 삼았으면 좋겠다는 자신의 속내를 드러냈다.

"나야 마주임 같은 처녀를 며느리 삼으면 그것처럼 좋은 일은 없지."

"기사님 아드님은 뭐래요? 제 얘기를 하셨을 텐데……"

그때 중선이 문을 열고 들어서서 두 사람이 있는 자리로 다가왔다.

"어서 와라. 인사하지. 이분이 내가 말한 마주임이시다."

"안녕하세요. 정중선입니다."

"안녕하세요. 마주영이라고 해요."

두 사람이 인사를 나누고 나서 정기사는 둘이서 얘기를 나누라고 하며 중선에게 자리를 내주고는 먼저 일어나 커피숍을 나왔다. 마주임이 "차라도 한잔 하고 가시지요?" 하며 일어나 인사를 하는 방금 전의 모습도 마음에 들었다. 아들에게 미리 용돈을 좀 넉넉하게 쥐어줄 걸 그랬나 하는 생각을 하며 정기사는 두 사람이 좋은 인연이 되기를 바랐다.

"아버지가 갑자기 이런 자리를 만들어서 당황스러웠지요?"

중선이 먼저 말문을 열었다. 한동안 창밖을 응시하던 마주임이 중선을 바라보며 말했다.

"정기사님 나가시는 뒷모습을 보니 돌아가신 아빠 생각이 났어요. 아들을 생각하는 아버지의 마음이라고 생각하니 처음에 당황스러웠던 마음도 곧 진정되고 이해가 되었어요."

"저도 아버지가 처음 주영 씨 얘기를 하셨을 때 좀 당황했어요. 아버지가 주영 씨를 잘 알 수 있는 입장이 아니었을 텐데 쉽지 않은 얘기를 주영 씨에게 꺼낸 것이 오버하신 게 아닌가 싶었거든요."

"중선 씨는 참 자상한 아버지를 두신 것 같아요. 초면인데도 제게 많은 것을 가르쳐 주실 때 그런 자상함을 느꼈어요."

"아버지가 자식들에게 편하게 해주시는 편이세요."

중선이 커피를 가져다가 카페라떼는 주영 앞에 내려놓고 자신은 아메리카노를 들어 잔에다 살짝 입술을 대었다가 뜨거웠던지 금방 떼었다.

"컴퓨터과에 다닌다고요?"

이번에는 주영이 먼저 입을 열었다. 중선은 전공은 컴퓨터이지만 취업 준비는 소방직 공무원을 목표로 하고 있다고 했다. 제대하기 전부터 조금씩 준비를 했고 지금 3학년이니까 2년 열심히 하면 될 것도 같다고 했다.

"주영 씨는 리조트에서 어떤 일을 하세요?"

중선은 아버지한테 자세한 얘기는 못 들었다고 하며 주영이 하는 업무에 관심을 보였다. 마주영은 전문대에서 호텔비즈니스과를 나와 잠시 고향집 인근에서 아르바이트를 하다가 리조트에 취업을 해 리셉션 일을 보고 있다고 했다. 나이는 중선이 한 살 위였다. 두 사람은 정기사의 주선으로 만남이 이루어지기는 했으나 얘기를 나누면 나눌수록 서로 호감을 갖게 되었다. 주영에게는 중선이 풍기는 푸근한 느낌이 좋았고 중선에게는 주영의 시원시원한 성격이 마음에 들었다. 두 사람은 근처 경양식집에서 점심도 같이 먹고 영화도 같이 보았다. 그러다 보니 저녁 무렵이 되어 저녁식사까지도 같이 하게 되었다. 저녁은 중선이 가족들과 몇 번 가 본 '강원도막국수'집에 가서 메밀전병과 막국수를 먹었다. 중선은 가족들과 몇 번 왔었던 막국숫집이라 그 집 음식의 특성을 설명하면서 부모님과 형제들에 대한 얘기도 서슴없이 했다. 가족들의 얘기를 들으며 주영은 정기사님 가정의 단란한 모습과 따뜻한 분위기를 느꼈다. 특히나 형제자매들 사이에 우애가 깊다는 데 마음이 더 끌렸다. 남자 형제 없이 여동생과 둘이서만 지내다가 그것도 커서는 각자 일을 하면서 동생과 오래 떨어져 살았던 자신과는 달리 중선은 형제도 많은데다 우애가 깊으니 그 속에서 복닥거리는 재미가 좋을 것 같았다. 저녁식사를 마치고 두 사람은 다시 연락을 해서 만나기로 하고 노선버스가 많은 중심가의 시내버스정류장까지 걸어가 서로 집으로 향하는 반대 방향의 시내버스를 탔다. 주영은 새말 근처 소초에 방을 얻어 살고 있어서 시내버스를 타고 20여 분을 가야 했다. 중선은 흥업까지 10여 분이면 충분했다. 주영은 버스 안에서 중선과의 첫 만남을 회상해 보았다. 정기사님의 소개로 어색하게 이루어진 만남이었지만 약간의 당혹스러움은 그럴 수 있는 부정(父情)으로 이해해 넘기고 두 사람만의 데이트를 통해 서로에 대한 이해를 넓히는 계기가 되어 의미가 깊은 하루였음을 느꼈다. 중선도 첫 만남에서 서로 호감을 갖게 되었고, 헤어지면서 다시 만나자고 한 자신의 말에 주영도 좋다고 했으니 앞일에 대한 예감이 좋았다. 정기사는 문을 열고 마루에 올라서며 "다녀왔습니다."라고 인사를 하는 아들의 밝은 음성에서 두 사람의 인연에 대해 기대해도 좋겠다는 느낌이 들어 기분이 좋았다. 어떻게 되었는지 종일 궁금해 하던 정기사의 아내가 아들 방으로 따라 들어가 밤늦도록 아들과 얘기를 하느라 방에서 나오지를 않았다.

9

마주영의 본가는 정선읍이다. 사북에서 아버지는 오랫동안 막장일을 하는 광부였다. 검은 작업복에 램프가 달린 헬멧을 쓰고 출퇴근을 하던 아버지를 어렸을 적에 매일 보았다. 그런데 언제부턴가 아버지는 회사에 출근을 하지 않고 집에만 계셨다. 어린 주영에게 그것은 이상한 일이었다. 친구들의 아버지도 그랬다. 이사 가는 친구들도 점점 늘어났다. 엄마가 몇 번 정선읍을 다녀오시더니 주영이네도 정선읍으로 이사를 했다. 그래서 주영도 초, 중, 고를 모두 정선읍에서 다녔다. 정선에서 아버지는 약초를 캐러 다니셨고 엄마는 식당에서 주방 일을 하셨다. 주영은 동생과 둘이서 집을 지킬 때가 많았다. 아버지가 좋은 약초를 캔 날은 한잔 하신 아버지가 꼭 선물을 사들고 오셔서 딸들에게 나누어 주었다. 선물이래야 제과점 빵이나 누런 센베이과자 같은 것이었다. 아버지는 엄마에게도 "고생한다."고 하며 자상하게 마음을 쓰셨다. 그런 아버지에게서 위안과 사랑을 느끼며, 가난하지만 남에게 폐 안 끼치고 아쉬운 소리 안 하고 사는 것만 해도 다행으로 여긴 엄마는 두 딸들에게만큼은 기를 안 죽이려고 유독 신경을 많이 썼다. 남루하지 않게 옷부터 잘 챙겨 입혔다. 행색이 초라하면 학교에서 선생님에게서조차 무시될 수 있다는 게 엄마의 생각이었다. 실제로 엄마가 어려서 그런 걸 겪은 상처가 있었다. 도시락도 남부럽지 않게 싸 주었다. 겉으로 보면 두 딸이 잘 사는 집 애들 같이 보이게 했다. 딸들에게 가난하다고 부끄러워하거나 기죽을 이유가 못 되니 항상 당당하라고 했다. 공부를 못하면 그게 스스로를 낮추는 일이고 멸시 받기를 자처하는 일임을 강조했다. 두 딸은 그런 엄마의 바람을 잘 들어주어 반에서 공부도 늘 상위권이었고 어떤 땐 반장도 했다.

아버지는 농토가 없으니 농사를 짓는 것은 아닌데도 가끔 어디선가 곡물 자루를 들고 오셔서 광에 재여 놓았다. 그중에는 메밀도 있었는데 바람이 잘 통하도록 바닥에 통나무를 얼기설기 놓고 그 위에 자루를 올려놓았다. 자루 위에 또 자루를 올려놓을 때도 자루 사이에 공간이 생기도록 꼭 각목 몇 개를 걸쳐 놓았다. 그래야 바람이 잘 통해 오래 보관할 수 있고 벌레도 덜 생긴다고 했다. 그렇게 모은 곡물을 장날에 내다 팔아 현금을 챙겼다. 아마 약초를 캐러 산골을 다니다가 싸게 곡물을 사서 이문을 남겨 파는 것 같았다. 곡물 중에 메밀, 조, 기장, 수수 같은 잡곡이 많았다. 그래서 사람들이 종종 아버지에게 농사지을 약초와 잡곡 종자를 부탁하기도 했다. 그때마다 아버지는 신이 나서 당신이 가지고 있지 않은 것이라도 어디서든 때맞춰 꼭 구해다 주었다. 남에게 인정받고 쓰임을 받는다는 것을 무척 귀하게 여기는 아버지가 딸들에게 몸소 행동으로 '살아가는 법'을 가르쳐 준 셈이었다. 눈썰미가 좋은 주영이 아버지의 그런 모습에서 은연중에 배우는 것이 많았다. 장사 수완도 그렇고 남을 대하는 싹싹함도 그랬다. 몇 번인가 아버지를 따라 장에 가서 대신 물건을 팔아도 본 주영을 보고 아버지가 "우리 딸 주영이 커서 이 다음에 장사를 해도 잘 하겠다."고 했는데 그게 괜한 소리가 아니었다. 세 살 아래인 동생 미영도 '언니 판박이'란 소리를 들을 정도로 성격도, 행실도 주영을 많이 닮았다. 아무래도 피를 나눈 데다 자매가 함께 있는 시간이 많다 보니 그렇게 되는 것 같았다. 아버지를 따라 장터에 나가 보니 메밀을 찾는 사람들이 많은 것을 알았다. 농사를 짓거나 가루를 내어 음식을 만들어 먹을 요량으로 통통한 씨앗을 찾았다. 사람들은 아버지가 파는 메밀씨가 죽정이도 별로 없고 좋다고들 하였다. 산골에서 모아온 것이니 수입산이 아닌 것만은 분명한 것도 단골이 늘어가는 이유였다. 어떤 사람은 베갯속을 한다고 메밀껍질만 찾는 사람도 있었다. 아버지는 그런 손님들을 대비해 제분소에서 버리는 메밀껍질을 얻어다 보관해 놓기도 했다. 속이 비어 있는 잘 마른 메밀껍질로 베갯속을 하면 공기도 잘 통하고 땀과 수분도 잘 흡수해 중풍 예방효과도 있다고 했다. 주영은 먹는 것도 아니고 머리를 고이기만 하는 데 어떻게 중풍 같은 큰 병을 예방한다는 것인지 이해가 잘 되지 않았다. 그렇지만 아버지는 일본에서도 그런 민속이 있다며 틀린 얘기가 아니라고 했다. 아버지는 아마도 왜정을 겪은 생전의 할머니한테서 그런 얘기를 들은 것 같았다. 할머니의 메밀 체험은 그대로 며느리인 엄마에게도 전수돼 엄마가 지져주는 메밀전은 주영이가 제일 좋아하는 음식이다. 소당 뚜껑을 뒤집어 놓고 기름을 두른 뒤 소금물에 살짝 죽인 배춧잎을 펴고 그 위에 묽은 반죽을 흘려 지져내는 메밀배추전은 거죽에 작은 구멍자국이 송송 나고 부드러운 질감의 부침개인데다 순메밀의 구수한 맛도 일품이라 전 부치는 날 주영은 배가 부르도록 먹었다. 메밀전이 어느 집이나 잔치음식이나 상갓집 음식으로 빠지지 않는 데는 다 그만한 이유가 있는 것 같았다. 시골에서 원료 구하기가 쉬운 이유도 있겠으나 누구나 좋아할 수 있는 음식의 맛이 손님 접대에 걸맞은 품위가 있어서일 거라고 엄마가 말했던 적도 있었다.

주영의 아버지는 나이가 들면서 진폐증에 당뇨까지 겹쳐 건강이 급격히 나빠졌다. 병원을 다니며 약을 복용했지만 낫는 병이 아니었다. 점차 쇠약해지다가 주영이 여고에 들어가고 나서 얼마 안 돼 돌아가셨다. 아버지를 여의고 주영은 한동안 슬픔을 가누지 못해 밤마다 아버지의 사진을 보며 눈물을 흘렸다. 엄마는 딸들 앞에서 내색은 안 했지만 얼굴에 수심이 가득한 걸로 보아 누구보다도 상심이 큰 것 같았다. 금슬 좋은 부부들에게 배우자의 죽음처럼 큰 슬픔은 없다고 들었는데 엄마를 보면 그 말이 맞는 것 같았다. 아버지가 돌아가신 뒤에도 광에 남은 곡물자루는 다 없어질 때까지 주영이 장에 내다 팔아 살림에 보탰다. 학생 신분만 아니면 아버지처럼 산골을 다니면서 싼 곡물을 사모아 양곡상을 해보는 것도 괜찮을 것 같았다. 그렇게 일찍이 장터에서 양곡상을 경험한 주영은 품목이 무엇이든 장사에는 자신이 있었다.

10

정기사는 강릉에 사는 큰아들 내외로부터 사돈집에 혼사
가 있다는 전갈을 받았다. 아들의 손위 처남이 장가갈 생각
을 하지 않고 노총각으로 지내더니 드디어 연분을 만나 청첩
을 하게 된 것이다. 속초 아가씨를 만나 양양시 손양면에 있
는 솔비치에서 혼례를 치른다고 했다. 정기사는 아내와 함께
일찌감치 길을 나섰다. 양양까지 버스를 타고 가서 택시를
타고 10여 분 가니 바닷가에 우람하게 들어선 솔비치에 도착
했다. 말로만 듣던 솔비치는 주변 경치가 좋고 건물의 외관
도 눈길을 끌만 했다. 식장에 들어가기는 좀 이른 시간이라
정기사는 아내를 데리고 바닷가로 내려가 파도소리를 들으
며 모처럼 푸른 바닷물에 마음을 풀어 놓고 잠시 바다 구경
을 했다. 넘실대는 파도가 발끝에 닿을 것만 같았다. 아내는
"어마야! 어마야!" 하면서 파도를 피하느라 호들갑을 떨었다.
그 모습에 아내의 처녀 적 모습이 겹쳐 귀엽기도 했다. 호텔
커피숍으로 들어간 정기사는 아내와 커피를 시켜 마시며 자
신의 신혼여행을 떠올렸다. 버스 회사에서 만나 회사가 있는
원주의 한 예식장에서 식을 올리고 그때도 신혼여행은 양양
에 와서 낙산비치호텔에서 첫날밤을 보냈었다. 창밖으로 멀리

35년 전의 그 낙산비치호텔이 눈에 들어와 아내에게 손으로 그곳을 가리키며 말했다.

"당신과 신혼여행을 왔던 게 엊그제 같은데 벌써 35년이 되었소."

"그러게 말이에요. 그땐 참 멋대가리 없는 신혼여행이었는데……"

"또 그 소리요?"

아내는 신혼여행 얘기만 나오면 '멋대가리' 타령이었다. 설악산에 갔다가 속초에서 시외버스를 타고 경주로 갔다. 가는 도중 중간중간 버스에 오른 바닷가 사람들에게서 나는 비릿한 냄새와 퇴근하는 노무자에게서 나는 술 냄새에 아내는 참 못마땅해 했었다. 세련된 캐리어도 아닌 골프가방 비슷한 촌티 나는 가방을 신혼여행가방이라고 들고 불국사 근처의 어느 여관에 묵었으니 멋대가리가 없는 신혼여행이긴했다. 그래도 번번이 우려먹는 아내의 멋대가리타령은 정기사도 듣기가 거북했다. 그렇지만 좋은 데 와서 비싼 커피 마시면서 허접한 추억으로 피차 기분 잡치지 말자는 데 이심전심으로 동의해 정기사는 화제를 장가드는 사돈총각한테로 돌렸다. 사돈총각의 나이며 성품, 직업 등을 아는 대로 들추다가 시간이 얼추 맞을 것 같아 일어나 식장으로 갔다. 식장에는 큰아들 내외와 외손자손녀가 정기사 내외를 알아보고 다가와 인사를 했다.

"이제 오세요?" 아들은 그렇게 말했고 "안녕하셨어요?"라고 며느리가 인사를 했다. 아이들은 "할아버지! 할머니!"를 부르며 허리춤에 매달렸다. 구정 때 보고는 못 보았으니 근 6개월만이었다. 아직 학교 갈 나이는 아닌데도 애들이라 그런지 그새 부쩍 커 보였다.

"우린 아까 와서 호텔 커피숍에서 커피 한 잔 하고 왔지."

"잘 하셨어요. 그렇잖아도 식 끝나면 그리로 모시려고 했어요."

아내의 말에 며느리는 마음에 들게 대답을 했다. 사돈 내외와 신랑과도 인사를 나누고 정기사 식구들은 안으로 들어가 자리를 잡고 앉았다. 큰딸과 작은딸도 온다고 했는데 아직 도착을 안 했는지 보이지 않았다. 예식은 여느 예식장처럼 일반적인 절차대로 무난히 치러졌다. 식장을 나오니 큰딸과 작은딸 식구들이 반갑게 다가왔다. 인사를 나누고 다함께 피로연장으로 들어갔다. 피로연은 잘 차려진 뷔페였는데 바닷가라 싱싱한 해산물이 구미를 당겼다. 정기사는 잔치국수와 메밀소바부터 가져다 먹었다. "평소 못 먹어 보던 맛있는 것도 많은데 왜 맨날 먹던 것으로 배를 채우느냐?"고 아내가 한마디 했다. 정기사는 "잔치집에서 국수를 안 먹으면 되겠느냐?"고 응수했다. 국수는 모양이 길게 이어진 것처럼 수복(壽福), 장수(長壽), 추모(追慕)의 의미가 길게 이어지기를 염원하는 의도에서 여러 행사 때마다 먹는 것이라고 했다. 즉, 출생, 생일, 돌, 회갑 등 출생의례에는 국수의 기다란 모양처럼 수명이 길도록 장수를 기원했고, 혼례에는 결연이 길어지기를 바라는 백년해로의 뜻과 수복의 뜻에서 국수를 먹으며, 제례에는 추모의 뜻이 담겨져 있기 때문에 국수를 먹는다는 것을 식구들에게 다시 한 번 강조를 했다. 아내의 잔소리에 대한 응수이기도 했고 손자손녀들에게 우리의 전통적인 식문화를 가르쳐 주는 의미도 있었다.

"내 몫까지 더 갖다 드시오."

아내는 빈정대듯 한 마디 더 내뱉고는 손자손녀들에게 이 것저것 먹어보라며 모처럼 할머니 노릇을 하느라 바빴다. 점심을 다 먹고 큰사위가 커피를 사겠다고 해 식구들은 호텔 커피숍으로 갔다. 각자 취향대로 주문한 커피를 마시며 그동안 나누지 못했던 근황들을 주고받았다. 다들 큰 문제없이 안정된 생활을 하고 있었다. 다만 둘째딸 선희에게 오랫동안 꿈 꾸어온 유학이 성사될 것 같다고 해 모두들 박수를 치며 환호했다. 최종 발표만 남겨두고 있어서 선희는 조심스럽게 말했지만 도청에 근무하는 작은사위는 사실상 결정된 거나 마찬가지라고 했다. 선희는 캐나다 매니토바(Manitoba)대학의 식품공학과 박사과정에 들어가 메밀연구를 하게 될 것이라고 했다. 정기사는 둘째 딸의 강인한 집념과 끈기 있는 노력이 대견하고 가상(嘉尚)했다. 아이 키우랴, 근무하랴, 본인 공부하랴 얼마나 힘들었을까를 생각하니 한편으로 '꽤 힘들게 사는구나.' 싶어 측은하기도 했다. 그러나 힘든 과정을 이겨내면 무척 보람이 있을 거라고 격려해 주었다. 큰딸은 '선희가 캐나다에 가서 웬만큼 공부가 마무리되면 부모님도 한 번 다녀오시게 해야 하지 않겠느냐?'고 하며 농협직원답게 형제들이 돈을 모아 적금을 하나 들자고 전격 제안을 했다. 그때 가서 갑자기 목돈 만들기는 쉽지 않을 터이니 다들 좋다고 했다. 그래서 정기사 내외도 캐나다 여행이 기정사실화 되었다. 아내는 딸 덕분에 호강하게 됐다고 입이 귀에 걸리기 직전이었다. 선희는 최종 결과가 발표되고 일정이 나오면 출국 준비를 하면서 할머니께 인사도 드릴 겸 식구들과 집에도 한번 다녀가겠다고 했다. 큰아들과 며느리는 작은누나 출국 전에 본가에서 다 같이 한번 모이자고 했다. 모두들 그렇게 하기로 하고 커피숍을 나와 각자 타고 온 승용차에 올랐다. 정기사 내외는 좀 더 솔비치 경내를 둘러보고 큰아들 차를 타고 강릉으로 가서 원주 가는 버스를 타기로 했다.

11

중선과 주영은 자주 전화 연락을 하며 교제하는 사이로 발전했다. 만남은 주로 주영이 비번인 날 중선이 원주로 와서 데이트를 하는 식으로 이어졌다. 주영은 중선을 만나면 만날수록 성품과 매너에 이끌려 사랑에 푹 빠지는 느낌이었다. 중선이 아직 학생이지만 놓치기 아까운 배필로서도 후한 점수를 줄만 했다. 중선의 자신감과 성실성으로 보아 졸업할 무렵 취업은 걱정 없을 것 같았다. 설령 취업이 좀 늦어지더라도 자기가 버니까 중선의 미취업이 문제 될 것은 없었다. 당장 결혼을 하는 것도 아니니 지금은 두 사람이 얼마나 깊이 사랑하느냐가 문제였다. 사랑이 농익어 가고 중선이 취업이 되기만 하면 그땐 누가 먼저 청혼을 하든 자연스레 결혼 얘기가 나올 것 같은 예감이 들었다. 두 사람의 만남 횟수가 잦아지면서 흥업에 있는 중선의 본가를 방문해 어른들께 정식으로 인사를 드렸고 정선에 가서 주영의 어머니께도 인사를 드렸다. 미영에게서는 벌써 형부 소리도 들었다. 주영이 쉬는 날이 고작 하루여서 여태 당일치기로만 만나다 보니 잠자리를 같이 하거나 진한 스킨십을 한 적은 아직 없었다. 헤어지기 전에 정류장 뒤편의 골목길 담벼락에 붙어 서로 허리를 감싸 안고 입맞춤을 하는 정도로 사랑을 확인할 뿐이었다.

오늘은 마침 초복이라 중선은 전날 집에 내려와 아버지에게 용돈을 두둑이 받아 두었다. 점심 때 맛있는 삼계탕을 먹고 새로 나온 영화도 같이 보기로 해 늘 만나던 커피숍에서 주영을 만났다. 두 사람은 이제 말도 놓는 편안한 사이가 되어 누가 보더라도 다정한 연인이었다.

"내가 좀 늦었지? 주영!"

"아니야! 나도 방금 들어 왔어. 자기 이발했네?"

"어제 집에 왔는데 시간이 좀 나서 동네 이발소에서 깎았지. 이상해?"

"아니, 짧은 머리도 멋있어. 다음엔 파마를 한번 해봐. 파마머리도 잘 어울릴 것 같은데?"

"난 아직 한 번도 미용실에 간 적이 없는데……"

"그래? 내가 같이 가 줄게."

"정선 어머니 별 일 없으시지?"

"응! 홍업 부모님도 편안하셔? 할머니는?"

주영은 언제부턴가 정기사 내외를 흥업 부모님이라고 불렀다. 처음에는 중선 씨 부모님이라고 했다가 말을 놓으면서부터 호칭이 사라지게 돼 자기 부모님이라고도 했는데 '자기'라는 표현이 너와 나를 가르는 느낌이 들어서 중선이 제안한 '흥업 부모님'이라고 부르기로 했다. 그리고 주영의 어머니는 '정선 어머니'라고 부르기로 한 것이다.

"부모님은 별고 없으신데 요즘 할머니가 기력이 좀 없으시네."

"어디 편찮으셔?"

"아무래도 연세가 있으시니까. 노환이신 것 같아."

"올해 할머니 춘추가 몇이시지?"

"여든다섯."

"그래 노환이시겠구나. 별 일 없으셔야 할 텐데."

"오늘 초복이라 삼계탕 먹기로 했지? 어디 잘 하는 집 알아?"

"어디 가나 비슷하겠지. 오늘은 어디든 사람이 많을 거야."

"시청 앞에 큰 삼계탕집이 있던데 커피 마시고 나가 보자."

평일이라 시청 앞 삼계탕집은 공무원들이 진을 친 듯 이미 만원이었다. 주영은 중선의 팔짱을 끼고 보도를 걸으며 삼계탕집을 찾느라 주변 간판을 살폈다. 걷다 보니 이마트가 건

너다보이는 외진 곳까지 오게 되었다 마침 괜찮아 보이는 삼
계탕집이 있어서 문을 열고 들어갔다. 빈자리도 있어서 얼른
자리를 잡고 앉아 삼계탕을 시켰다.

"오늘 같은 날 예약을 받는 집은 없을걸?"

중선이 미리 예약을 해 둘 걸 그랬나 하는 생각 끝에 불쑥
튀어 나온 말이 그랬다.

"맞아. 대목인 날은 자리 회전이 빨라야 매상도 더 오르거
든. 더구나 예약 받아 놓았다가 예약 손님이 안 오면 그 시간
에 다른 손님도 못 받고 엄청 손해지."

"가끔 그런 일이 있다지? 그래서 꼭 전화번호를 받아 둔
다며?"

"내가 알바 할 때도 그런 걸 봤어. 사장이 노발대발하고
난리가 났었지. 전화번호 받아 놓아도 배째라는 식이면 별
수가 없더라고. 그런 얌체들을 벌주는 법이 없나 봐. 업주들
한테는 심각한 손해를 끼치는 건데 국회의원들은 뭐하나 몰
라. 그런 법도 안 만들고."

삼계탕이 나오기 전에 서비스로 먼저 나온 인삼주를 똑같
이 두 번 따라 마시니 동이 났다. 중선은 소주 한 병을 시켜
주영에게 한 잔 따라 주고 제 잔에도 한 잔 가득 부었다. 전
에도 만나 소주를 나눠 마신 적이 있어서 자연스럽게 잔을

부딪쳐 묵언 건배까지 했다. 뒤이어 나온 삼계탕을 먹으며 소주도 마저 마셨다. 주영은 한 잔만 마셨고 나머지는 중선이 마셨다. 두 사람에겐 적당한 주량이었다. 이미 두 사람 사이에 긴장이 많이 풀어지긴 했지만 맨 정신일 때보다 약간 취기가 오르면 말이 많아지면서 격의 없이 서로를 알아가는 데 도움이 되는 것 같았다. 화장기 없는 민낯을 보듯 각자 내면의 민낯에 한 발 더 다가가는 계기가 되는 것을 느꼈다. 그런 점에서 술을 한 방울도 못하는 것보다는 적당히 즐길 줄 아는 것은 남녀 모두 필요한 일이라는 생각도 들었다. 식당을 나와 두 사람은 영화를 보고 오늘은 주영이 사는 소초까지 중선이 따라갔다. 정식으로 초대한 것은 아니지만 가보고 싶다는 중선의 제의를 주영이 마다하지 않았다. 정류장에 내려 소초면의 황골엿마을을 찾아갔다. '원주황골엿' 하면 전통방식의 엿을 만드는 마을로 유명한데 첨가제 없이 찹쌀과 무, 엿기름 등을 이용해 만들어낸 조청과 엿은 다양한 형태의 맛을 낸다. 기관지에 좋은 배·도라지엿과 조청, 감기예방에 좋고 몸을 따뜻하게 해주는 생강엿과 조청 그밖에 합격엿, 이바지엿 등을 직접 만드는 곳이다. 주영도 말만 들었지 엿마을까지 가보지는 못했었는데 중선의 제안으로 찾아와 보길 잘했다는 느낌이 들었다. 백 퍼센트 국산 쌀과 옥수수와 엿기름을 원료로 24시간 가마솥에 고아 만드는 이곳 치악산자락의 황골엿이 백년의 역사를 갖는다고 했다. 엿보다는 요리를 위한 조청이 인기가 있어 전국의 매장에서 팔리고 직접 주문을 받아 택배로 보내준다고도 했다. 거르고 걸러야 완성되고, 졸이고 졸여야 완성되고, 젓고 또 저어 주어야 완성된다는 황골엿의 현장을 돌아보고 저녁 어스름에 근처 주영의 거처로 들어갔다. 창을 열면 치악산이 바라다 보이는 예쁘게 지은 3층집 원룸인데 주영의 방은 2층에 있었다. 원주까지 교통편도 좋고 회사는 아침저녁 집 앞 큰 길을 지나가는 통근버스를 이용해 출퇴근을 한다고 했다. 굳이 회사 근처에 거처를 만들어 두지 않은 이유를 알만 했다. 엿집에서 산 엿상자를 방바닥에 내려놓으며 중선도 벽에 기대어 앉았다. 누나와 여동생 방을 빼고는 피붙이가 아닌 처녀의 방은 난생 처음이었다. 원룸의 베란다 건조대에 걸린 하얀 브래지어와 속옷을 보니 왠지 얼굴이 후끈거리는 것 같았다. 주영은 원주에서 저녁거리로 사서 포장해 온 족발과 소주 한 병을 소반 위에 꺼내 놓았다. 라면도 있으니 먹고 싶으면 말하라고 하며 중선이 뚜껑을 따 놓은 소주병을 들어 먼저 중선에게 한 잔 따라주고 제 잔에도 한 잔 따랐다. "내 방에 들어온 첫 남자, 정중선을 환영한다."고 하며 중선의 잔에 제

잔을 가져다 부딪쳤다. 자기 집이어서 그런지 주영은 족발을 안주 삼아 중선과 똑같이 대작을 했다. 족발을 다 먹고 주영은 라면도 한 개 끓여 중선 앞에 내놓았다. 주영이 금방 끓여 낸 것인데도 라면 맛이 좋았다. 중선은 라면을 먹다 보니 며칠 전 상식 책에서 본 라면 이야기가 생각났다. 우리나라에 라면이 처음 등장한 것은 1963년인데 작년 총소비량은 37억 4천만 개로 세계 8위, 1인당 연간 소비량은 74개로 세계 1위라고 했다. 라면은 원래 중국 란저우 지역의 국수인 납면(拉麵)의 중국어 발음 '라미엔'이 메이지 유신 이후 일본으로 도입되어 '라멘'으로 불리게 되었고 그 '라멘'이 우리나라에서 '라면'으로 불리게 되었다는 것이다. 주영은 일 년에 서른 개쯤은 먹는 것 같다고 했다. 중선은 자취를 하다 보니 일주일에 몇 번은 라면을 먹는다고 생각하니 평균치는 넘을 것 같았다. 주영은 막국수도 근래에는 건면 형태로 제조해 육수와 양념을 포함한 막국수세트를 판매하는 게 있다고 했다. 가까운 원주자연식품에서 그런 제품을 출시하였는데 그 회사제품 중에 막국수 10인 세트라는 것이 있다고 했다. 그 것은 1롤의 막국수 건면과 각각 10개의 육수와 양념으로 한 세트를 구성한 제품이라고 했다. 중선도 유가네 막국수를 사다 끓여 먹어 본 적이 있다고 했다. 유가네 막국수는 겉껍질과 속메밀을 섞어 뽑은 겉메밀 면발로 꺼끗한 메밀면 고유의 색과 맛을 살린 생면 '막국수' 제품이라고 했다. 고소한 맛에 쫄깃한 식감을 살려 특별 제조한 소스로 매콤, 새콤한 맛까지 어우러진 '물비빔막국수'와 여름철 더위를 잊게 만드는 살얼음을 띄운 '물막국수' 2종이 2017년 신제품으로 '유가네 막국수'에서 출시된 것이다. 2018년에는 '노브랜드' 제품으로 숙면으로 만든 인스턴트 비빔막국수와 메밀소바도 시장에 출시되었다고 했다. 오뚜기 회사도 작년에 여름철 비빔면 성수기를 앞두고 신제품 '춘천막국수'를 출시했다고 했다. 오뚜기의 '춘천막국수'는 면의 메밀 함량이 30%로 메밀 특유의 구수한 향을 가득 느낄 수 있었다. 소스는 고춧가루, 식초, 참기름, 양파, 참깨 등이 잘 어우러진 양념에 사과, 배, 매실과 시원하고 감칠맛 나는 동치미 엑기스를 적용해 실제 즉석 조리면과 비슷한 맛이라고 했다. 아직 맛을 보지 못한 주영은 언제 사다가 맛을 봐야겠다고 생각했다. 중선은 라면 그릇을 물리고 자리를 털고 일어났다. 주영이 다음날 일찍 출근을 해야 한다고 생각하니 주영의 방에 더 머무를 수가 없었다. 아쉽지만 방문 앞에서 깊은 포옹을 나누고 가볍게 입맞춤을 했다. 주영은 "사랑한다."고 했고 중선도 "사랑해! 잘 지내!"라고 하며 감싸 안은 팔에 힘을 주었다. 팔을 풀어 한 손으로 석별을 아쉬워하는 주영의 등을 도닥여 주고는 큰길로 나와 시내버스 정류장으로 향했다. 주위에는 어둠이 깔려 낯설었지만 발걸음은 한결 가벼웠다. 머릿속으로는 주영과 가정을 이루고 티격태격하며 사는 모습을 상상했다. 주영의 강한 성격에 자신이 잘 맞추어 나가면 문제 될 것은 없을 것 같았다. 중선은 평소 '사랑이란 양보하는 것'이라는 생각을 해왔다. 그리고 자신은 '양보'에는 굳이 자존심을 들출 이유가 없다고 생각했다. '양보'가 곧 '자존심'의 발로일 수도 있다는 생각을 했다. 양보를 하지 않아 사랑하는 사람의 마음을 얻지 못하는 것보다 양보를 해 상대로부터 사랑과 믿음을 얻을 수 있다면 그것은 스스로 사랑받을 가치를 내재하는 것임을 확신하였던 것이다.

12

정기사는 정선에서 돌아와 차고지에 차를 세워두고 퇴근을 서둘렀다. 아침에 출근하면서 뵌 노모의 건강 상태가 종일 염려가 되었다. 집에 돌아와 보니 아니나 다를까 아내가 발을 동동 구르고 있었다. 남편의 퇴근이 늦었으면 119구급차를 부르려던 참이었다. 노모는 호흡이 가쁘고 기운을 차리지 못했다. 정기사는 급히 구급차를 불러 노모를 의료원 응급실로 모시고 갔다. 응급실 의료진의 진단과 검사를 거쳐 노모는 입원을 하게 되었다. 폐기능이 현저히 떨어지고 탈수 증세를 보인다고 했다. 입원실에서 산소마스크를 쓰고 링거를 맞으면서 노모는 서서히 안정을 되찾았다. 의료진은 노모가 노환이라 자주 이런 증세를 보일 거라고 했다. 아무래도 노모가 오래 못 버틸 것 같은 예감이 든 정기사는 퇴원을 하면 집에서 좀 더 신경을 써서 모셔야겠다고 생각했다. 퇴원을 했는데도 어머니는 입맛을 잃으셨는지 통 음식을 양껏 드시지 못했다. 막국수는 드실 것 같다고 해 어머니의 전통 조리법대로 몇 번 막국수도 눌러 드렸다. 다행히 양념을 별로 쓰지 않은 심심한 막국수를 천천히 절반 이상은 드셨다. 아내에게 어머니가 만들었던 메밀수제비와 메밀죽도 끓이게 해 떠먹여 드렸다. 그렇게 근근이 연명을 하다가 급격히 기력을 잃고 숨이 가빠져 노모는 입·퇴원을 몇 차례 반복했다. 그러던 어느 날 집에서 위중한 순간을 맞게 돼 구급차를 부를 사이도 없이 아들 내외가 임종을 지켜보는 가운데 운명하셨다. 정기사는 "어머니!"를 부르며 오열했다. 벽에 걸린 말린 장미꽃처럼 말랐어도 집안 어른으로서 존재가치가 있었는데 이제 말라 부서져 형체를 잃은 장미꽃이 되어 버린 어머니를 부처님 품으로 보내드려야 했다. 장례식장으로 옮겨 무난히 3일장을 치르고 화장을 해 아버지가 계신 추모공원 분묘에 합장(合葬)했다. 하루 저녁 문상을 다녀간 주영은 발인 때는 근무조를 바꿔 장지까지 따라와 중선의 곁을 지켰다. 정기사 내외는 물론 형제들도 그런 주영을 따뜻하게 맞아 주었다. 중선은 할머니가 둘째 손자며느리를 못 보고 돌아가셔서 아쉽기는 했지만 그나마 생전에 집으로 찾아온 주영을 보고 예뻐해 주신 게 다행이다 싶었다. 주영은 중선의 손을 잡고 함께 기도하듯 할머니의 명복을 빌었다.

삼우제까지 다 지내고 어느 날 정기사는 기사 친목회에 가서 조문을 해준 회원들에게 저녁을 냈다. 스무 명 남짓 회원이 나왔는데 그중 한 회원으로부터 문막에 있는 O리조트에서 직원을 뽑는다는 얘기를 들었다. 정기사는 불현듯 주영이 생각났다. O리조트라면 정기사의 집에서 그리 멀지 않으니 주영을 중선과 혼인을 시켜서 집에서 다니게 하면 좋을 것 같았다. 정기사는 O리조트 직원인 지인을 통해 들었다는 그 회원에게 자세히 알아봐 달라고 부탁을 하고 나중에 입사를 도와줄 것도 부탁했다. 그리고 집에 돌아와 주영에게 전화를 걸어 O리조트에 자리가 되면 옮길 의향이 있느냐고 물어 보았다. 드러내 놓고 추진할 일은 아니지만 O리조트 입사가 가능하기만 하면 근무 여건과 대우가 더 좋으니 옮길 의사가 있다고 했다. 그러면서도 소문이 안 나게 해달라고 신신당부했다. 정기사는 친목회원 친구에게 부탁해 백방으로 알아봐 주어 주영은 경력직 사원으로 지원이 가능하다는 말을 듣고 지원을 하게 됐고 결과는 합격이었다. K리조트에서 2년이 넘은 주영의 경력도 유효했고 임원 면접도 센스 있게 잘 보았던 것 같았다. 직장을 옮기는데 결정적인 도움을 준 정기사에게 주영은 고마움을 표하고 정기사의 배려를 받아들여 거처도 사실상의 시집이기도 한 정기사 집으로 옮겨 할머니가 쓰던 방에 짐을 풀었다. 중선은 집에 가면 사랑하는 주영이 있고 집에 있는 날엔 주영과 함께 할 수 있게 된 것이 무척 좋았다. 그렇게 만들어 준 아버지에게 다시금 진한 부정을 느꼈다. 주영과 정식으로 혼인을 하고 빨리 합방도 하고 싶었다. 그래서 결혼을 하려면 아무래도 직장이 있어야 하므로 취업준비에도 더 박차를 가하게 되었다. 주영도 부담 없이 편하게 집에서 중선을 만나고 부모님과도 한 집에서 가족처럼 지내면서 가풍도 익히고 정을 느끼게 된 것이 너무 좋았다. 본가에서 가족 간의 정에 늘 갈증을 느껴서인지 혼전이지만 예비 며느리로 시집에 들어와 사는 게 전혀 불편하거나 부담스럽지 않았다. 하숙생처럼 밥만 얻어먹을 수도 없고 그렇다고 살림살이를 할 것도 아니고 애매하긴 했지만 차려 주는 밥을 같이 먹고 대신 설거지와 청소를 하면서 한 식구처럼 살기로 했다. 중선이 소방직 공무원 시험에 붙기만 하면 곧장 식을 올리고 신방에서 중선과 합방을 하리라 생각하니 흥이 저절로 나서 집안 일이 힘든 줄도 몰랐다. 싹싹하게 붙임성도 있는데다 손끝도 야무져 무슨 일이든 깔끔하게 마무리 짓는 주영의 일솜씨에 정기사의 아내도 며느릿감으로 만족해하며 빨리 식을 올려주고 싶었다. 그래서 아내는 어느 날 새벽, 눈을 떴을 때 아직 이불 속에서 부스럭거리는 남편을 깨워 속내를 드러냈다.

"여보! 자요? 안 자면 내 말 좀 들어 봐요."

"무슨 얘긴데 잠도 안 자고. 이 새벽에……"

"중선이 장가들입시다."

"아직 취직도 안 됐는데……"

"취직은 나중에라도 하면 되는 것이고. 색시가 있으니 장가부터 들고 취직을 해도 되는 것 아니오?"

"중선이도 집에 오면 주영이 방을 드나들게 될 거고. 다 큰 애들이 잠자리도 하고 싶을 테고."

아내는 평소와는 다르게 노골적으로 말했다. 그만큼 주영에 대한 애착이 정기사 자신보다도 더 커 보였다.

"그렇긴 하지만…… 애들 의견도 들어 봐야지. 우리가 결정할 문제는 아니오."

"그럼 이번 주말에 둘째 놈 오면 같이 앉혀 놓고 물어 봅시다."

"그러지."

아내는 일어나 앉아 머리맡의 수건을 머리에 쓰고 "아욱된장국을 끓여야 하겠다."고 하며 부엌으로 나갔다. 채반에는 엊저녁에 밭에서 뜯어 다 씻어 놓은 아욱이 한가득 담겨 있었다. 국솥에 물을 채우고 체를 받쳐 된장을 풀면서 아내는 주영을 생각했다. 더 겪어 봐야 알겠지만 잘 숙성된 된장이 깊은 맛을 내듯이 주영의 심성이 반듯하고 온화한 것은 중선의 삶에 깊은 맛을 더하는 반려자로서의 소양에 다름 아니라고 생각했다. 자신의 처녀 적 모습과 비교해도 자신보다 더 원숙한 내면을 가진 것 같아 남편의 첫인상에 대한 깊은 안목을 인정할만했다. 아욱을 한 솥 가득 채워 넣고 이것저것 밑반찬을 접시에 담고 있는데 주영이 상차림을 돕겠다고 부엌에 들어섰다.

"출근 준비나 하지? 상은 혼자 차려도 되는데……"

"준비는 다 했어요. 저 때문에 새벽부터 애쓰시는데 도와야지요."

주영은 남보다 한 시간은 일찍 출근을 해야 하는데다가 시내에 나가 O리조트 통근버스를 타야 하므로 정기사보다 한 시간은 먼저 집을 나서야 했다. 그러니 주영의 아침시간은 사실 제 몸치장하기에도 바빴다. 그래도 시간을 쪼개 막내 미희까지 고작 네 사람 먹는 상차림을 돕겠다고 나온 것이다. 말린다고 그만 둘 주영도 아닌 것 같아 두 사람은 서둘러 밥상을 차려 방으로 들어갔다. 늦잠을 자는 미희를 빼고 세 사람이 둘러 앉아 아욱된장국으로 아침식사를 했다. 주영은 아침에 상을 못 치우고 먼저 나가야 하는 처지를 죄송해하며 제 먹은 그릇만 싱크에 담아놓고 서둘러 집을 나갔다. 정기사는 그런 주영의 모습을 지켜보며 새벽에 아내가 한 말을 진지하게 고민해 보았다. 아이들만 좋다고 하면 아내 말대로 혼인을 시키는 게 좋겠다는 생각이 들기도 했다.

13

정기사는 선희로부터 유학이 성사되고 출국 일정도 나왔다는 전화를 받았다. 대학도 결정되고 입학허가서도 받아 둔 상태라 비자만 받으면 출국할 수 있다고 했다. 비자를 받는 데 두 달 정도 걸린다고 했다. 그 얘기를 들으니 선희의 출국 전에 중선을 혼인시킬 필요가 더 절실해졌다. 이제는 아이들이 반대해도 정기사가 밀어붙여야 할 판국이었다. 마침 주말이 되어 중선이 집에 와 저녁상을 물리고 아들과 마주 앉았다. 설거지를 끝낸 주영이 메밀차를 타 찻잔을 받쳐 들고 들어왔다.

"너희들 식 올려라."

정기사가 단도직입적으로 말했다. 처음 듣는 얘기라 중선과 주영은 깜짝 놀라 되물었다.

"뭐라고 하셨어요? 식을 올리라고요?"

"그래. 아버지가 니들 혼례 올리라고 하시잖아?"

아내가 흥분된 어조로 끼어들었다.

"학교 졸업도 안 했고 더구나 취직도 안 됐는데 결혼을 하라고요?"

중선이 정색을 하고 반문했다. 주영도 갑작스런 얘기에 당혹스러웠다. 정기사는 선희 얘기를 해가며 식을 올려야 할 필요성에 대해 알아듣게 차분히 설명을 했다. 아내도 "취직은 결혼하고 해도 되지 않겠느냐?"고 하면서 남편의 뜻에 따를 것을 종용했다.

"부모님의 뜻은 알겠는데 저희 문제이니 주영이와 상의를 해보지요."

중선은 안방을 나와 제 방에서 주영과 마주 앉았다.

"주영은 부모님의 제안을 어떻게 생각해?"

"갑작스럽기는 한데 자기만 좋다면 난 좋아! 엄마하고도 의논을 해봐야겠지만 난 찬성!"

어차피 예비 시집에 들어와 사는 마당에 시간을 끌 이유가 없다고 생각한 주영은 쿨(cool)하게 대답했다. 주영이 나이도 찬데다가 자기 딸한테 잘 해주는 정기사 내외의 호의를 엄마도 굳이 반대할 것 같지 않았다.

"자기 생각은 어때?"

주영이 결심을 못하고 있는 듯한 중선에게 물었다.

"졸업하려면 2학기가 남았는데 취업도 안 된 학생 신분으로 결혼할 생각을 하니 고민이 되네. 선희 누나 생각하면 하는 게 맞는 것도 같은데……"

"자기야! 누나 사정 때문이 아니고 나에 대한 절실한 감정은 없는 거야? 그러면 섭섭한데······"

중선은 '아차!' 싶었다. 결혼이 사랑하는 사람과의 고도로 응축된 감정의 폭발 같은 것이어야 하는데 그 점을 놓치고 있다는 생각이 들었다. 한집에서 살면서 자기를 원하는 절실한 감정이 없다면 아무리 중선이 느끼는 현실의 무게가 크다고 하더라도, 그걸 이해한다고 하더라도 여자로서 서운할 수도 있겠다 싶었다. 주영과 만났다 헤어지면서 몇 번 깊은 입맞춤을 할 때도 그녀와 자고 싶다는 욕망이 일었는데 '그건 뭔가' 싶기도 했다. 주영의 방을 드나들면서 그녀와 스킨십을 하다 보면 선을 넘을 수도 있는데 그렇지 않고 언제가 될지 모르는 결혼까지 육체적 순결을 지킬 수 있을까도 생각해 보게 되었다. 사실 그런 감정은 본능적 욕정이 섞여서 이성으로 온전히 제어한다고 자신할 수 없다는 것을 중선은 잘 알았다. 군에서 외박을 나갔다가 사랑하지도 않는 노래방 도우미에게 어이없게 동정을 바친 자신을 생각하면 결혼 전까지 주영을 손끝 하나 건드리지 않을 수 있다고 호언할 수 있는 입장이 못 된다는 것을 인정해야 했다. 아니 오히려 엄마가 주영을 놓치고 싶지 않아 아들의 등을 떠밀 때 못 이기는 척 넘어가 주영과의 육체적 사랑도 마음 놓고 할 수 있는 이 기회를 덥석 잡는 것이 더 솔직하고 자기감정에 충실한, 인간적인 모습이 아닐까 하는 생각이 들기도 했다. 또 선희 누나는 어떤가? 두 달 후에 출국을 하면 본인도 그렇고 동반하는 조카도 유학생활에 적응하기 바빠 한동안은 귀국하기 어려울 것이 아닌가? 자기가 결혼한다고 애를 데리고 그 먼 길을 비용을 써가며 다녀간다는 것은 상상하기 어려운 일임을 알아야 했다. 아마 아버지가 돌아가셨다고 해도 누나는 올 수 없을 거라고 생각했다. 이런 저런 판단을 종합하면 중선도 선택의 여지가 없을 것 같았다.

"그래, 자기가 좋다면 식 올리자! 정선 어머니에게 당장 여쭤 보자!"

중선이 비장한 결의를 보이며 주영에게 전화로라도 어머니의 의사를 여쭤 볼 것을 재촉했다. 주영은 사랑하는 남자로부터 멋있게 청혼을 받고 그 남자가 엄마한테도 간곡하게 "딸 제게 주십시오." 하는, 평소 꿈꾸었던 드라마 같은 장면과는 거리가 먼 지금의 상황이 다소 불만스럽기도 했으나 그것은 나중 문제이고 당장 결론을 내리려면 엄마와 통화를 하지 않을 수 없었다. 주영은 엄마와 잠시 통화를 하며 자초지종을 설명했다. 엄마도 내심 중선의 집에 들어간 딸이 마음에 걸렸던지 "너만 좋으면 나도 좋다. 잘 됐다!"고 하셨다. 주영은 엄마에게 "자기를 빨리 치우지 못해 안달 난 것 아니냐?"고 투정 아닌 투정을 부리면서 전화를 끊으려고 했다.
중선은 잽싸게 주영으로부터 수화기를 가로채 "어머니! 주영
이 저한테 허락해 주셔서 감사합니다." 하고 인사를 드렸다.
주영은 제 속마음을 알아챈 중선의 기지와 순발력에 후한
점수를 주며 눈을 흘겨 보였다.

"그럼, 나한테도 멋지게 청혼을 해야지?"

주영은 애교 섞인 목소리로 한 마디 더 했다.

"그렇지! 가만있어 봐!"

중선은 얼른 방을 뛰쳐나가 뒷밭으로 갔다. 밭에 한참 꽃
을 피우고 있는 메밀을 손으로 뚝뚝 꺾어서 꽃다발을 만들
었다. 얼마나 그 동작이 빨랐던지 주영이 뒤따라 나와 댓돌
에 내려서기도 전에 중선이 꽃다발을 들고 마루에 올라섰다.
서 있는 주영 앞에 무릎을 꿇고 두 손으로 꽃다발을 바치며
"자기야, 사랑해! 나와 결혼해 줘!" 하고 청혼을 했다. 주영은
감동했다. 반지도, 목걸이도 없는 메밀꽃뿐이었지만 주영에
겐 참으로 근사한 청혼이었다. 마루에서 나는 소리에 방문을
열고 내다보던 부모님도 그것이 아들의 청혼 장면인 줄 알고
박수를 치며 흐뭇해 하셨다.

"우리 결혼할게요. 식 올려 주세요."

중선은 부모님께 두 사람의 결심을 말씀드렸다. 주영도 정

식으로 부모님께 "결혼을 허락해 주셔서 감사하다."고 인사를 드렸다.

"그럼 오늘밤부터 우리 합방해도 되는 거지요?"

중선이 기습적으로 부모님께 주영과의 합방을 선포하였다. 주영은 얼굴을 붉혔고 부모님은 파안대소하셨다. 실제로 그날 밤 중선은 주영을 품에 안고 황홀한 마음으로 사실상의 초야를 보냈다. 주영도 간직했던 처녀성을 사랑하는 중선에게 온전히 바치게 된 것에 자긍심과 행복감을 느꼈다. 처음 경험하는 남근으로 통증이 느껴졌지만 중선의 속삭임으로 금세 잊었다. 두 사람은 한 몸이 되어 몸은 땀으로 젖으면서도 마음은 영원한 사랑을 다짐하며 한껏 부풀어 올랐다. 말로만 듣던 '초야'의 행복을 오감으로 느끼는 순간이었다.

14

양가 어른의 상견례를 시작으로 중선과 주영의 혼사는 일사천리로 진행되었다. 양가 어른들 사이에서 혼수는 단출하게 준비를 하는 것으로 합의를 해 시간이 걸릴 것도 없었다. 신랑신부의 웨딩사진 촬영을 고려해 일정을 잡았고 식장도 주영이 근무하는 O리조트로 결정했다. 주영이 비번인 날을 이용해 웨딩사진을 찍었다. O리조트 골프장의 푸른 잔디밭 위에서 한껏 사랑의 포즈를 취했다. 간현 소금산 출렁다리 위에서도 신랑이 신부를 번쩍 들어 안기도 하고, 다리 난간에 기대어 입맞춤을 하기도 하며 다양한 포즈로 사진을 찍었다. 처제인 미영도 따라와 진짜 형부가 된 중선을 놀리기도 하며 언니의 사진 촬영을 거들었다. 간현 유원지 근처의 메밀밭에서 사진을 찍고 나서 주영은 한 마디 했다.

"나 말고 메밀꽃다발로 청혼을 받은 사람은 아마 없을 걸……"

그러면서 주영은 사진기사에게 메밀꽃을 특별히 클로즈업하는 사진을 몇 장 더 주문했다. 영문을 모르는 미영은 "왜 하필 메밀꽃일까?" 하는 생각이 들어 중선에게 물었다.

"형부! 추석 전에 날을 잡은 게 다행이네요. 메밀밭이 없었으면 어쩔 뻔 했어요?"

"그러게. 돌아가신 할머니가 선견지명이 있으셔서 텃밭에 메밀을 뿌려 두신 것 같아."

"할머니가 씨를 뿌리셨어요?"

주영도 처음 듣는 얘기라 경이로워 했다.

"할머니가 메밀을 좋아하셨지, 막국수와 메밀배추전 같은 메밀음식도 음식이지만 꽃이 좋다며 매년 텃밭에 메밀꽃을 피우셨지."

"그러셨군요. 멋쟁이 할머니이셨네요."

"할머니 덕에 나도 메밀꽃을 좋아하게 되었어. 봐! 메밀꽃을 하나씩 보면 작고 보잘 것 없지만 이것처럼 무리지어 있을 때 참 예쁘잖아? 그런 점 때문에 농림부에서도 메밀꽃을 경관작물로도 재배를 장려하고 있지."

중선은 메밀꽃이 우거진 밭 가운데를 손으로 가리키며 말했다. 사진기사도 잽싸게 그쪽으로 앵글을 맞춰 연속으로 사진을 찍었다.

"이런 꽃에 열매가 맺히고 그 열매로 음식도 해먹고 차도 끓여 마시니 얼마나 좋아. 우리 몸도 건강해지고."

"그러고 보면 메밀꽃은 피었다가 짐으로써 사라지는 게 아니라 열매로, 생명으로 다시 사는 거네요."

"그런 셈이지. 꽃이 없으면 생명의 실체이면서 또 다른 생명을 지켜주는 씨도 아예 없는 것이니……"

"그 얘기를 들으니 꽃이 핀 메밀보다 거뭇거뭇 씨를 매달고 있는 메밀이 예쁘지는 않아도 더 숭고해 보이네요."

두 사람의 메밀꽃 얘기를 듣고 있던 미영이 "이러다 늦겠다."고 하며 다음 코스로 이동할 것을 재촉해 일행은 메밀밭을 뒤로 하고 밭가에 세워 둔 차에 올랐다. 사진 촬영을 마치고 새 학기가 시작된 9월 초순, 중선은 수강하는 과목의 담당 교수들에게 유효결석계를 내고 가벼운 마음으로 결혼식을 올렸다. 신혼여행지로는 평소 가보고 싶었던 하와이로 정했다. 신부 화장을 하고 곱게 웨딩드레스를 차려 입은 주영은 중선의 팔짱을 끼고 함께 입장했다. 신부의 예쁜 모습과 신랑의 듬직한 발걸음에 하객들 모두 환호하며 박수를 쳤다. 주례로 모신 중선의 지도교수의 감동적인 주례사를 듣고 식순에 따라 결혼식은 무난히 마쳤다. 집에서는 이미 주영의 방을 새로 도배하고 가구도 들여 놓아 아담하게 신방을 꾸며 놓았다. 신혼여행에서 돌아온 두 사람은 혼전과 크게 다를 바 없는 일상으로 돌아갔다. 중선은 매주 금요일에 집에 와서 일요일 오후에 자취방이 있는 충주로 갔다. 주중에는 신혼임에도 신랑 없이 독수공방하는 며느리가 애처로워 부모님은 여전히 주영에 대한 배려가 깊었다. 아내는 주영을 잘봐 결국 며느리로 삼은 남편의 의지와 추진력에 감동해 남편에 대한 존경심이 커졌다. '며느리 사랑은 시아버지'라고 미처 남편이 며느리를 챙겨야 할 때 챙기지 못하면 아내가 코치를 해 시아버지의 체면을 살려 주기도 했다. 혼자 계시는 안사돈을 가끔 남편이 운행하는 버스를 타고 가 정선시장에서 셋이서 점심을 같이 먹고 오기도 했다. 그럴 때면 엄마를 챙겨주는 시부모님의 배려에 주영이 눈시울을 붉히며 감사하곤 했다. 아직 신랑이 미취업 상태라 임신을 피하고 있지만 주영은 시집의 따뜻한 분위기에 도취되어 가급적 빨리 손자를 낳아 안겨드리고 싶었다. 시부모님이 엄마를 만나 며느리가 손자를 낳으면 키워주겠다고 말했다는 얘기를 엄마한테서 들어서 더욱 그런 희망을 품게 되었다. 그래도 아기를 원하는 가장 큰 이유는 시부모님을 위해서라기보다는 중선과의 완전한 사랑에 대한 자신의 오래된 소망임을 숨길 수는 없었다. 중선도 그런 주영의 마음을 헤아려 얼른 아기를 갖기 위해서라도 시험 대비를 조금도 게을리 할 수가 없었다. 가장으로서의 당당한 모습이야말로 중선에게 필요한 사실상의 '아기 맞이' 준비라는 생각을 했다.

15

선희가 필요한 절차를 끝내고 드디어 출국하는 날이 되었다. 출국 전에 집에서 식구들이 모이기로 했던 것은 그동안 있었던 할머니의 초상과 중선의 결혼으로 자주 얼굴을 봤으니 그만두기로 했다. 대신 인천공항에서 환송을 하기로 해 정기사 내외를 비롯해 형제들이 식구들을 대동해 인천공항으로 갔다. 가로변의 은행나무는 노랗게 단풍이 들기 시작했는데 가을하늘은 미세먼지 때문에 예전 같지 않았다. 맑고 푸른 하늘은 어쩌다 비나 와야 한 번 볼까 말까 하니 사람들이 미세먼지로 인해 건강을 염려하는 것은 당연했다. 원주에서 같이 간 큰딸 가족과 중선 내외가 부모님을 모시고 공항에 들어섰다. 공항 3층의 약속된 지점에 선희와 상선의 식구들이 먼저 와 환담을 나누고 있었다. 선희의 시부모님과 시댁 형제들도 환송을 나와 주어 환송객이 꽤 많이 모였다. 둘째사위에게 아내와 아들을 멀리 보내고 남아서 혼자 지낼 일을 걱정하는 정기사 내외에게 사위 김상섭은 걱정하지 말라고 하며 일 년에 한두 번은 연가를 내 캐나다에 다녀올 거라고 했다. 큰딸 부부는 장도를 축하한다며 봉투 하나를 선희에게 건넸다. 선희는 부모님의 캐나다 여행을 꼭 추진하라는 당부를 하며 엄마아빠를 비행기만 태워 보내면 현지에서 다 알아서 잘 모시겠다고 했다.

"형님! 부러워요. 가서 건강 조심하시고 안정되는 대로 자주 연락해요. 우리."

큰며느리도 봉투를 내밀며 격려했다. 상선은 조카에게 책

사보라며 따로 봉투 하나를 손에 쥐어 주었다. 주영과 중선
도 선희의 손을 잡고 작별인사를 했고 선희는 주영에게 학생
남편을 만나 고생한다며 위로를 해주고 중선에게는 노력하
는 만큼 취업은 꼭 될 테니 걱정하지 말고 주영에게 잘 해주
라는 당부를 잊지 않았다. 그런 자식들 사이의 깊은 우애를
지켜보는 정기사 내외는 뿌듯했다. 선희의 시부모님도 감동
을 해서 정기사 내외에게 자식들을 착하게 잘 키웠다는 찬
사를 아끼지 않았다. 출국장으로 들어가는 선희 모자가 보이
지 않을 때까지 손을 흔들어 주고 환송객 일행은 각자의 행
선지를 향해 지방행 버스정류장으로 갔다. 큰아들은 식구들
을 데리고 본가에 들렀다 가겠다며 원주행 버스에 합류했다.
정기사는 큰딸과 큰아들의 손자손녀들과 잠시 시간을 같이
보내게 되어 선희 모자를 보내며 섭섭했던 마음을 달랠 수
있었다. 원주에 도착한 식구들을 정기사는 터미널 근처의 한
우갈비집으로 데리고 가 모처럼 만찬을 같이 했다. 그 자리
에서 정기사가 주영이 출퇴근 하느라 고생이 많다고 했더니
큰딸과 큰아들 내외가 아버지 앞으로 소형 자동차를 한 대
뽑아 드려서 며느리도 급할 땐 타고 다니게 하자는 데 합의
를 보았다. 정기사도 수중에 있는 현금을 조금 보태기로 해
그 자리에서 카 딜러로 일하는 중선의 친구를 불렀다. 요즘

베스트셀러인 소형 차종을 택해 색상과 옵션을 남매가 상의해 정했다. 차가 출고되기 전까지 이미 면허증을 따 둔 주영이 도로연습을 해두기로 했다. 중선은 모양새는 아버지께 차를 사드리는 것이지만 주로 주영이 끌고 다니게 될 것이므로 사실상 주영을 배려한 누나와 매형 그리고 형과 형수께 감사하는 마음을 담아 맥주 한 잔씩을 따라 드렸다. 노모의 초상과 연이어 중선의 혼사를 치르느라 애를 많이 쓴 자식들을 위로하는 자리가 되레 부담을 준 게 아닌가 하는 생각으로 잠시 정기사의 마음이 무겁기는 했으나 가족의 정이란 이런 것이지 싶어 동기간에 마음을 좋게 쓰는 자식들을 칭찬하고 고마움을 표했다. 엄마도 중선에게 그런 형제들의 배려에 보답하기 위해서라도 더 열심히 준비해서 꼭 취업을 하도록 당부를 했다.

두 주일이 지나 차가 출고 되던 날은 정기사와 주영 모두 비번이었다. 운전에는 30년 무사고 경력의 정기사가 베테랑이었으므로 시승 겸 운전연습 겸해서 주영이가 모는 차를 타고 집에서 O리조트까지 두 번 왕복하는 드라이브를 했다. 큰며느리도 운전을 했지만 한 집에 데리고 사는 작은 며느리와 자주 차를 타게 될 것이므로 엄마는 주영의 운전 솜씨에 안도하며 뒷좌석에서 연실 "잘 하네! 잘 하네!" 하며 며느리

칭찬하기에 바빴다. 그런 아내의 유별난 모습이 재미있기도 해 정기사는 속으로 웃음을 참느라 잠시 표정이 일그러지기도 했다.

16

막내딸 미희는 전문대 뷰티미용과 1학년이다. 2학년 올라와서 첫 학기를 마치고 방학 때부터 시작된 실무실습이 2학기까지 이어질 것이라고 했다. 좀 더 큰 도시에 가서 제대로 배워 보겠다고 해 서울 고시원에 기거하면서 근처 유명 피부관리실에서 실습을 하고 있다. 일반대 편입시험 시즌이 시작되면 4년제 일반대 피부미용과에 편입할 계획이다. 평소 피부미용과 화장에 관심이 많은 미희는 '톡신(Toxin)'이라는 화장 전문 유튜버의 열렬구독자이다. '톡신'은 대학에서 미술을 전공하고 색채에 관심이 많았던 유튜버가 홑꺼풀 무쌍(쌍꺼풀이 없는 눈)의 얼굴을 화장하여 마술처럼 쌍꺼풀 있는 눈보다 더 예쁘게 변해 여러 사람을 깜짝 놀라게 하고 있다. 초보자를 위한 화장법, 색조 화장법, 아이라인 그리는 법, 속눈썹 붙이는 법, 자외선 철벽방어 화장법, 여드름과 붉은 기 및 흉터 커버 화장법, 삶의 질 높이는 수정 화장법, 지성 피부 및 속건조 스킨 케어법, 화사한 봄 벚꽃 놀이 화장법, 시원한 여름 화장법, 무쌍 가을 단풍 화장법, 대추차 섀도우 겨울 음영 화장법, 연말과 크리스마스 파티 화장법, 뱀파이어 할로윈 좀비 화장법 등 다양한 뷰티 유튜브이다. 실제로 할로윈데이(Halloween day)를 위한 화장법은 정말 두려움과 섬뜩함을 유발할 정도로 무섭고 살벌한 얼굴이라 화장술의 경이로움을 느끼기에 충분하여 나날이 구독자가 늘어나고 있는 추세다. 미희는 '톡신'을 보면서 화장법 따라 하기로 화장술이 많이 늘었다.

미희는 직접 화장품을 만들어 쓰는 DIY(do it yourself)에도 관심이 많다. 할머니와 엄마의 경험에서 힌트를 얻어 메밀가루를 이용한 미백용 마스크팩과 메밀꽃으로 수분 보충을 위한 토너를 만들어 써보기도 했다. 아직 상품화를 할 수준은 못 되지만 일반대에 편입을 하게 되면 메밀화장품에 대한 연구를 해볼 생각이다. 어떤 한의사가 메밀로 마스크팩을 만들어 '이화월백'이라는 상품명으로 출시를 한 적도 있었으나 큰 인기를 끌지는 못했다. 메밀에는 보통메밀(단메밀)과 타타리메밀(쓴메밀) 두 종류가 있는데 한의사는 보통메밀로 팩을 만들었다. 미희는 약성이 더 좋은 것으로 알려진 타타리메밀로 화장품을 만들어 볼 생각이다. 메밀은 천연물이라는 점에서 부작용이 적고 원료 확보가 용이한 장점이 있다고 학교에서 배웠다. 지역 특산물이기도 하니 메밀을 원료로 한 화장품을 잘 만들기만 하면 좋을 것 같았다. 항산화 및 항노화 작용이 있는 메밀로 음식을 만들어 먹으면서 한편으로는 가루 내거나 토너를 만들어 화장품으로도 써서 피부관리와 미용에 도움이 된다면 금상첨화겠다는 생각이 들었다. 메밀연구를 하러 유학을 간 선희 언니로부터 가능성이 있다는 얘기를 들어서 미희는 더욱 메밀화장품에 집중해 볼 궁리를 하고 있는 것이다. 미용과 밀접한 관련이 있는 비만예방에 메밀이 효과가 있다는 것은 미희도 직접 경험을 해봤다. 메밀은 쌀보다 여덟 배 많은 식이섬유를 함유하여 적게 먹어도 빨리 포만감이 느껴지므로 밥을 덜 먹게 되는 데다 탄수화물도 쌀이나 밀보다 적게 들어 있다. 그래서 한동안 엄마가 지어주신 메밀밥을 계속 먹었더니 전에 쌀밥만 먹었을 때보다 확실히 체중 감량이 되었다. 게다가 밥을 덜 먹고 콩나물처럼 키운 메밀싹으로 배를 채우면 메밀싹은 메밀씨가 발아되면서 탄수화물은 발아에 필요한 에너지로 소모되고 반면 미네랄과 비타민은 많아지는 채소로 전환되어 다이어트에 효과가 있는 것으로 알려졌다. 그러나 비만예방 효과가 있다고 해도 매일 메밀밥과 메밀싹만 먹는다는 것은 쉬운 일이 아니다. 재료를 준비하는 번거로움도 있고 비용도 만만치 않았다. 주부라고 해도 신경을 많이 써야 가능한 일이다. 하물며 살림을 하지 않는 학생이 그런 식단으로 식생활을 한다는 것은 불가능한 일이다. 그래서 미희는 그런 식단을 쉽게 접할 수 있는 방법은 없을까를 고민해 보기도 하나 아직은 이렇다 할 아이디어가 떠오르지 않아 숙제로 남아 있다.

컵라면처럼 쉽게 조리해 먹을 수 있는 메밀국수가 있으면 뜨거운 물만 부어 자주 먹을 수 있을 것 같았다. 메밀싹과 메밀순나물을 많이 넣어 '케밥' 형태로 편의 식품을 만들어도 자주 사먹게 될 것 같았다. 메밀가루에 전분을 섞어 케밥 피를 만들어 그 피 안에 메밀밥, 메밀채소, 해산물 등을 섞어 조리하면 맛있는 '메밀케밥'이 될 것도 같았다.

17

정기사는 정년이 되어 꼭 30년을 채우고 회사를 퇴사하게 되었다. 아직 일을 놓기에는 젊은 나이지만 남들처럼 학원차를 운행한다든가 하는 재취업도 여의치 않아 텃밭을 가꾸면서 주변에 노는 땅이 있으면 싸게 빌려서 메밀농사를 짓는다. 메밀농사라는 게 땅만 있으면 씨 뿌리고 거두는 일만 하면 되는데다가 넉넉잡아 두 달이면 한 작기를 끝내고 다시 한 번 더 씨를 뿌려 추석 밑에 수확을 하면 2기작도 되는 것이라 크게 어렵지가 않았다. 게다가 국산 메밀 값도 올라 재배면적만 웬만큼 확보하면 소득도 괜찮았다. 문제는 수확인데 대면적의 메밀을 낫으로 일일이 베는 재래식 방법은 일손이 없어서 정말 힘든 일이었다. 다행히 인접한 여주시 농업기술센터에서 메밀 전용 수확기(콤바인)를 빌려 쓸 수 있어서 기계 임차비와 운반비만 들이면 넓은 면적의 메밀도 순식간에 수확이 가능했다. 근래 수입 물량은 늘었어도 국내의 메밀 재배는 줄어 국산 메밀이면 판로는 걱정이 없었다. 메밀제분소나 메밀가공공장에 전화만 하면 트럭을 가져와 싣고 갔다. 첫 해는 면적이 얼마 되지 않아 큰돈이 안 됐지만 면적만 확보하면 기사연봉 못지않은 돈벌이도 가능할 것 같았다. 정기사는 그런 수준까지 메밀농사를 지을 생각은 없고 놀면서 그 절반 정도의 수익만 볼 생각에 노는 땅 몇 군데를 빌려 씨를 뿌렸다. 예전처럼 소쿠리에 씨를 담아 비료 주듯 흩뿌리기만 하면 비가 와 밭에 물이 차는 날에는 메밀이 잘 크지 못하고 주저앉는다는 것을 알았다. 그래서 이랑을 지어 두둑

에 콩파종기로 한 곳에 네다섯 알갱이씩 점파를 하니 비와
도 밭에 물이 차지 않고 고랑으로 물이 잘 **빠졌다**. 메밀씨는
300평에 7kg정도 뿌리면 적당했다. 씨를 뿌리기 전에 제초
제를 미리 뿌리고 거름기가 있는 밭에는 300평 콩복합비료
한 포 정도 뿌리고 거름기가 없는 밭에는 질소-인산-칼리가
21-17-17 비율로 혼합된 비료를 한 포 반을 주고 갈아엎은
뒤에 이랑을 내면 되었다. 약간의 비용을 주고 트랙터를 가
진 이웃에게 부탁을 하면 그것도 손쉽게 금세 할 수 있었다.

정기사는 그렇게 파종한 메밀이 잘 크는 밭을 둘러보는 재
미가 좋았다. 텃밭에서는 아침저녁으로 소일 삼아 조금씩 일
을 해도 야채를 길러 먹는 데는 충분했다. 낮으로 메밀밭을
한 바퀴 돌아보는 일이 어느새 습관이 되었다. 매일 주인의
발소리를 들려주어서인지 메밀도 쑥쑥 자라는 것 같았다.
"작물은 농부의 발소리를 듣고 큰다."고 하는 말이 실감이
났다. 농사짓는 중간에 농약을 치거나 잡초를 **뽑아** 주는 작
업을 하지 않는데도 무럭무럭 자라 탐스럽게 검은 열매를 맺
어주는 메밀을 바라보며 하늘과 땅에 감사하는 마음이 들었
다. 이렇게 좋은 땅의 기운을 씨 안에 담아 그 기운을 사람
이 음식으로 빚어 먹는 셈이니 결국 사람은 땅의 생기(生氣)
를 받아 생명을 유지한다는 것을 새삼 느끼게 되었다. 가끔

근처에 사는 큰딸과 맏사위 유준태가 찾아와 같이 메밀밭을 돌며 집안 대소사를 의논하기도 했다. 큰딸과 사위는 둘 다 농협 직원이라 농업 얘기로는 말이 잘 통했다. 하루는 점심 시간인데 큰딸과 사위가 점심을 먹고 지나가다 메밀밭에 들렀다.

"아버님! 요즘 메밀 값이 좀 어떤가요?"

"종자용으로 살 때는 kg당 만 원 줘야 하고 농사지어 제분 용으로 제분소에 팔 때는 kg당 5, 6천 원 하는 것 같네."

"지자체에서 종자를 사서 농가에 분양해 주는 데도 있어요."

"그렇지. 그런데 여긴 아직 그렇지는 않네."

"재배하는 농가가 적어서 그렇겠지요. 재배를 원하는 농가 가 많으면 지자체에서도 신경을 쓰겠지요."

"그렇겠지."

"농협에서는 봉평농협이 메밀가공공장을 운영하며 메밀가 루를 생산하고 있는데 국산메밀 원곡을 확보하느라 해마다 애를 많이 먹나 봐요."

"나도 들었네. 그래서 제주도에서 계약재배를 해 들여오는 가 보네."

"예, 맞습니다. 예전에는 '메밀' 하면 강원도였는데……"

"나도 그 점이 아쉽네. 막국수를 좋아해서 다니면서 자주 사 먹었는데 이게 국산 메밀이 아니지 생각하면 입맛이 뚝 떨어지는 것 같았네.”

“그러셨을 것 같아요. 겉으로 봐서는 메밀이 어디 것인지 알 수도 없고. 선희 처제는 알겠지만⋯⋯”

사위와 메밀 얘기를 나누는 동안 진희는 메밀꽃이 핀 줄기를 몇 개 꺾어 꽃다발을 만들었다. 연년생 두 아들이 중3과 중2인데 오늘 중간고사가 끝나는 날이니 시험공부 하느라 수고한 아들에게 주는 격려의 꽃다발이라고 했다.

“아빠! 메밀의 꽃말이 뭐예요?”

“‘연인’이지. 사랑하는 사람.”

“정말요? 그럼 당신에게 줘야 하겠네. 여보! 사랑해요!”

딸은 사위에게 꽃다발을 안겼다. 엉겁결에 꽃다발을 받아 안은 사위는 장인 앞에서여서 그런지 애정 표현도 못하고 엉거주춤했다.

“이 사람아! 연인에게서 꽃다발을 받았으면 답례를 해야지? 왜 그러고 섰나?”

정기사는 그렇게 장난기 섞인 말을 던지고는 슬그머니 자리를 피해 주었다. 등 뒤로 “여보! 고맙소. 사랑해!”라고 하는 사위의 음성이 들리는 것으로 보아 두 사람은 포옹을 했을 거라고 정기사는 생각하며 한 아름 메밀꽃을 꺾어 외손자를 위한 꽃다발을 만들었다.

18

중선은 한 번 낙방을 하고 두 번째 도전해 원하던 소방직 공무원시험에 합격했다. 합격자 발표가 있던 날 온 가족이 기뻐했다. 특히 혼자 벌면서 거의 3년을 시험 뒷바라지를 한 주영은 이루 말할 수 없이 기쁘고 행복했다. 누구나 선망을 하지만 '하늘에 별 따기'라는 공무원이 되었으니 정말 하늘에서 별이라도 딴 기분이었다. 첫 발령도 연고지인 원주로나 집에서 출퇴근을 하게 되었으니 금상첨화였다. 아침에 남편의 출근 복장을 갖춰주고 함께 집을 나섰다가 저녁에 돌아와 시부모님과 남편이 둘러앉아 먹는 저녁밥이 그렇게 맛있을 수가 없었다. 안 먹어도 배가 부르니 남편이 '밥'이었고 입맛을 당기는 반찬이 없어도 그의 얼굴이 곧 '반찬'이었다. 설거지며 집안 청소도 주영에겐 '일'이라기보다 '휴식'의 연장이었다. 운동을 하듯 화끈하게 몸을 움직여 땀을 흘리고 더운 물로 샤워를 하고 나면 기분도 개운하고 몸도 가벼운데다가 다음날 아침 얼굴 화장도 잘 받았다. 물론 잠자리에서 남편의 애무에 반응하는 성적 감응도 좋아 부부생활에 대한 만족감도 높았다. 쉬는 날이 서로 달라 하루 종일 같이 쉬면서 같이 놀러 다니지 못하는 아쉬움은 있지만 생리 휴가 같은 것을 적절히 활용해 남편과 시간을 맞춰 시내로 영화도 보러 다녔다. 자주 못 가니 한 번 가면 두 편은 봐야 직성이 풀렸다. 중선이 취업을 하고 나니 이제야 진짜 신혼생활을 제대로 하는 느낌이었다. 중선도 그동안 미취업 상태에서는 기가 죽어서 가장으로서 자부심도 갖기 어려웠는데 이제 당당한 가장으로 어깨를 펴게 되니 '남편'이라는 말의 무게와 지위가 실감이 났다. 부부생활에 대한 책임감도 느껴져서 잦은 성관계도 갖게 되고 관계를 할 때도 주영이 최대한 만족을 할 수 있게 애를 썼다. 주영도 직장 생활을 할 만큼 한데다가 남편이 안정된 직업을 갖게 되어 아이도 갖고 싶었다. 그래서 피임도 멈추고 임신에 대한 부담 없이 관계를 하면서 아이가 들어서기를 간절히 바랐다. 그런 바람은 중선에게도 마찬가지여서 어느 날 삼신할미가 두 사람에게 아기를 점지해 주었다. 주영은 호랑이 등에 올라탄 태몽을 꾸었고 그야말로 떡두꺼비 같은 아들을 낳았다. 주영은 직장에 사표를 내고 육아에 전념했다. 남들은 신생아 키우기가 힘들다고 하는데 주영은 옆에서 시부모님이 거들어 주셔서 힘 드는 줄도 몰랐다. 남편보다 자기를 더 닮은 아기에게 젖을 물리고 쭉 쭉 잘 빨아먹는 아기의 얼굴을 물끄러미 바라보니 엄마가 된 자신이 실감 났고 자기를 낳아 길러준 친정엄마 생각도 났다. 여자로 태어나 '관념'이 아닌 '실체'로 모성이란 것을 느끼게 되는 것은 축복이었다. 원하지 않는 임신이었어도 귀한 생명에서 모성은 느끼겠지만 절실히 원한, 사랑하는 사람과의 사이에서 얻은 아이에게서 느끼는 모성은 더 특별한 것 같았다. 모성에 급을 매길 수는 없다는 생각을 하면서도 자기의 모성이 완벽하기를 바라는 마음의 역설적인 표현일 수도 있겠다는 생각에서 그런 마음이 드는 게 아닐까 싶었다. 그렇게 완벽한 엄마이고 싶은 주영은 중선도 아기에게 누구보다 성실하고 믿음직한 아빠가 되어 주리라 믿었다. 제 앞에서 재롱을 떨다시피 하는 아빠를 보며 방긋방긋 웃어주는 아기가 눈에 선해 중선은 근무 중에도 가끔 집으로 전화를 걸어 수화기를 통해 "아빠다! 아기야!" 하며 아기 귀에다 말을 해주기도 했다. 아들이 커서 목욕탕에도 같이 가고 앞마당에서 야구공도 주고받을 것을 생각하니 중선의 하루하루도 즐겁기만 했다. 그럴 때면 아직 아기가 배밀이도 못하는데 김칫국부터 마신다고 주영의 사랑스런 핀잔을 들었지만 사람의 일은 믿고 생각하는 대로 되는 것이라며 중선은 마

치 "두고 봐라!"라고 하는 듯이 아들과의 청사진을 그리는
데 조금도 양보를 하지 않았다. 그런 부정도 주영에게는 자
신의 모성 못지않게 소중한 것임을 잘 알기에 속으로는 남편
에게 박수를 쳐주었다.

　손자의 탄생이 처음은 아니었어도 주영에 대한 안목과 사
랑이 특별했던 정기사 내외에게 둘째아들의 손자는 또 다른
의미로 다가왔다. 큰아들의 첫아들은 장손의 의미로 특별했
다면 둘째아들의 첫아들은 며느리라기보다는 딸 같은 '주영
의 아들'이어서 특별했다. 한 집에 같이 살면서 고분고분하면
서도 싹싹하게 어른 공경하는 마음이 몸에 밴 주영에게 흔
히 말하는 고부간의 갈등이나 불편함 같은 것은 없었다. 주
영은 고부간의 관계도 마음먹기에 달린 것이라고 믿었다. 정
기사 내외는 주영을 보면 사람이 그렇게 부드럽고 사랑스러
우면서도 옹골찰 수가 없다고 느꼈다. 그래서 제 복은 제가
갖고 태어난다는 말이 맞는 것 같았다. 마음을 잘 쓰면 그게
곧 자기에게 복으로 돌아오는 건데 주영에겐 그런 진리가 뼛
속 깊이 박혀 있는 것 같았다. 어려서부터 기죽지 말라고 가
르쳐온 엄마의 남다른 훈육으로 형성된 성품인 것 같았다.
주영은 어려서부터 엄마 때문에 마음이 불편하면 엄마를 탓
하기보다 먼저 자신이 죽을 지경이라고 했었다. 그래서 주영

은 '완벽한 이기주의자'라고 스스로를 규정했다. 남에 대한 배려 같이 보이는 양보나 선행도 결국은 "자기 마음 편하자고 그런 게 아니겠느냐?"고 하는 논리였다. 중선에게도 몇 번 그런 자기고백을 했었는데 중선도 그런 주영의 소견에 나름 일리가 있다는 생각이 들어 공감을 했었다. 아기도 커서 그런 엄마의 성품을 닮기를 바랐다.

아이를 키우면서 부모의 책임도 느끼게 되니 부부애도 더 돈독해지는 것 같았다. 부부의 촌수가 무촌인 것은 핏줄로 연결된 관계는 아니지만, 이 세상에서 자신과 제일 가까운 사이로 촌수를 따질 수 없기 때문이다. 핏줄로 가장 가까운 1촌은 자식이다. 자식을 위해 꼭 있어야 할 관계적 보호망으로서의 부모다움에 대해 중선과 주영은 많은 생각을 하게 되었다.

19

위니펙은 캐나다 매니토바 주의 주도(州都)로서 인구 90만의 큰 도시이다. 밴쿠버와 위니펙은 위도 상으로 비슷한 위치에 있지만 위니펙은 내륙의 한 가운데로 겨울에 추울 때는 영하 40도 가까이 내려갈 때도 있다. 겨울철엔 대개 주차장에서 밤새 자동차에 전기코드를 연결해 아침에 시동이 잘 걸리게 하지만 영하 30도 밑으로 떨어지는 날엔 출근을 해서도 배터리가 혹시나 방전이 되어 시동이 안 걸릴 수도 있으니 자동차에 전기 코드를 꽂아 주어야 한다.

1877년 서부 캐나다에서 최초로 설립된 매니토바대학은 위니펙 시 중심부에서 남쪽으로 십여 킬로미터 떨어진 포트게리(Fort Gerry)에 위치해 있다. 작물 중에 인류 최초의 인공작물로 알려진 밀과 호밀의 잡종인 라이밀(트리티케일, triticale)이라는 신종 작물이 100년 전에 이 대학에서 처음 개발되었다. 매니토바대학(UM)은 현재 학부생 2만 5천 명과 대학원생 3천4백 명이 공부하는, 유서 깊은 큰 대학이다. 가까이 트랜스캐나다 하이웨이가 지나가고 있고 사행천인 레드강이 대학을 에워싸고 흐른다. 다포로드 웨스트와 프리드리먼 크레스켄트 사이에 있는 농업·식품학부 건물에 선희의 실험실이 있다. 선희는 강원대에서 석사과정을 이수할 때 메밀의 혈당강하 효능에 대해 연구했다. 여기서도 메밀을 연구소재로 하여 면역기능과 혈당과의 관계에 대해 연구하고 있다. 매니토바대학은 강원도 강릉에 있는 KIST 강릉 천연물연구소와 R&D(연구개발) 협력을 위한 다자간 업무협약(MOU)을 체결한 바 있다. 매니토바대학에 있는 매니토바주 원주민 자치지역인 Opaskwayak Cree Nation(OCN)과 MOU를 통해 식물공장 시스템을 이용, 당뇨, 비만, 고혈압 등 심각한 대사성 질환을 개선할 수 있는 기능성 채소를 발굴하고 이들의 식물공장 재배법을 제공하기로 한 것이다. 키스트는 OCN과 함께 기능성 식물공장 보급사업을 매니토바 주 뿐만 아니라 캐나다 전 지역의 인디언 자치구로 확대해 공동사업(OCN 프로젝트)을 추진할 계획이다.

선희가 매니토바(Manitoba)대학이 있는 위니펙(Winnipeg)에 온 지도 벌써 두 해가 지났다. 아들도 여기서 8학년이니 중학교 2학년이다. 처음엔 고생이 많았는데 선희도, 아들도 적응을 잘 해서 이젠 생활도, 공부도 안정이 되었다. 그 사이 남편도 세 차례 일주일씩 다녀갔다. 남편이 한 번 올 때마다 모자가 잘 먹는 김과 건어물을 잔뜩 사가지고 와 끊이지 않고 계속 먹을 수 있었다. 아들은 냄새 난다고 한국음식을 꺼리기도 했지만 밥을 먹고 생쌀을 씹어 먹으면 냄새가 덜 난다고 해 그렇게도 해봤다. 그것도 성가신 일이라 아들은 아침엔 주로 우유 한 잔과 플레이크(flake)와 빵을 먹는다. 선희도 커피와 빵으로 간단히 아침식사를 한다.

평소에는 본인 공부와 아들 챙기느라 2년이 지나도록 위니펙을 크게 벗어나 보지 못했다. 남편이 왔을 때 한 번 위니펙 북쪽의 처칠이라는 곳을 다녀왔을 뿐이다. 처칠의 주된 수입원은 관광과 무역이었다. "저 추운 곳에 무슨 무역이냐?"라고 하겠지만 처칠 위로 보이는 허드슨만을 통해 유럽에서, 또는 유럽으로 주로 곡류의 무역이 이루어졌다고 한다. 허드슨만의 처칠로 곡류가 들어오거나 나갈 때 처칠에서 가장 가까운 도시인 위니펙을 통해 캐나다 전역으로 운반이 된 것이다. 그래서 몇 십 년 전에는 매우 번창한 도시였으므로 위니펙 근처 조그마한 공원에 '캐나다의 중심(Centre of Canada)'으로 불리는 곳이 있기도 하다. 위니펙에서도, 처칠에서도 북극곰을 볼 수는 있으나 위니펙의 북극곰은 야생 상태는 아니다. 위니펙에선 어시니보인 공원(Assiniboine park) 동물원에서 곰을 볼 수 있다. 어시니보인 공원은 위니펙에서 가장 큰 공원이며, 그 공원 옆에 동물원이 있다. 처칠에서도 야생 북극곰을 볼 수 있는 시기는 정해져 있어서 대략 11월쯤이며 처칠에서는 벨루가라는 우유 빛깔 돌고래들도 만날 수 있다고 한다. 또 위니펙은 '푸(Pooh)'의 고향이다. 원제 'Winnie the Pooh'의 위니는 위니펙을 줄여 말한 것이고, 1차 세계 대전 때 한 군인이 기차역에서 20불에 산 곰 새끼가 '푸'의 기원이 되었다고 한다. 그 곰을 어시니보인 동물원에 위탁해 키우다가 세계대전이 끝나자 주인이었던 군인이 런던으로 데려갔는데 그곳에서 원작자의 아들이 위니를 너무 좋아해 작가가 이 곰에 영감을 받아 쓴 책이 귀여운 곰돌이 '푸 (Pooh)'라고 한다.

선희는 학점 이수를 하면서도 실험에 집중해 얻은 결과로 유수한 국제 저널에 논문도 세 편 발표했다. 내년쯤엔 학위 과정을 마무리를 할 수도 있을 것 같아 여름에 부모님을 오시라고 했다. 오시면 일주일쯤 휴가를 내 주변을 돌아보고 토론토로 가서 나이아가라폭포까지 여행을 시켜 드릴 생각이다. 남편이 연가를 내 모시고 와 선희네 식구들도 아직 못 가본 나이아가라폭포 구경을 부모님과 같이 다녀올 계획이다. 그때는 아들도 여름방학이라 아들에게는 휴식 겸 유익한 수학여행이 될 것 같다. 평소 일요일이면 모자가 자전거를 타고 인근 바이칼공원과 레드강변을 달리며 운동 겸 기분전환을 하기는 했지만 외할아버지, 외할머니와 함께 장거리 여행은 한국에서도 별로 해본 적이 없어서 아들도 몹시 기대가 컸다.

예정된 일정대로 8월 하순에 남편이 부모님을 모시고 왔다. 형제들이 함께 부은 적금을 타서 항공권과 노자를 마련했다. 부모님은 처음 하는 해외여행이라 몹시 긴장했으나 사위가 동행해 주어 편하게 잘 왔다고 하셨다. 그래도 엄마는 얼마나 긴장을 했던지 기내에서도 줄곧 시트벨트를 했다고 하셨다. 처음 이틀을 위니펙 주변을 돌아보고 셋째 날 미리 표를 예매해 둔 기차로 토론토에 가서 투어버스를 타고 나이아가라폭로를 찾아가는 일정이었다. 선희와 엄마가 마트에서 장을 보면서 기차에서 몇 끼 먹을 것도 장만했다. 한국에서 가져간 건오징어와 황태채 같은 건어물과 땅콩, 과자 등 주전부리도 잔뜩 챙겼다. 등산을 할 때처럼 오이와 과일도 가족 수 만큼 사서 가방에 넣었다. 차를 렌트해 육로를 이용할 수도 있으나 운전하느라 피곤한 몸으로 제대로 여행을 하지 못하는 것보다 편하게 기차여행을 하는 것이 낫겠다고 생각해 선희가 기차여행을 고집했다. 막상 기차를 타고 가면서 차창으로 광활한 대륙의 경치도 즐기며 차 안의 다른 승객들의 여행하는 모습도 보면서 음식도 나눠먹는 가족여행은 그런대로 운치와 의미가 있었다. 식구들도 같은 느낌이었던지 선희의 판단이 현명했음을 인정해 주었다. 기차는 뱅쿠버에서 출발해 애드먼톤과 사스카차완을 거쳐 토론토까지 운행하는 대륙횡단열차였다. 캐나다 대륙이 얼마나 넓은지 기차로 대륙을 4박 5일에 걸쳐 횡단하는데 위니펙에서는 토론토까지 1박 2일이 걸린다. 그래서 그런지 어떤 청년은 머리 위에 짐을 올려놓는 선반에 올라가 잠을 자기도 했다. 대부분의 승객들은 앉은 채로 지참한 모포를 뒤집어쓰고 수면을 취했다. 선희네 식구들은 하룻밤 기차에서 자는 것이니 견딜 만했지만 벌써 하루, 이틀 차안에서 밤을 샌 승객들은 피곤해하는 모습이 역력했다. 비행기를 안 타고, 며칠씩 걸리는 자가운전도 부담스러운 여행객들에게 육로로 하는 장거리여행은 그레이하운드와 기차 밖에 없다. 둘 다 피곤하기는 마찬가지지만 그래도 차 안에서 움직임이 더 자유로운 기차가 버스보다 더 나아서인지 기차 승객이 꽤 많은 편이었다. 이튿날, 저녁 무렵 토론토에 도착한 식구들은 미리 잡아놓은 모텔에 여장을 풀자마자 토론토 타워에 올라가 시가지를 내려다보며 캐나다 제일의 도시다운 면모를 관람했다. 레스토랑을 찾아 각자 취향대로 캐네디언 음식을 사먹고 숙소로 돌아와 일찍 잠자리에 들었다.

20

식구들은 모텔에서 컵라면과 빵으로 대충 아침을 챙겨먹고 투어버스를 타고 나이아가라 폭포로 갔다. 웅장한 굉음을 내며 떨어지는 폭포는 그야말로 장관이었다. 입장권과 노란 우의를 사서 폭포 앞에까지 가는 배에 올랐다. 배가 폭포에 가까이 다가가자 금방이라도 폭포가 배를 덮칠 것만 같아 은근히 불안하기도 했으나 그런 느낌을 주고받을 사이도 없이 얼굴로 떨어지는 물보라에 다들 소리를 지르며 사진 찍기에 바빴다. 우의를 입어야 하는 이유가 실감이 났다. 인간이 범접할 수 없는 웅장한 자연의 대서사시 앞에서 선희는 자신의 왜소한 몸집이 갖는 깃털 같은 가벼움에 자신이 갈고 닦을 과학적 연구와 인간의 품위로 존재의 무게를 더할 수 있을지 의문을 품지 않을 수 없었다. 식구들은 폭포를 잘 구경하고 인근 레스토랑에서 메밀파스타로 점심을 먹었다. 파스타는 독일에서 제조된 것을 수입한 것이었다. 거뭇거뭇한 색으로 보아서 메밀 함량이 높은 것임을 알 수 있었다. 식사를 마친 일행은 다시 기차를 타고 위니펙으로 향했다. 기차가 위니펙역에 가까이 와서 내릴 준비를 하는데 갑자기 승무원이 객실을 뛰어다니며 어디론가 긴급하게 전화를 하는 모습을 보았다. 어떤 일이 벌어진 것 같았다. 기차가 역에 정차를 하자 플랫폼에서 들것을 든 구급대원 두 사람이 옆 객차로 올라와 한 노인을 들것에 태워 내려갔다. 역사에는 911구급차가 대기하고 있었다. 플랫폼을 빠져 나오면서 선희가 "무슨 일이냐?"고 역무원에게 물었다. 운행 중에 한 노인이 객실에서 심정지가 와 숨을 거두었다는 것이다. 장시간 여행을 하면서 모포를 덮어야 할 정도로 야간 기온이 내려가는 캐나다의 환경에서 충분히 그럴 수 있을 것 같았다. 모처럼의 여행에서 보기 드문, 안타까운 장면을 보게 돼 씁쓸한 느낌이 들었다. 선희는 부모님의 연세를 생각하니 남의 일 같지가 않아 부모님께 평소 건강을 잘 체크하시라고 당부를 드렸다. 여행에서 쌓인 피로를 두 분이 편하게 푸시라고 선희는 부모님께 학교 기숙사 근처의 호텔을 잡아 드렸다. 정기사 내외도 모처럼 식구들끼리 오붓한 시간을 가지는 게 좋을 것 같아 딸의 성의를 흔쾌히 받아들였다. 생각해 보니 정기사 내외가 호텔방에 투숙하기는 처음이었다. 한국에서 기사 연찬회 때 회사에서 마련해 준 리조트에는 부부동반으로 가본 적이 있어도 단둘이 호텔은 처음이어서 아내도 신혼여행 때도 못 가본 호텔이 어색하기만 했다.

"딸 덕에 신혼여행 온 셈 칩시다."

정기사는 '멋대가리' 없는 신혼여행을 뒤늦게 속죄라도 하듯이 그렇게 말했다.

"부끄러워요."

아내는 코맹맹이 소리를 하면서 장난을 걸어왔다.

"이리 와 봐요?"

정기사도 첫날 밤 신부에게 다가가듯 포즈를 취하는 척 하다가 와락 아내를 덮쳤다. 장난처럼 보였으나 장난이 아니었다. 정기사는 아내를 눕히고 입술로 귓불을 더듬으며 애무하기 시작했다. 귀에다가도 바람을 불어 넣다가 목덜미를 입으로 핥았다. 아내가 신음소리를 내자 능숙한 손놀림으로 아내의 젖가슴을 풀어헤치고 가슴을 주물렀다. 정기사의 남근도 부풀어 올랐다. 정기사는 아내의 입을 맞추었다. 아내도 남편의 혀를 깊게 빨아들였다. 아내는 남편의 입술을 유두 쪽으로 이끌었다. 정기사는 한참 아내의 유두를 번갈아 빨아 주고 아내의 하의를 벗겼다. 축축해진 음부 속으로 남근을 밀어 넣고 모처럼 아내와 거의 동시에 절정에 이르러 몸을 떨었다. 아내도 만족한 표정이었다. 정기사는 아내를 품고 잠이 들 때까지 잘 커주고 제 앞가림 잘 하고 있는 자식들에 대해, 그렇게 자식을 잘 키운 아내에 대해 진심으로 감사한다고 말했다. 아내도 모든 게 남편 덕분이라고 하며 "사랑한다!"고 말했다.

이튿날, 딸의 기숙사로 가서 식구들이 다 같이 간단히 아침을 먹고 사위가 렌트를 해온 차를 타고 캐나다 메밀연구소가 있는 모던(Modern) 카운티로 갔다. 캐나다 애그리컬쳐(Canada Agriculture) 산하의 로컬연구소에 민간과 컨소시엄으로 설립한 카데(Kade)메밀연구소에는 선희가 미리 연락을 취해 놓아 중년으로 보이는 여자연구원이 문 앞에 마중을 나와 있었다. 그곳 연구소에서는 우량 품종을 만들어 농가에 보급하고, 같이 출자한 일본소바협회에도 품종을 제공하는 역할을 했다. 모던 지역의 메밀농가는 연구소에서 개발한 품종으로 20에이커의 면적에 메밀을 재배해 생산된 종자를 기차로 밴쿠버까지 실어다 배에 선적해 일본으로 수출을 한다고 했다. 메밀농가라고 해봐야 고작 네 농가인데 전체 면적은 20에이커라고 해서 정기사도 깜짝 놀랐다. 그런데 파종에서부터 수확까지 전 과정이 기계화 되어 가능한 일임을 알고 부럽기도 했다. 유리온실에서 교배를 통해 개량된 신품종 메밀을 살펴보고 인근 농가의 메밀밭도 둘러보았다. 키도 크고 가지도 많이 뻗어 주렁주렁 열매를 매단 메밀이 끝이 안 보일 정도로 넓게 펼쳐져 있었다. 연간 강우량이 1,200mm가 넘는데다가 수확기에 집중 호우가 쏟아지는 한국에서는 볼 수 없는 광경이었다. 여기서는 품종 자체도 좋은데다가 연간 강우량이 400㎜ 수준이라 잘 자라 무성해진 메밀 식물체가 빗물에 젖어 쓰러지는 일도 없으니 당연히 수량이 많을 수밖에 없었다. 캐나다인들은 메밀을 잘 안 먹어 이렇다 할 메밀식문화가 없는데 메밀 품종을 개량하고 대량생산도 해 수출까지 하는 것은 정기사가 보기에도 본받을 만했다. 더구나 '메밀의 고장'이었던 강원도가 옛 명성을 잃고 있는, 안타까운 고향의 현실과 비교가 되어 모던의 메밀품종 개발 및 생산 현장을 더욱 관심 있게 살펴보게 되었다. 연구소 직원의 안내로 근처 차이니즈 레스토랑에서 다함께 점심을 먹고 위니펙으로 돌아왔다. 남은 시간에는 캠퍼스를 찾아 선희의 실험실도 둘러보았다. 연구하는 내용은 들어도 잘 모르지만 큰 대학에 와서 외국인들 틈에서 낙오되지 않고 성과를 내고 있는 선희가 대견했다. 학교에 갔지만 지도교수도 마침 휴가 중이라 만나지는 못했다. 그래도 빈손으로 왔다갈 수는 없어서 준비해온 전통차 선물을 테크니션에게 전하고 실험실을 나왔다. 그 다음날은 식구들에게 줄 선물도 살 겸 큰 몰에 가서 쇼핑도 하고 돌아올 준비를 했다. 떠나오는 날엔 사위가 있으니 위니펙 공항까지 배웅을 나올 것 없이 집에서 작별을 하기로 했다. 돌아가며 포옹을 하고 정기사 내외는 사위와 함께 기숙사 앞에까지 온 콜택시를 타고 공항으로 갔다. 상공에서 내려다보는 아름다운 위니펙 시내가 시야에서 사라질 때까지 정기사 내외는 딸과 외손자의 학업 성공과 무사귀환을 위해 기도했다.

21

미희는 집에서 가까운 사립 전문대에서 마지막 학기를 보내고 나니 막상 취업을 할 것인지 일반대 편입을 할 것인지를 놓고 갈등했다. 하루는 학교에 갔다가 언제 왔는지 텃밭으로 아버지를 찾아 왔다.

"아빠! 취업과 편입 어느 쪽이 나을까요?"

혼자서는 진로를 결정하기가 버거웠던지 정색을 하고 물었다.

"그야 네가 결정할 일이지. 취업을 해도 네가 하는 것이고 공부를 해도 네가 하는 것이니……"

"그야 그렇지만…… 아빠! 창업은 어때요?"

"창업? 무슨 돈으로?"

그때서야 정기사는 미희의 속내를 눈치챘다. "창업을 하고 싶은데 사업자금을 대줄 수 있겠느냐?"고 묻는 것이었다.

"아빠가 좀 대주면 안 되나요?"

"뭐 하려고? 경험도 없이……"

"당장 하는 것은 아니고 아빠가 도와주면 6개월 견습을 하고 제 가게를 열려고요."

"생각은 좋은데 자신 있냐? 엄마와도 상의를 해봤냐?"

"엄마는 해볼 테면 해보라고 했어요."

"그래? 그럼 안에 들어가서 엄마와 같이 상의를 해보자!"

정기사는 미희를 데리고 방으로 들어가 아내를 불렀다.

"미희 얘기 들었소? 창업 하겠다는……"

"예, 지가 자신 있으면 해보는 것도 좋다고 했어요."

"돈은 있고?"

"당신이 대줘야지요."

"이 사람이 누구한테 한 밑천 맡겨 놓은 사람처럼 말하네."

"그래, 얼마를 가지고 어떻게 할 것인지 네 생각을 들어보자!"

미희는 학교에서 배우고 숍에서 실습을 한 경험을 바탕으로 자신이 구상하는 사업계획을 차분히 설명했다. 마침 주영도 아기를 재워 놓고 방에 들어와 셋이서 같이 막내딸의 사업설명을 들었다. 미희는 평소 꿈꾸었던 피부관리실을 개업하는 계획을 상세하게 설명했고 그 분야에는 정기사보다 더 조예가 깊은 아내와 주영이 미희의 계획을 적극 지지했다. 6개월 견습까지 미리 내건 것으로 보아 아내와 주영은 미희와 사전 교감이 있었던 게 분명해 보였다. 요 며칠 미희가 올케 방을 들락거리는 것을 봤는데 그게 나름 작전을 펴느라 그랬던 것 같았다. 저녁에 중선의 얘기도 들어보고 결정하기로 하고 그 사이에 정기사는 큰딸과 사위에게 전화를 걸어 상의를 했다. 미희가 미리 구워삶아 놓은 것인지 큰딸과 사위도 밀어주자는 입장이었다. 큰딸은 장사 수완이 좋은 농협의 고객들을 통해 목 정하는 것과 가게 임대하는 것 등에 대해 조언을 구해 보겠다고 했다. 사위는 친구 여동생이 수원에서 피부관리실을 하는데 친구를 통해 꿀팁을 알아봐 주겠다고 했다. 정기사는 사면초가라는 느낌이 들었다. 거수로 결정을 한다면 중선이 아버지 편을 든다고 하더라도 5대 2로 완패였다. 가족한테 시쳇말로 쪽수로 깨져 끌려가느니 확실하게 밀어주고 쐐기를 단단히 박아두는 편이 낫겠다 싶었다. 그렇게 생각하니 중선의 얘기는 들으나마나였다. 그래도 오빠의 체면도 살려줘야 할 것 같아 중선을 기다리기로 했다. 저녁상을 물리고 미희의 창업 건에 대해 가족회의를 열었다. 중선은 신중론이었다. 원칙적으로 반대는 아닌데 요즘 경기가 안 좋은데 창업시점을 신중히 판단하자는 입장이었다. 미희는 그래서 6개월 남의 집에 가서 일봐 주며 배우겠다는 것임을 강조했다. 정기사는 6개월 견습보고서, 큰 언니와 형부의 조언을 반영한 창업계획서, 주영과 합동으로 현지의 시장성을 살펴본 확인보고서 등 세 가지를 서면으로 제출할 것을 선행조건으로 걸어 조건부 승낙을 했다. 미희는 교수보다 아빠가 더 철저하다고 평가하며 조건을 성실히 이행하겠다고 약속했다. 정기사는 어림잡아도 가게 임대료(전세 보증금), 재료비, 기구 구입비 등 수천만 원이 소요될 것으로 예상되었다. 그러나 땅을 조금 더 빌려 메밀농사 규모를 늘리면 그까짓 것 단번에 해결할 수 있을 것 같아 내심 돈 걱정은 안 했다. 문제는 미희가 얼마나 계획대로 운영해 제대로 수익을 내줄 것이냐 하는 것이었다.

미희는 시내에서 피부관리실을 운영하면서 대학에도 가끔 실기지도를 나왔던 강사의 숍(shop)에서 6개월 무급으로 일하기로 했다. 숍이 쉬는 날에는 집에서 DIY제품 개발에도 열을 올렸다. 개발한 제품은 양을 넉넉하게 해 주변의 친구나 지인들에게도 써보도록 해 반응을 체크하는 주도면밀함을 보였다. 반응이 좋은 경우와 나쁜 경우 각각 당사자의 피부조건과 평소 피부 관리 상태를 물어 서로 견주어 보며 제품의 특성을 규정하는 일도 게을리 하지 않았다. 미희에게는 그런 데이터를 적어 놓은 다이어리가 벌써 네 권이나 쌓였다. 기회가 되면 그중에서 좋은 것은 상품화 할 것도 염두에 두고 있다. 미희는 일이 많은 데도 불구하고 그런 것들이 좋아서 하는 일이다 보니 피곤할 줄 몰랐다. 결혼을 염두에 두고 선을 보러 다니거나 연애를 할 생각도 없었다. 견습을 마치면 피부관리실을 오픈할 생각만으로도 충분히 행복했다.

22

정기사 내외는 혼자서만 해외여행을 다녀온 것이 주영에게 늘 미안했다. 중선이 취업하기 전에는 주영이 혼자 버는 데도 형제들의 적금에 동참해 주어 자신들이 아무 걱정 없이 캐나다를 잘 다녀왔으니 주영에게도 어떤 기회를 줘야 하겠다고 생각했다. 어느 날 정기사는 아내와 상의해 중선에게 하명(下命)을 하디시피 했다. 장모를 모시고 처제와 같이 동남아 여행을 다녀오라고 한 것이다. 중선은 느닷없는 아버지의 제안에 순간 놀라기도 했으나 좋은 의견으로 받아들여 패키지투어를 알아보기로 했다. 주영도 아기가 많이 큰데다가 웬

만큼 여행에 적응도 될 것 같아 부모님의 제안과 지원을 감사히 받기로 했다. 행선지는 장모님과 상의해 캄보디아 앙코르와트로 정했다. 처제가 기왕에 비행기를 타는 것이니 한 군데 더 들르기로 해 태국 방콕도 경유하는 노선의 상품을 골랐다. 장모는 사돈을 여행 보내주는 딸의 시부모에게 고마우면서도 죄송한 마음이 들어 처음엔 완강히 고사를 했었다. 중선이 간곡하게 청을 하고 주영도 "나중에 시부모님 여행 가실 때 엄마도 빚 갚음을 하면 되지 않겠느냐?"고 해 설득이 되었다. 추석 지나고 선선한 바람이 불기 시작할 무렵 중선은 연가를 내고 4박 5일 여정의 여행길에 올랐다. 유모차에 탄 아기도, 유모차를 끄는 외할머니도 첫 해외여행이었다. 중선과 주영은 신혼여행 때, 미영은 친구들과 일본에 다녀온 적은 있어서 첫 해외여행은 아니었으나 동남아 여행은 처음이었다. 패키지투어이니 처음 대하는 다른 일행들과의 낯설음은 잠깐이고 금세 친근감을 느꼈다. 중선은 짧은 여행이지만 매끼 먹는 '한 솥밥'이 감정의 동질화를 가능하게 한다는 게 참 신기했다. 넓게 보면 민족의 동질성이란 것도 '한 솥밥의 힘'이라는 생각이 들었다. 좁게는 가족 구성도 그랬다. 주영과 한 솥밥을 먹으면서 장모와 미영과도 남남에서 피붙이로 감정의 전환이 가능해진 것이 아닌가. 가이드에 이

끌려 소화하는 일정 속에 VIP는 단연 주영의 아기였다. 이유식을 따로 챙겨야 하는 번거로움도 있지만 처음부터 떼어놓고 하는 여행은 상상할 수 없었다. 시부모님에게 맡기고 왔으면 몸은 편할지 몰라도 정신은 온통 아기에게 가 있을 테니 여행하는 맛이 있을 리가 없었을 것 같았다. 처음 여행 얘기가 나와 아기를 걱정하는 분위기에서 아기를 동반하지 않으면 단호히 안 가겠다고 한 주영은 나름 선견지명이 있었던 것 같았다. 앙코르와트와 톤레삽호수를 돌아보고 밤에는 시엠립 시내의 호텔 근처 야시장도 구경했다. 환희 불을 밝히고 없는 게 없을 것 같은, 우리의 장터와 같은 재래시장이었다. 좀 거리가 먼 데서도 뚝뚝이를 타고 와 야시장을 구경하고 가는 관광객도 꽤 많았다. 다음날 시엠립을 떠나기 전에 가이드가 안내하는 상점에 들러 중선은 양가 어른들께 드릴 영지버섯을 샀다. 방콕에 도착해서는 왕궁과 일명 에메랄드 사원이라고 불리는 왓 프라깨우 왕궁사원을 비롯해 바로 옆에 있는 왓 포사원을 관람했다. 고대 건축물의 축소판으로 꾸민 무앙보란 테마파크를 거쳐 짜뚜짝 재래시장과 담넌사두억 수상시장을 구경하고 밤에는 딸랏로파이 야시장도 둘러보았다. 처음 접해 본 캄보디아와 태국에서의 수상가옥들이 이민족의 문화를 실감나게 했다. 주영은 수상시장에서 물건을 팔려는 상인들의 거친 몸짓과 육성에서 어디를 가나 악다구니 치듯 하며 살아야 하는 서민들의 삶의 애환을 느꼈다. 그에 비하면 정선시장은 '얌전한 시장'이라고 하는 주영의 말을 듣고 장모도 고개를 끄덕이며 수긍을 했다. 방콕 시내에서 쌀국수를 먹으면서 중선은 국수를 좋아하시는 아버지 생각이 났다. 막국수 종류에도 온면이 있지만 쌀국수와는 재료와 맛이 다르니 비교가 안 되었다. 각각 나름의 특성이 있었는데 쌀국수 국물에 막국수 면발을 넣어도 괜찮을 것 같았다. 쌀국수에는 왜 막국수처럼 냉면과 비빔국수가 없는지 의아해 하며 "쌀국수냉면과 비빔쌀국수를 조리해 보면 어떻겠느냐?"고 주영에게 말했다. 주영도 의미 있는 발상이라며 "집에 가면 한번 해봐야겠다."고 했다. 식당에서 오랜 기간 주방 일을 보신 장모도 중선의 지적에 흥미를 느끼며 한국식 쌀국수의 가능성을 조심스럽게 점치기도 했다.

23

해가 바뀌어 올 여름도 정기사는 메밀농사에 주력했다. 땅도 더 빌려 재배면적을 늘렸다. 미희는 약속대로 아버지가 부여한 조건을 성실히 이행하면서 면밀한 사전 답사 끝에 목이 좋다고 판단된 장소에 '정미희 피부관리실'을 개업했다. 아버지가 농사지은 메밀을 팔아 창업에 소요되는 경비 일체를 부담했다. 첫 손님은 당연히 엄마와 언니 그리고 올케였다. 가운을 갈아입고 침대에 누워 교대로 관리를 받은 세 여자는 탱탱하고 윤기 나는 피부를 어루만지며 흡족해 했다. 엄마는 "좋긴 좋은데 네가 힘들겠구나." 하며 손님이 많으면 돈벌이는 되겠지만 육체적으로 힘들 것을 생각해 한편으로 마음이 짠했다. 미희는 "뭘 해도 이 정도 몸은 써야 되지 몸 안 쓰고 되는 일이 있겠느냐?"고 하며 제법 철든 소리를 해 정기사 내외를 안심시켰다. 정기사는 무탈하게 대박 나라고 마른 명태에 실타래를 감아 입구 안쪽의 천정 밑에 매달아 주었다. 큰딸은 동생의 이름 '미희(美姬)'를 한자의 뜻 그대로 "예쁜 계집"으로 풀이해 '정미희 피부관리실' 상호가 잘 어울린다고 덕담을 했다. 주영도 "이 집에 오면 정말 예쁜 여자가 된다."는 의미가 되니 그런 광고 문구를 유리창에 써 붙이고 입간판도 만들어 문 앞에 세우자고 아이디어를 냈다. 큰딸은 "역시 우리 올케는 사업 수완이 보통이 아니라니까!" 하며 주영의 제안을 반겼다. 미희도 고개를 끄덕이며 다이어리를 꺼내 메모를 했다.

 개업하는 날은 시루팥떡을 해 나눠 먹는 풍습에 따라 엄마가 동네 떡집에서 맞춰온 떡을 놓고 개업을 축하해 주러 온 지인들과 간단한 축하파티를 했다. 행운이 오래 지속되기를 바라는 의미에서 가게 뒤편에 붙은 주방에서 점심으로 동치미막국수를 차려 냈다. 국수틀로 눌러서 뽑는 즉석면은 아니고 건면을 삶아 찬물에 헹궈 동치미국물을 부어 만든 엄마표 막국수였는데 먹을 만했다. 동치미는 집에서 만들어 왔지만 주방이 좁아 주영이 거의 혼자 도맡아 국수를 삶았다. 엄마는 면이 담긴 국수 그릇에 무가 들어 있는 동치미국물을 부으면 언니가 손님들 상에 국수그릇을 날랐다. 반찬은 김치 한 가지였지만 따끈한 시루팥떡을 먹고 시원한 물막국수로 입가심을 하는 셈이어서 손님들 모두 만족해했다. 물막국수보다 비빔막국수를 선호하는 손님들에게는 동치미국물 대신 미리 준비한 양념과 고명을 사리에 얹어 주었다. 오찬을 마치고 손님들은 다 돌아간 다음 식구들만 남아 뒷정리를 하고 있는데 느닷없이 선희가 아들을 앞세우고 가게 안으로 들어섰다.

"선희야!"

화들짝 놀란 정기사가 눈이 휘둥그레져 외마디를 지르듯 말했다. 동시에 식구들도 모두 놀라 일손을 멈추고 선희를 바라보았다.

"깜짝 놀랐지?"

선희가 만면에 웃음을 띠며 말했다.

"벌써 박사 마치고 온 거야?"

엄마가 들떠서 물었다.

"아니야. 잠깐 다니러 왔어요."

정기사는 선희의 입에서 박사를 마친 게 아닌데 다니러 왔다는 얘기에 뭐가 잘못된 것은 아닌가 싶어 불안한 마음이 들었다.

"학교에 무슨 일이 있냐? 아니면 시집에 무슨 일이라도 생겼냐?"

"안녕하세요?"

선희가 아버지가 궁금해 하는 말에 대답을 할 겨를도 없이 사위가 문을 밀고 들어서며 인사를 했다. 주차를 하고 오느라 한 템포 늦은 것이다. 사위는 오늘 개업식에 못 올 것 같다고 해서 사무실에 무슨 급한 용무가 있는 줄 알았다. 선희가 이 상황을 재미있어 하며 들려준 자초지종은 이랬다.

선희는 평소 메밀연구를 하면서 3년마다 열리는 국제메밀학회에서 만나 알게 된 중국의 메밀연구자로부터 중국 유린(Yulin)시에서 국제메밀육종워크숍과 세계메밀음식축제가 있으니 참가해 달라는 연락을 받았다. 정례적인 국제메밀학회가 열리는 해가 아닌데 중국에서 특별한 학술행사를 마련하고 선희를 초청한 것이다. 그래서 이틀 후 중국 유린시에 가서 행사에 참여해 논문도 발표하고 유린시 인근의 메밀밭을 돌아보고 음식축제도 둘러볼 계획이라고 했다. 지도교수도 초청을 받았는데 그는 일정에 맞춰 바로 중국으로 가고 자기는 집에 들렀다 가려고 며칠 먼저 왔다고 했다. 남편에게 일시귀국 일정을 알려주려고 전화를 했다가 동생의 개업식을 알게 돼 서둘러 전날 비행기를 탔고 오늘 사위가 차를 갖고 공항에 가서 데리고 왔다고 했다. 식구들에게는 깜짝쇼를 하려고 비밀로 했다고 했다. 선희의 얘기를 들은 정기사는 좋은 일이라 안도는 하면서도 달갑지 않은 깜짝쇼에 골이 난 듯 사위에게 한 마디 했다.

"이 사람아! 그런 일이 있으면 미리 귀띔을 해줘야지. 놀랐잖아! 혹시 무슨 안 좋은 일이라도 생긴 줄 알고."

"죄송합니다. 장인어른! 전 재미있을 것 같아서…… 선희와 짜고……."

"됐네! 이 사람아!"

"아빠! 삐치신 거예요? 죄송해요."

선희도 예기치 않은 아버지의 반응에 당황해 하며 말했다.

"아니다. 나도 깜짝쇼 해본 거다."

정기사의 기지와 위트에 모두들 박장대소했다. 선희네 식구들에게도 떡을 썰어주고 떡을 먹는 동안 막국수를 삶아 점심을 챙겨 주었다. 미희는 그 먼 데서 작은언니까지 개업 축하를 해주러 와 준 데 감동하며 언니가 캐나다의 기운까지 몰고 와 뭔가 잘 될 것 같은 예감이 든다며 너스레를 떨었다. 그런 자식들의 깊은 우애를 바라보는 정기사 내외는 마냥 즐거웠다. 돈은 많은데 형제들과 재산 다툼하느라 법원을 들락거리며 신문에도 오르내리는 일부 재벌들과는 비할 바가 아닌 자녀들의 심성과 형제애가 자랑스럽기도 했다. 미희의 말처럼 가족들의 사랑과 성원이 보이지 않는 힘이 되어 새롭게 시작한 미희의 '일'과 '삶'에 축복이 있기를 소망했다.

24

남편 김상섭도 연가를 받아 식구들이 같이 중국 섬서성의 유린(Yulin)시를 찾은 선희는 호텔에 여장을 풀고 회의장에 등록을 했다. 낯익은 지인들과 포옹을 하며 인사를 나누고 가족들도 소개를 했다. 먼저 도착한 지도교수도 남편을 알아보고 아는 체를 했다. 그는 남편이 위니펙에 갔을 때 두 번 같이 식사를 했었다. 환영 만찬장에서 외국인 참가자들이 일일이 소개가 되었다. 한국, 캐나다, 일본, 스웨덴, 독일, 슬로베니아에서 참가를 했고 백여 명이 넘는 나머지 참가자들은 중국의 각 성에서 교수 또는 연구소 메밀연구자들이 참가를 했다. 이튿날부터 이틀간 진행된 논문 발표에서 선희가 캐나다에서 연구한 내용은 지도교수가 발표를 했고 선희는 한국의 메밀육종에 대해서 발표를 했다. 중국에서 메밀 대가로 알려진 린루파 박사가 중국의 품종에 대해서 발표를 했다. PPT를 통해 보여준 우수 품종의 생김새와 수량을 보니 탐이 났다. 그는 발표 중에 중국의 메밀 수출 현황을 소개했다. 연간 일본에 12만 톤, 폴란드에 8만 톤, 사우스코리아에 5만 톤이라고 했다. 한국에서는 전혀 못 들어보던 얘기를 그가 했다. 메밀을 파는 나라에서 그만큼 팔았다는데 그의 말이 사실이겠지 싶었다. 언젠가 국내에서 있었던 관계자 회의석상에서 중앙부처 담당자는 한국에서 메밀은 50% 국내 생산에, 50% 수입이라고 했다. 최근 공식적인 정부 통계에는 메밀의 국내 생산이 2천 2백여 헥타르에 1천7백 톤이라고 나와 있는데 담당자의 말이 사실이라면 수입량 까지 합쳐 국내에서 소비되는 수요량은 약 4천 톤이라는 얘기가 된다. 중국에서는 그보다 열 배가 넘는 5만 톤을 한국에 수출한다는데…… 그의 발표가 끝나고 질의응답 시간에 선희는 손을 들어 질문을 했다.

"박사님! 발표 자료를 보니 그렇게 중국에는 좋은 품종이 많은데 한국에 유통되는 메밀은 그렇게 좋은 것을 볼 수 없어요. 수출할 때 좋은 품종으로 수출할 수 없나요?"

"돈만 많이 내세요."

그의 간단명료한 대답에 선희는 할 말을 잃었다. 그가 말하고자 하는 본론을 굳이 그의 입을 통해 듣지 않고도 알수 있었기 때문이다. 중국에서 메밀 종자를 사 가는 한국의 상인들이 이윤을 많이 남기기 위해서 품질은 따지지 않고 무조건 중국에서 싼 것만 사 간다는 뜻이었다. 논문발표가 모두 끝나고 강당에 설치한 종자 전시장으로 갔다. 메밀뿐만 아니라 조, 기장, 수수 등 잡곡 종자를 품종별로 모아 전시를 했다. 겉으로 보기에도 눈에 확 들어오는 좋은 품종들이 많았다. 메밀 품종 몇 개의 이름을 수첩에 적었다. 워크숍과 축제가 끝나면 양링(Yangling)으로 가 서북농림대 교수들을 만나고 갈 계획이라 그곳에서 종자를 얻어갈 생각이었다. 다음날 참가자들은 버스를 타고 근처 메밀밭 투어에 나섰다. 끝없이 펼쳐진 메밀밭은 한창 꽃이 피어 장관을 이루었다. 길가에 차를 세우고 일행은 내려서 메밀을 가까이에서 살펴보았다. 선희도 밭에 들어가 토실토실한 메밀을 만져보고 품종 이름은 몰라 써먹을 수 있을지는 모르지만 종자가 달린 이삭 몇 개를 따서 수첩 사이에 끼워 넣기도 했다. 그 옛날 문익점은 붓 뚜껑에 목화씨를 숨겨 왔다고 했던가. 메밀꽃을 배경으로 가족사진도 찍고 다른 나라 참가자들과 어울려 그룹 사진도 여러 차례 찍었다. 근처에는 조와 기장 밭도 있었는데 조 이삭 하나가 정말 팔뚝만 한 게 난생 처음 보는 크기였다. 기장도 이삭 하나가 커다란 방빗자루 같은 것이 축 늘어져 있었다. 그런 밭이 끝이 안 보일 정도로 넓게 펼쳐져 있었다. 메밀연구자로서 메밀 공부를 하러 왔는데 공부할 맛이 싹 달아났다. 비행기로 두 시간이면 오는 인접 국가에 이렇게 좋은 품종으로 엄청난 양을 생산해내는데 땅덩어리도 작은 데다 메밀이든 다른 잡곡이든 이미 중국 농산물에 시장을 잠식당한 한국에서 육종을 한답시고 해봐야 흔히 말하는 '새 발의 피' 같아서 사기가 꺾이는 기분이었다. 그런 기분을 일본인 참가자에게도 토로하였더니 그도 같은 느낌이라고 했다. 그렇지만 캐나다의 지도교수는 생각이 달랐다. 그의 전공영역인 성분육종을 강조하며 수량보다 기능성 성분을 보강한 품종을 만들어 차별화 하면 되레 중국에 그런 메밀 종자를 팔 수도 있을 거라고 했다. 선희는 자기가 지금 그의 밑에서 박사학위과정을 하면서 하고 있는 연구주제가 성분 육종이니 갑자기 어깨가 무거워지면서 죽어가던 '기'가 다시 살아났다. 암흑 속에서 헤쳐나갈 구멍이 있다는 것은 삶의 의욕과 의미와 목표가 되기에 충분했다. 선희는 회심의 미소를 지어 보이며 버스에 올랐다. 몇 군데 메밀밭을 더 돌아보고 버스는 하얀 천막이 수십 동 쳐 있는 곳에 멈춰 섰다. 천막 주변에는 수많은 마을 사람들이 구경을 하느라 운집해 있었다. 버스에서 내린 참가자들이 안내를 받아 천막 안으로 들어서자 첫 번째 부스에는 손을 씻을 수 있게 세면대가 놓여 있었다. 손을 씻은 후 서른 개도 넘어 보이는 부스를 하나씩 지나며 부스마다 다른 중국의 메밀 음식을 종류별로 맛을 보았다. 부스마다 조리사 모자(cap)와 복장을 갖춰 입은 요리사가 한 명씩 붙어서 조리 시연과 설명을 했다. 선희는 메밀 한 가지로 이런 대규모의 음식 축제에 참가하기는 처음이었다. 중국인 참가자들조차도 경탄을 하는 것을 보니 아마 중국에서도 처음 하는 행사 같았다. 선희는 부스마다 새로운 맛을 보며 사진을 찍느라 시간이 어떻게 가는 줄도 몰랐다. 남편과 아들에게도 많이 먹으라고 눈짓을 하면서 자신도 이것저것 많이 집어 먹었더니 지나온 부스가 몇 개 되지 않았는데도 벌써 배가 불렀다. 먼저 맛본 것은 주로 타타리메밀(쿠쵸우)로 만든 음식이었다. 수타면인 쿠쵸우 소우꾸오미안, 압착면인 쿠쵸우 헬레, 메밀묵인 쿠쵸우 리앙펜, 팬케이크인 쿠쵸우 지아오투앙과 쿠쵸우 바바 및 쿠쵸우 빙, 메밀전병인 쿠쵸우 툰툰과 쿠쵸우 지안빙, 메밀수제비인 쿠쵸우 제투오, 메밀죽인 쿠쵸우 죠우, 타타리메밀밥인 쿠쵸우 기다, 메밀만두인 쿠쵸우 지안지아오, 메밀파이인 쿠쵸우 샤오마이, 메밀빵인 쿠쵸우 만토, 메밀꽈베기번(bun)인 쿠쵸우 후아주안과 메이구 쿠쵸우 모, 메밀전인 쿠쵸우 지안빙, 메밀계란타트(tart)인 쿠쵸우 단타, 메밀케이크인 쿠쵸우 루안가오와 쿠쵸우 가오 및 쿠쵸우 파가오 등의 조리식품과 메밀로 만든 비스켓, 푸딩, 죽, 타타리미메밀커피, 타타리메밀식초, 타타리메밀차, 타타리메밀건면(vermicelli), 타타리메밀빵, 타타리메밀월병, 타타리메밀쿠키와 케이크 등의 가공식품도 품목별로 부스에서 만들어지고 시식이 되었다. 단메밀(톈쵸우)로 만든 음식도 있어서 맛을 보았다. 손으로 만든 두오 쵸우마이, 기계로 뽑은 쵸우마이 헬레, 쵸우마이 차지안, 칼국수인 지앙수이 쵸우미안 지에지에, 쵸우미안 추오위에르, 쵸우마이 카올레, 마오 에르도오, 찐빵인 쵸우마이 만토우와 쵸우마이 후안지안, 전병인 쵸우마이 주안주안과 쵸우마이 지인빙, 만두인 쵸우마이 젱지아오, 팬케이크인 쵸우마이 루오빙과 쵸우마이 나가오, 구운 스낵인 쵸우마이 요우콴콴, 메밀묵인 쵸우마이 리앙펜, 메밀전인 쵸우마이 지아오투안, 메밀소시지인 쵸우마이 관창과 쵸우마이 수에창 등 단메밀로 만든 중국의 전통 메밀 음식이 꽤 많았다. 하나씩 꼽아보니 일흔 가지가 넘었다. 정말 한 가지 재료로 이렇게 다양한 요리를 만들어 낸다는 게 놀라웠다. 땅도 넓고 인구와 종족도 많은 중국이니까 가능한 것이라는 생각이 들었다. 2001년 한국에서 열린 제8회 세계메밀학회 때도 부대행사로 '세계의 메밀' 전시부스를 만들고 참가자별로 자국의 부스에 자료를 전시하게 했었는데 주로 사진 자료가 대부분이었고 실물 음식은 명색이 '세계의 메밀'인데도 몇 종류 되지 않았었다. 이번 중국 여행의 하이라이트는 메밀음식축제였음을 거듭 확인하게 되었다. 주변에 운집한 마을사람들은 철저히 통제되어 부스 안으로 들어올 수가 없었다. 그들에겐 참가자들이 구경거리가 되는 셈이었다. 아마 참가자들을 태운 버스가 현장을 떠나고 난 뒤에야 마을사람들이 부스에 들어가 남은 음식을 먹어 치웠을 것 같았다. "그렇게 많은 사람들이 다 먹을 만큼 남지는 않았을 텐데." 하는 괜한 걱정을 하며 선희는 호텔로 돌아와 욕실에 들어가 샤워를 했다. 땀구멍마다 콕콕 박혔을 것만 같은 미세먼지를 닦아 내느라 피부가 벌게지도록 문질렀다. 저녁에 있을 환송만찬에서 각국에서 온 참가자들에게 틀림 없이 노래를 시킬 텐데 무슨 노래를 하지 생각하다가 '소양강 처녀'가 적당할 것 같아 샤워를 하는 내내 노래를 불렀다.

"해 저문 소양강에 황혼이 지면 외로운 갈대밭에 슬피 우는 두견새야. 열여덟 딸기 같은 어린 내 순정 너마저 몰라주면 나는 나는 어쩌나……"

이 여자가 실성을 했나 싶었는지 남편이 "여보! 여보!" 하며 욕실을 노크하는 소리가 들렸다.

25

인도계 캐네디언인 지도교수는 인도 고향에 들렀다 간다며 비행시간에 맞춰 먼저 공항으로 출발했고 선희 가족은 버스를 가지고 온 서북농림대 참가자들의 차에 편승해 고속도로를 달려 남으로 달렸다. 양링까지는 일곱 시간이 걸리는 장거리여행이라 중간에 휴게소에 들러 각자 점심을 사먹었다. 서북농림대 게스트하우스에 도착하니 저녁 어스름 무렵이었다. 다음날 선희는 아는 교수를 만나 캠퍼스 투어를 하고 구내 실험포장과 온실을 둘러보았다. 수첩에 적은 품종도 종자를 조금씩 얻었다. 이 대학에만 해도 보유하고 있는 메밀 품종이 300종이 넘는다고 했다. 양링은 인구가 6백만 명인 큰 도시다. 서북농림대는 중국의 5대 농대 중 하나이다. 캠퍼스 내에 있는 농업박물관도 꽤 규모가 크다고 해 안내를 받아 박물관을 관람했다. 중국농업의 역사와 규모를 한눈에 알 수 있게 박물관은 잘 꾸며져 있었다. 박제된 수많은 곤충과 동물표본도 있었지만 바깥에 온실을 지어 많은 종류의 나비를 키우는 나비생태박물관도 관람할 수 있어서 인상적이었다. 안내해 준 중국교수와 대학 근처의 대반점(大飯店)으로 가 함께 점심을 먹었다. 후한 대접을 받은 선희는 준비해

간 선물을 건네고 버스터미널로 가서 시안으로 향했다. 시안은 장안이라고도 하는데 당나라의 수도여서 역사적인 유적지와 유물이 많은 곳이다. 병마총은 시안의 대표적인 관광명소이기도 해 선희는 가족들과 시티투어에 합류해 이틀을 시안관광을 했다. 병마총은 말할 것도 없고 야간에 양귀비 생가의 야외무대에서 펼쳐지는 양귀비 일대기의 뮤지컬은 볼만했다. 장예모 감독이 연출한 양귀비 뮤지컬은 생가와 생가 앞 연못 및 뒷산을 무대 삼아 공연을 하는 스펙터클한 야외공연이라 퍽 인상적이었다. 장안성에 올라가 성곽을 한 바퀴 돌아보기도 했다. 시내를 가득 메운 매연과 미세먼지는 불만이었다.

시안관광까지 마치고 춘천 본가에 돌아온 선희는 이틀을 집에서 쉬었다가 전화로만 양가 부모님께 인사를 드리고 다시 아들과 함께 캐나다로 돌아갔다. 선희는 이제 실험은 거의 끝나고 박사논문 작성만 남겨둔 상태라 바짝 서두르면 6개월, 욕심을 내어 한두 가지 실험을 더 하더라도 일 년 안에는 논문심사를 받고 박사학위를 받아 귀국할 수 있을 것 같았다. 한국에 돌아가 업무에 복귀하면 하고 싶은 연구를 마음껏 할 수 있는 여건이 아니어서 여건이 갖춰진 이곳에서 연구를 좀 더 하는 것이 나을 것 같았다. 이번에 중국 여행을 겸해 고향에 다녀왔으니 향수도 어지간히 해소된 것도 힘이 되었고 아들도 일 년 더 머무르면 고등학교에 입학했다가 전학할 수 있게 되어 더 낫겠다고 남편도 동의를 했다. 선희는 미희의 개업식에서 맛본 막국수가 가끔 생각나 한국에서 올 때 건면 막국수도 몇 팩을 사왔다. 다 먹고 나서는 위니펙에 있는 한국식품점에서 육수가 든 건면을 사다가 자주 끓여 먹었다. 같은 브랜드가 아니어도 먹을 만했다. 아들도 밥보다 낫다고 해서 전보다 막국수 먹는 횟수가 잦아졌다.

선희는 지금까지 메밀 원료만으로 시료를 만들어 면역 단백질을 연구하면서 그것들의 당뇨와의 연관성을 면밀히 연구했다. 메밀에도 종류가 많으니 종과 지역에 따라 면역단백질의 함량과 특성에 어떤 차이가 있는지를 연구했다. 중국에서 지도교수가 발표한 내용이 그중 일부였다. 그전에 국제학술지에 발표한 지도교수와 선희의 공저(共著)논문을 보고 주최 측에서 메밀 육종가에게 성분 육종을 위한 기초자료로 활용될 수 있는 결과로 평가해 중국 메밀육종워크숍에 초청을 했던 것이다. 선희는 자주 건면을 끓여 먹으면서 원곡이 아닌 육수를 포함한 다른 재료와 혼합된 최종 제품에 대한 면역단백질의 정량 및 정성적 평가에 강한 흥미를 느꼈다. 인도에서 돌아온 지도교수와 상의해 레시피가 다른 몇 종류의 막국수와 일본 소바까지 구해 새로운 실험을 해보기로 했다. 결과는 메밀의 함량에 비례하여 결과가 좋았다. 밀가루, 전분 등 함유된 다른 재료는 포지티브(positive)한 결과에는 도움이 되지 않았다.

아들은 3년째 학교생활을 하다 보니 언어도 많이 늘었고 친구들과의 관계도 좋았다. 무엇보다 사교육을 받아가며 입시 위주의 공부를 하지 않고 자유롭게 인성과 창의력 위주의 교육을 받게 된 것이 아들의 성격 형성이나 리더십 등 자질 향상에 큰 영향을 끼쳤다. 아들은 여기에 남아 계속 이곳 교육을 받기를 바라는데 두고 가야 할지 데리고 들어가야 할지 아직 결정을 못하고 있다. 주변의 한인들도 여기에 기숙사 시설이 잘 되어 있는 고등학교가 있으니 여기서 고등학교와 대학까지 보내라고 하는 의견이 더 많았다. 남들은 나오지 못해서 야단인데 일찍부터 아들의 독립심을 길러줄 좋은 기회이니 데리고 나온 김에 그렇게 하라는 것이다. 대학에 들어가기도 힘들고 대학을 나와도 취업하기 어려운 한국의 요즘 실정을 감안하면 백 번 맞는 말이었다. 한국에 데리고 들어가면 3년 남짓 나와 있었으니 학원을 보내야 그나마 내신 관리가 될 터인데 아들이 여기서 여유 있게 지내다 그런 스트레스를 잘 이겨낼 수 있을지도 의문이었다. 남편과 상의는 하겠지만 남편은 이곳 사정을 잘 모를 테니 사실상 결정은 자신에게 달렸다는 생각에 고민을 하지 않을 수 없었다. 마침 아들이 제 생일을 맞게 되어 친한 친구 다섯 명을 집으로 초대했다. 선희는 베이커리에서 케이크를 사오고 피자도 한 판 사 왔다. 그리고 미리 사 두었던 막국수 건면을 삶아 육수는 아들에게만 부어주고 다른 친구들에게는 혹시 입맛에 안 맞을 지도 몰라 육수는 따로 먹을 사람만 먹게 하고 파스타 식으로 먹을 사람을 위해서는 참깨땅콩소스와 케첩소스를 따로 준비했다.

　선희의 예상대로 친구들은 국물 없이 소스만 골라 넣어 비빈 후 포크로 감아올려 먹었다. 면발이 더럼밀(durum wheat)을 쓰는 파스타와는 달리 부드러운 질감이라 별난 파스타쯤으로 여기는 것 같았다. 그래도 "맛있다!"고 하며 잘 먹었다. 그래서 막국수를 메밀가루만 쓰면서 면발을 굵게 해 파스타처럼 만들어 먹으면 어떨까 하는 생각이 들기도 했다. 순메밀가루만으로는 면발이 부서지기 쉬우니 전분을 섞어 납작하게 짤막한 막대 모양으로 만들면 될 것 같은데 그렇게 하면 국수라는 명칭보다는 '메밀파스타'라고 해야 할른지, 그런 파스타는 이미 독일이나 이탈리아에서 나오는 게 있으니 국수 형태의 면 대신 파스타로, 양념, 고명, 육수 등은 막국수

식으로 하게 되면 이름을 뭐라고 해야 할지, 고민이 될 것도 같았다. "'파스타막국수'라고 하면 어떨까?" 하고 선희는 혼잣말로 중얼거려 보았다. 생일날 한국에서는 왜 국수를 먹는지에 대해서도 아들 친구들에게 자세히 설명해주었다. 아들이 친구들과 돈독한 우정을 나누는 것을 보면서 아들을 이곳에 두고 가도 되겠다는 느낌도 들었다. 공부하는 엄마에게서 태어나 외국에서 혼자 고등학교와 대학을 다니게 되는 것도 아들의 '운명'이라는 생각이 들었다. 새로운 기회와 미래와의 '운명적 만남'일 수도 있는 아들의 선택을 존중해주기로 마음먹었다. 그렇게 결심을 하고 나니 선희의 마음도 한결 더 가벼워졌다.

26

정기사 내외는 평일이라 막내딸의 개업식에 빠진 큰아들집을 찾아갔다. 상선은 모처럼 오신 부모님을 모시려고 주말과 일요일을 온전히 비워 두었다. 도착하신 토요일, 강릉터미널에서 부모님을 픽업해 양양 현남면 '입암리막국수'집에 가서 막국수로 점심을 먹었다. 입암리막국수는 국도에서 산 쪽으로 좀 들어간 마을 입구에 자리 잡고 있다. 강릉 일대에서는 맛있는 집으로 꽤 많이 알려져 손님들이 많았다. 여름철 해수욕 시즌에는 한 시간씩 줄을 서 기다리는 게 보통이었다. 하루에 천 그릇이 넘게 팔린다고 했다. 정기사에게도 이 집 막국수는 입맛에 맞았다. 국수 양도 많고 구수한 육수와 듬뿍 넣어주는 참깨와 김 가루가 맛의 조화를 잘 이루었다. 반찬으로 나오는 김치도 손님들이 따로 포장해 사 갈 정도로 맛이 좋고 인기가 있다. 집에서 사용하는 고춧가루도 질 좋은 고추를 사다가 직접 빻아 사용했다. 그래서 가게 옆에는 메밀가루와 고춧가루를 빻는 제분시설이 잘 갖춰져 있다.

"언젠가 교대 은사님이 일본 손님을 모시고 강릉에 오셔서 이 집에 모시고 왔는데 이 집 막국수를 먹어보고 일본사람들 입맛에도 맞는다고 일본으로 진출해도 좋을 것이라고 했어요."

큰며느리가 사리 하나를 더 시키면서 말했다. 그 말을 듣고 보니 다랑어 맛은 전혀 안 나는데도 삶은 메밀국수를 다랑어 우린 물에다 갈은 무와 파, 와사비를 넣은 육수에 담가 먹는 '모리소바' 맛이 약간 느껴지는 것도 같았다. 점심을 먹고 상선은 차를 몰아 북진했다. 고성 통일전망대까지 왕복하기에 시간은 충분했다. 날씨도 화창하고 시계도 좋아 전망대에서는 해금강도 육안으로 잘 보였다. 정기사는 통일이 되어야 할 수많은 이유가 있겠지만 그중에서도 메밀과 평양냉면을 빼놓을 수 없을 것 같았다. 기후적으로 잘 맞는 메밀을 북한에서 대량 생산해 남한에서 소요되는 메밀량을 충당하면 중국에서 수입을 덜해도 될 것이고 전 국민이 우리 메밀로 만든 평양냉면도 마음껏 먹을 수 있을 것이라는 생각이 들었다. 북녘 하늘을 바라보며 북강원산 메밀과 합해 '강원메밀'의 명성을 되찾고 통일 농업의 전진기지로서 강원도의 위상을 높여 나가는 것이 가까운 장래에 실현되기를 바랐다. 메밀농사를 지어보니 제 땅의 기운을 받은 곡물로 음식을 만들어 자급한다는 것이 참으로 뜻이 깊다는 것을 느끼게 돼 더욱 그런 생각을 하게 되었다. 메밀에도 신토불이(身土不二)의 철학이 딱 들어맞을 거라는 생각을 하며 농산물을 단순한 먹거리가 아닌 건강한 삶을 지탱해 주는 철학적 토대로도 인식할 필요를 느꼈다.

강릉으로 돌아온 정기사 내외는 아들며느리에게 물회를 사주고 자신은 회국수를 시켜 먹었다. 새콤하게 삭여낸 가자미회와 야채와 김을 곁들인 회국수에도 메밀가루가 조금 섞여 있었다. 대부분 회국숫집에서는 면은 밀국수라고 했다. 메밀가루를 더 넣은 국수 면발이면 더 좋겠다는 생각을 하면서 순식간에 국수 한 그릇을 후딱 비벼 먹었다. 함경도 지방을 대표하는 음식인 '회국수'는 감자농마(전분)로 만든 국수 사리에 갖은 양념으로 무친 명태회를 얹고 그 위에 실달걀과 실고추로 고명을 해 시원하고 감칠맛이 나는 것이었다. 명태 대신 가자미, 대구, 낙지 등을 쓰기도 하며 신선하면서도 매운 맛이 나는 회를 얹는 것이 특징이었다.

안목 해변 커피 거리에서 커피를 마시고 작은아들 내외에게 줄 횟감과 건어물도 샀다. 주무시고 가시라는 상선과 며느리의 만류를 뿌리치고 정기사 내외는 "내 집이 좋지!" 하면서, 손자에게는 "다음에 또 오마!" 하고 약속을 해주고는 강릉터미널로 가 원주행 버스에 몸을 실었다. 아들 가족과의 당일치기 동해안 여행을 그렇게 마무리하고 몇 개인지도 모르게 많은 터널로 뻥 뚫린 대관령을 넘어 집으로 돌아왔다. 모처럼 쐰 바닷바람 탓인지 옷을 벗어 옷걸이에 거는데 바다 냄새가 살짝 나는 것 같았다. 아내는 횟감을 꺼내면서 손에 묻은 바닷물 때문일 거라며 손을 씻고 오라고 잔소리를 했다. '못 말리는 잔소리장이 여편네!'라고 속으로 말하면서 정기사는 밖으로 나가 손을 씻고 들어왔다. 창문으로 환한 달빛이 비쳤다. 아내도 잠을 못 이루고 있는지 몸을 뒤척이며 이부자리에 떨어진 달빛을 뭉개고 있었다.

"우리 통일 되면 낮에 본 해금강에 가서 삽시다."

정기사가 뜬금없는 제안을 했다.

"통일이 언제 될 줄 알고?"

"요즘 같은 분위기로 봐서는 금방 될 것도 같지 않소?"

"가 봐야 알지. 그래도 난 북한에 가서 안 살아요."

"왜? 좋을 것 같은데."

"당신은 좋긴 뭐가 좋아요. 실향민도 아니면서."

"실향민만 북에 가서 사나?"

"아무튼 난 싫어요. 혼자 가서 살든지? 아니면 북한 여자한테 새 장가를 들든지?"

"그거 좋은 생각이네. 남남북녀라고 했는데 죽기 전에 '북녀' 하고도 살아보면 좋겠네."

"뭐라고요? 이 양반이 정말?"

아내는 약이 오르는지 정기사의 허벅지를 꼬집어 비틀었다.

"아야!"

정기사는 비명을 지르고 이불 속에서 아내를 간질이며 몸싸움(?)을 했다.

27

선희는 남편과 시부모님, 친정 부모님과 상의를 해 아들을 위니펙에 있는 고등학교에 진학을 시켰다. 엄마가 현지에 있는 동안 아들이 먼저 기숙사로 입사했다. 3개월을 주말에만 아들을 보면서 적응을 돕다가 논문심사와 졸업식을 마친 선희는 혼자 귀국을 했다. 아들을 남겨두고 오려니 차마 발걸음이 떨어지지 않았지만 학교를 믿고 또 위니펙에 있는 동안 친하게 지낸 교민에게도 부탁을 해두고 왔다. 아들도 기숙사가 좋고 같은 학교로 진학한 친구들도 많으니 걱정하지 말라고 되레 엄마를 위로했다. 귀국을 한 선희는 바로 직장에 복직하여 메밀연구에 진력했다. 정기사는 바쁜 선희를 생각해서 하루는 중선의 가족과 함께 춘천으로 가 딸 내외를 만나 점심을 같이 하기로 하고 온 가족이 중선이 운전을 하는 차를 타고 농업기술원으로 갔다. 주말인데도 선희는 온실에서 연구용 메밀을 심고 있었다. 새로 시작하는 연구라 여러 종의 품종을 일일이 라벨을 확인해 가며 화분에 메밀씨를 심었다. 그중에는 중국에서 얻어 온 것과 캐나다 품종도 있다고 했다. 사위도 선희 옆에서 씨를 심은 화분에 물을 주며 거들어 주고 있었다.

"아들이 많이 보고 싶어 어떻게 하냐?"

아내가 걱정스럽게 물었다.

"처음엔 좀 힘들었는데 만성이 돼 가고 있어서 괜찮아요. 엄마!"

"녀석이 대견하게도 잘 견디는 것 같아요."

사위도 한마디 했다.

"신통하네. 잘 견딜 거야. 견디기만 하면 독립심도 커지고 대학도 잘 갈 것이고 실보다 득이 더 많지."

정기사는 잘한 결정이라는 뜻으로 그렇게 딸과 사위를 격려했다.

"저희들도 그렇게 생각합니다. 저 사람도 처음 며칠은 눈물 바람이었는데 지금은 화상통화를 하면서 얼굴을 보니 안심이 되나 봐요."

사위가 화상통화 얘기를 하며 세상이 참 많이 좋아진 것이 실감난다고 했다. 그러고는 즉시 화상통화를 시도하려다가 시차가 안 맞아 그만 두었다.

"아빠! 언니네 조카들은 고등학생이겠네요?"

"그렇지. 고2와 고1."

"공부 잘 하지요?"

"그럼. 엄마아빠가 애들한테 얼마나 잘 하는데……"

아내가 끼어들며 대답을 했다.

선희는 아장아장 온실을 돌아다니는 중선의 아들이 넘어지기라도 할까봐 아이 뒤를 졸졸 따라 다니는 동생을 보고 옆에 있던 작은올케에게 말했다.

"작은올케가 엄마아빠 모시고 아이 키우느라 고생이 많겠어?"

"아니에요. 부모님이 잘 봐주셔서 제가 오히려 도움을 받는걸요."

"형님이야말로 직장 생활도 하시면서 어떻게 애를 키우셨어요? 대단하세요. 외국 가서 박사까지 따시고. 정말 존경스러워요."

주영은 빈말이 아니었다. 아이를 키워 보니 육아가 여자들에게 얼마나 큰일인지 알 것 같았다. 육아로 인해 일을 포기하는 여자들이 많고 자신도 그중의 하나임을 늘 아쉽게 생각했었다.

정기사는 선희가 안내하는 막국숫집으로 가서 편육과 메밀전병을 시켰다. 춘천에는 메밀싹을 생산하는 공장도 있어서 메밀싹무침과 메밀묵도 시켰다. 너무 많이 시키는 것이 아니냐고 아내가 말했지만 사위가 대신 막국수는 작은 것으로 시키면 된다고 했다. 선희가 메밀음식을 먹으며 춘천에는 막국숫집이 전업, 겸업을 합쳐 380곳이 넘는다고 했다. 다른 메뉴 없이 막국수와 메밀음식만을 메뉴로 하는 전문점은 100여 곳이 된다고 했다. 막국수 영업을 하는 분들이 춘천 막국수협의회를 조직해 명품화를 위한 노력을 하고 있다고 했다. 정기사는 "춘천막국수야 전국적으로 유명하지. 우리나라 막국수 산업과 식문화를 주도해 왔다고도 할 수 있지."라고 하며 타 지역에 비해 활발한 막국수 산업의 활성화 노력을 잘 알고 있었다.

중선이 선희에게 메밀이 왜 몸에 좋은지 연구자 입장에서 말해 주기를 청했다. 선희는 들었던 전병을 놓고 장황한 설명을 늘어놓기 시작했다. 다른 식구들은 묵묵히 음식을 먹으며 선희의 설명을 진지하게 들었다. 강의실만 아니었지 수업을 받는 것에 다름 아니었다.

"메밀에 들어있는 루틴이 혈관을 튼튼하게 하고 혈압강하작용이 있다. 비타민P라고 불리는 루틴은 모세혈관을 튼튼하고 유연하게 해주어 혈관의 저항성을 강화해 혈관계 질환의 치료제로 이용된다. 메밀의 혈압강하 효과는 과학자들의 연구를 통해서도 보고가 된 것이 많다. 그리고 루틴에는 비타민C와 동시에 섭취하면 모세혈관의 강화작용이 한층 강해지는 성질이 있다. 그래서 막국수를 먹을 때 비타민C가 풍부한 채소와 과일을 함께 곁들이는 것이 좋다. 루틴은 수용성이어서 뜨거운 물에 잘 용해돼 나오기 때문에 메밀막국숫집에서 내놓은 메밀 삶은 물을 마시는 것도 루틴 섭취를 위해 좋다. 요구르트를 넣어 믹서로 갈은 메밀싹주스와 메밀싹을 중탕한 진액(엑기스)을 마시는 것도 루틴 섭취를 위한 좋은 방법이다. 일본에서는 2, 3주 햇볕 아래에서 키운 메밀나물이 '교맥아(蕎麥芽)'라는 상품명으로 슈퍼마켓의 야채코너에서 판매된다.

메밀의 탄수화물은 소화성이 감자나 쌀 등 다른 작물의 전분질과 비교하여 서서히 진행되므로 당뇨병, 고지혈증 등을 컨트롤하는 특성을 나타낸다. 글루코즈(glucose) 저항성테스트에서 메밀보충급여군이 대조군에 비하여 혈당의 상승이 낮아지는 결과를 나타내 메밀이 당뇨병 예방에 효과가 있음을 알았다. 한국식품개발연구원 김윤숙 박사팀은 2002년 메밀추출물이 당뇨합병증 예방에 탁월한 효과가 있음을 보고하였다. 당뇨에 걸리면 생체 내 단백질의 당화(glycation)로 망막증, 신경증, 백내장, 신장병 등 합병증을 일으킬 수 있는데 메밀추출물은 당화를 억제하는 능력이 화학물질치료제인 아미노구아니딘(aminoguanidine)보다 2배 이상 뛰어난 것을 밝혔다. 최근에는 메밀에서 파고피리토이스(fagopyritois)라는 물질이 발견되었는데 이 물질은 제2형 당뇨병의 치료에 효과가 있는 것으로 추정되어 물질 정제 등 추가적인 연구가 진행되고 있다. 중국 하얼빈의대 장 홍웨이 교수가 내몽고 주민 1천명을 조사한 결과 메밀을 주식으로 하는 사람들은 혈당치가 1리터당 3.9 mmol로 메밀을 먹지 않는 사람들의 4.56 mmol보다 현저히 낮은 것을 보고하였다. 장교수는 또 다른 조사에서 메밀을 먹는 지역 주민은 고혈당과 당뇨병 발생비율이 각각 1.6%와 1.9%인데 비하여 메밀을 먹지 않는 지역의 주민은 각각 7.3%와 3.8%로 높게 나타났음을 보고하였다.

메밀에는 술을 해독시키는 '콜린(cholline)'이라는 성분이 풍부하게 들어 있다. 메밀에 많은 콜린이라는 비타민B군에 속하는 성분은 간장에 지방이 축적되는 것을 방지하는 성질이 있는데 체내에서 알코올을 분해하는 아세틸콜린의 원료이다. 그래서 술을 해독하고 숙취 해소에 도움을 준다. 콜린을 적게 섭취하면 지방간(脂肪肝) 발생 가능성이 높아지는데 콜린이 간에 쌓인 지방을 간 밖으로 내보내는 역할을 하기 때문이다. 콜린 섭취가 부족하면 혈관에 지방과 콜레스테롤이 과다 축적돼 심장병 등 혈관질환 발생 위험도 증가한다. 콜린이 부족한 식사를 하면 DNA(유전자) 손상이 증가해 암 발생 위험이 높아지는데 1,508명의 여성을 대상으로 한 연구에선 콜린이 풍부한 식사를 했을 때 유방암 발생 위험이 24% 감소했다. 또한, 콜린은 인지질이라고 불리는 지방의 합성에 사용되는데 인지질은 몸 안에서 혈중 콜레스테롤 수치를 적당하게 유지시키고, 간염 등 간질환을 예방하며, 알코올 중독자의 간경화 발생 위험을 낮추며, 소화기관의 염증을 감소시키고, 궤양성 대장염·과민성 대장증후군의 증상을 완화하는 역할을 한다.

일본 도야마의약과대학의 요꼬자와 다까꼬(Yokozawa Takako) 교수는 메밀을 껍질째 갈아 농축시킨 액에서 추출해 낸 '카테킨 및 에피카테킨 다중체'라는 천연물질을 200㎎/㎏ 투여한 결과 독성물질 발생을 억제시키는 항산화 효소인 SOD(SuperOxide Dismutase)효소가 현저하게 증가하였으며 신장 상피세포에 이 물질을 주입한 결과 독성을 나타내는 지표인 LDH(lactate dehydrogenase)효소량이 현저하게 감소하였음을 보고하였다. '카테킨 및 에페카테킨 다중체'라는 천연물질이 식물에서는 메밀에서 처음 발견되었으며 녹차에 많이 함유되어 항암작용을 하는 카테킨류가 최대 7개까지 중첩돼 있어 항암 및 항산화작용에 있어 훨씬 더 강력한 효능을 발휘한다는 사실을 구명함으로써 기존에 밝혀진 혈압강하, 당뇨식이, 콜레스테롤 감소, 비만해소 등 메밀의 생리활성 작용 이외에 메밀이 신부전증, 신장염 등 신장관련 질환 개선에도 기여할 수 있는 기능성 식물이라는 사실을 새롭게 밝혀냈다."

"누나는 정말 박사 맞네. 머릿속에 메밀 데이터가 입력되어 있나 봐. 안 보고도 줄줄 나와."

중선이 선희의 설명을 듣고 메밀의 효능에 대해 이처럼 자세하게 들어보기는 처음이라며 메밀음식을 많이 먹어야 하겠다고 했다. 주영도 버스에서 아버님이 설명해 주셨던 것을 기억하고 아버님도 시누이한테서 들어 많이 아신다는 게 실감이 되었다. 아버님의 막국수에 대한 애호가 단지 길들인 입맛 때문만이 아니라는 것도 느끼게 되었다.

"그런데 이렇게 좋은 것을 이 사람은 잘 안 먹어요."

선희는 남편을 가리키며 약간의 아쉬움을 토로했다.

"해 줘야 먹지."

"그런가? 내가 메밀조리사는 아니지? 내가 착각했네."

사실 집에서 메밀가루를 가지고 이런 저런 요리를 한 적이 언제 있었는지 선희는 기억이 나지 않았다. 자신뿐만 아니라 대개 젊은 주부들에게는 메밀음식은 으레 밖에서 사 먹거나 할머니나 외할머니집에 가서 할머니가 해주는 것을 받아먹는 음식인 것으로 생각될 정도로 집에서는 잘 조리하게 되지 않는 게 아닌가 하는 생각도 들었다.

"메밀에 대해서도 세대별로 식문화 차이가 있는 것 같네."

중선이 결론을 내리려고 하자 주영이 의문을 제기했다.

"먹는 데도 세대차가 있을까요? 아르바이트 할 때 보면 젊은 사람들도 메밀음식 잘 먹던데……"

"해 주면 잘 먹겠지. 번거롭다고 안 하려고 해서 그렇지."

아내가 정곡을 찌르며 말했다.

"좋은 전통음식인데 '전통'이란 말이 들어가면 고루하고 시대에 뒤처지는 것으로 인식해 거리감을 갖는 젊은 사람들도 많은 것 같아. 그건 바람직하지 않은 건데."

정기사가 메밀의 식문화가 왜곡되지 않기를 바라는 마음이 담긴 말로 모처럼의 가족오찬을 마무리했다.

28

둘째사위, 김상섭은 오래간만에 춘천에 오신 장인장모님과 처남 내외를 위해 춘천 근교로 바람을 쐬러 가자고 했다. 어디를 갈까 선희와 상의를 한 끝에 남면에 있는 의암 유인석

유적지를 가보기로 했다. 선희도 춘천에 살면서도 아직 가보지 않은 곳이다. 정기사도 춘천막국수에 대한 자료에서 읽은 적이 있다며 춘천막국수 유래에 대한 설(說) 중에 의병과 가족들이 일본군을 피해 깊은 산에 들어가 화전을 일구며 살다가 1910년 한일합방 후에도 하산하지 않고 화전에서 메밀농사를 지었는데 그 메밀이 읍내에 내려오면서 춘천에 막국수가 자리 잡았다고 했다. 정기사는 혹시 유적지에 가면 그런 자료도 볼 수 있을까 궁금했다.

"유인석(柳麟錫, 1842~1915)은 본관이 고흥. 자는 여성(汝聖), 호는 의암(毅庵)이다. 강원도 춘성군 남면(지금의 춘천)에서 출생하였다. 철종 때의 거유, 화서 이항로에게 수학하다가 1868년 그가 죽자 유중교를 스승으로 모시고 면학하는 한편, 위정척사(衛正斥邪)운동, 존화양이론(尊華攘夷論)에도 적극 참여했다. 1876년 병자수호조약체결에 문하의 유생들과 함께 반대 상소를 했으나 실패했다. 1894년 김홍집의 친일내각이 성립되자 의병을 일으켜 충주, 제천 등지에서 부패관리들을 처단했고 충주성을 장악했으나 관군에게 패하고 만주로 망명하였다. 홍범도는 선배 의병장 유인석, 이범윤 등과 함께 1910년 6월 21일에 연해주 지역의 의병조직을 망라한 13도의군 조직의 창건을 주도하였다. 여기에서 유인석이 도총재로 추대되고 홍범도는 지휘부인 도총소의 의원으로 선출되었다.

유인석 의병대장은 제천 을미의병에서 시작하여 이역만리 연해주지역에서 항일운동 기지를 만들고 의병을 양성하였으며 13도 의군을 조직하여 도총재로서 활동하다가 광복을 보지 못하고 1915년 1월 28일, 74세로 순국했다. 의암은 당대 석학으로 선생이며, 의병장이었으며 '13도의군 도총재'라는 여러 호칭을 가진 문무를 겸비한 민족의 스승이며 항일전쟁 영웅이기도 하다. 정부에서는 선생의 공훈을 기려 1962년 건국훈장 대통령장을 추서하였다."

정기사는 주로 기록은 의병활동에 관한 것이었고 의병들의 의식주 생활에 대한 기록은 별로 없는 것 같아 아쉬웠다. 선조들이 메밀국수를 고려시대 이전부터 먹었다는 고서들이 있는데 춘천막국수를 의병과 관련지어 유래를 설명하는 것은 문헌적 근거가 있는지는 몰라도 그렇다하더라도 어딘가 미심쩍은 데가 있었다. 먹을 것이 귀하던 당시에 화전 아닌 데서도 메밀국수를 먹었을 것 같고 그런 메밀국수를 '막국수'라고 한 것은 굳이 의병과 연관시킬 이유가 없을 것 같았다. 정기사가 아는 '막국수'에서 '막'의 의미는 세 가지나 되었다.

"옛날에는 메밀 씨를 빻아 가루를 낼 때 맷돌이나 디딜방아 또는 연자방아 같은 걸로 메밀 씨를 빻아서 어레미로 쳐

가루를 만들었다. 그런데 어레미 망이 넓어서 가루라고 해도 부서진 껍질도 많이 섞이게 되었다. 껍질이 안 들어가고 메밀 속살만으로 된 가루는 고운 가루, 껍질이 많이 섞인 가루는 '막가루'라고 했다고 한다. 그런 막가루로 만든 국수라서 '막국수'라고 했다는 설도 있다. 또 '막'에는 '금방', '방금'이란 시간 개념의 뜻도 있는데 메밀가루로 금방 해서 먹는다는 뜻에서 '막국수'가 된 것이라고도 한다. 밥처럼 미리 해서 시간이 지난 다음 먹어도 되는 음식이 아니고 만들어서 시간이 좀 지나면 붇고 풀어져 못 먹게 되니까 만들자마자 바로 먹어야 하다 보니 '막' 만들어 먹는 국수가 된 것이다. 마지막 남은 '막'의 의미는 '대충'을 뜻한다. 다른 음식처럼 오래 정교하게 공들이거나 다른 부재료를 많이 써서 다양한 맛과 향과 색을 내 보기에도 좋고 먹기에도 좋은 국수라기보다는 메밀가루를 반죽해 뽑은 국수를 동치미를 붓거나 간단히 양념만 해서 먹다 보니 '대충' 해서 먹는 '막국수'가 된 것이다. 이 세 가지 설이 다 맞는 것 같았다."

"오늘은 공부를 너무 많이 한 것 아니야?"

중선이 못 들어본 얘기를 많이 들어서 머리가 무거워진 것 같다고 농담을 했다. 메밀에 관한 한 학구적인 분위기는 우리집 따라올 데가 없을 거라고 너스레를 떨었다. "그럼, 메밀

박사가 있는데 당연한 것 아니야? 처남!"

상섭이 대뜸 응수했다. 그리고 삼척지방에서는 예전에 메밀국수를 '센국수'라고 했다고, 처음 듣는 이야기를 전해주었다. '센국수'란 거칠고 센, 뚝뚝한 모밀로 만든 국수라는 뜻이라고 했다.

유적지 경내에 세워진 비석들을 살펴보고 유적지에 충효에 관한 교육프로그램도 있어서 예약제로 운영되고 있는 것이 특이하게 느껴졌다. 어떤 프로그램인지 손자들이 감수성이 여린 어린 시절에 한 번 받아두면 좋을 교육인 것은 틀림없을 것 같았다. 점점 위인이 사라져 가는 시대에 위인의 삶을 교육을 통해 살펴보는 것도 인성교육 차원에서 큰 의미가 있을 것 같았다. 정기사는 오늘 강릉에 사는 큰아들 내외와 손자도 불러서 같이 왔으면 좋았을 것 같은 생각이 들어 미처 그 생각을 못한 아둔함을 느끼며 역시 나이는 못 속인다며 나이 탓을 했다. 정기사는 나이가 적든 많든 거창한 위인까지는 못 되더라도 '생활 속의 위인'으로 살아갈 필요는 있을 것 같은 생각이 들어 자신을 돌아보았다. 별로 내세울 게 없는 것 같아 60평생의 삶이 참으로 가볍게 느껴졌다. 남은 생을 통해 얼마나 더 무게를 더할 수 있을지 이제부터라도 삶의 의미와 가치에 대해 좀 더 진지해져야겠다는 생각이 들었다.

29

유적지에서 시내로 들어온 정기사는 식구들과 외곽도로변에 있는 닭갈비집으로 갔다. 그곳에서 정기사가 철판닭갈비로 저녁을 사서 다 같이 먹고 식구들은 헤어졌다. 중선이 부모님을 모시고 가고 선희도 남편과 함께 집에 들어왔다. 집안 정리를 마치고 씻고 났는데도 저녁을 외식으로 해결한 덕분에 여유가 있었다. 아들과 화상통화를 하고 컴퓨터 앞에 앉아 인터넷을 열었다. 낯선 메일이 들어와 있어서 스팸(spam)인가 했다가 혹시나 싶어 열어 보았다. 한 학생으로부터 메일에 대해 문의하는 메일이었다. 무엇 때문인지에 대한 설명은 없이 우리나라에서 처음 메밀을 사용한 연대에 대한 질문이었다. 선희는 무시해 버릴까 하다가 어린 학생이 무슨 연유에서인지는 모르지만 메밀에 관심을 가지는 것이 기특하다는 생각이 들었다. 그래서 아는 대로 답메일을 썼다.

"우리나라에서 처음 메밀을 사용한 연대를 추정함에 있어서 2009년 충남 태안군 근흥면 마도해역에서 발굴한 난파선의 유물을 유념할 필요가 있다. 마도해역은 서해안 조운(潮運)과 무역선의 해상로인데 이곳의 물길이 험해 이곳에서 많은 배가 난파를 당했다. 이곳에서 수중탐사를 통해 발굴한

마도 1호선, 마도 2호선, 마도 3호선에서 다량의 도기와 함께 도기에 담긴 물건의 성격을 알려주는 목간(木簡)이 발견되었다. 마도 1호선과 마도 3호선에서는 메밀을 뜻하는 목맥(木麥)이라고 쓴 목간이 발견되었고 2호선에서는 메밀이 발견되었다. 마도 1호선은 1208년 운행되었고 마도 3호선은 1265~1268년 사이에 난파된 것으로 확인되었다.

메밀에 관한 가장 오래된 기록은 '제민요술(齊民要術, 중국책 532~549년경)'이다. 그러나 일본은 『속일본기(續日本紀, 722년)』에 메밀에 대해 기록하고 있는 것으로 보아 그 이전부터 한반도에서도 이미 메밀이 사용되었을 것으로 보인다. 일본인 학자들이 1996년에 발표한 DNA(유전자)분석에 의하면 메밀이 중국 화북지방에서 한반도를 거쳐 일본에 들어간 시기가 대략 2,000년 전에서 3,000년 전 사이로 추정되었다.

조선 후기 종합농서인 『고사십이집(故事十二集)』에 '국수는 본디 밀가루로 만든 것이나 우리나라에서는 메밀가루로 만든다.'라고 하여 우리나라에서는 밀가루보다는 메밀가루를 국수의 재료로서 주로 사용하였음을 알 수 있다. 그리고 조선시대에 들어 기록된 국수의 종류만도 50여 종에 이르며 국수의 주재료는 메밀가루였다고 한다. 그밖에 밀가루와 녹두가루 등도 국수의 재료로 많이 이용되었다고 한다. 그리고 한반도 북쪽에서는 평양냉면이 메밀가루를 주재료로 만들어졌고 함흥냉면이 감자와 고구마의 전분을 많이 넣어 국수를 만들어 겨울에 동치미국물에 넣어 먹었다는 것을 알 수 있다."

메일을 보내고 나서 선희는 혹시 강원도 학생일지도 모른다는 생각이 들어 한 가지 더 덧붙여 주었다.

"메밀의 고향은 세계에서 가장 높은 산맥인 히말라야산맥의 중국 쪽 후사면 지역인 '운남성'이라고 한다. 메밀이 낮이나 밤이나 더운 데서 자라면 씨도 잘 안 생기고 생기더라도 속이 꽉 들어차지 않아서 품질이 좋지 않다. 낮에 온도가 20도 이상 높으면 고온 장애로 아예 수정이 되지 않는 것도 많아져 전체적으로 수량이 적어진다. 그러나 메밀이 낮에 햇볕을 쬐어 광합성을 해 탄수화물을 만드는데 밤에 온도가 높으면 낮에 만들어 놓은 탄수화물을 씨에 쌓아둘 틈도 없이 호흡하느라 써먹어버리니 알갱이가 충실할 수가 없다. 그래서 주야온도 차가 큰 곳인 강원도가 품질 좋은 메밀 생산에 유리하다."

컴퓨터를 끄고 선희는 메밀차를 마시며 자신을 돌아보았다. 자신이 그 많은 작물 중에 하필 메밀과 인연이 되었는지 신기하면서도 행운이라는 느낌을 지울 수가 없었다. 박대석

지도교수와의 인연이 메밀 연구에 도화선이 되었음도 감사한 일이었다.

30

정기사는 오봉태가 어떻게 지내는지 궁금했다. 나이로 보아 그도 퇴사를 했을 것만 같았다. 꼭 다시 만나자고 해놓고도 차일피일 미루다 여태 못 만났다. 수첩에서 전화번호를 찾아내 전화를 걸었다. 다행히 그가 전화를 받았다.

"이게 누구요? 정기사님? 어쩐 일이오?"

"예, 정만봉입니다. 잘 지내셨어요?"

"내래 잘 지내우만 정기사님은 어떻소?"

"저도 잘 지냅니다, 퇴사도 했고요. 그간 연락을 못해 죄송합니다."

"그거야 나도 마찬가지디. 그래 요즘 뭐하고 지내오?"

"농사짓지요. 오기사님도 퇴사하셨지요?"

"그럼요. 내 나이가 몇인데. 한 2년 거반 돼 가디요. 그런데 무슨 농사를 짓소?"

"메밀 농사요."

"메밀? 그거 돈이 됩니까?"

"그럼요. 오기사님도 한번 해보세요."

"그렇잖아도 노는 것도 지겨워 뭘 해도 해야 할 것 같소. 그런데 내래 농사는 모르는데 나도 할 수 있갔소?"

"그럼요. 한번 오세요. 제가 가르쳐 드리지요."

"그렇게 합시다. 막국수도 먹고."

정기사는 오봉태와 만날 약속을 하고 전화를 끊었다. 마침 메밀 수확을 할 때라 여주농업기술센터에 메밀수확기 임대를 예약해 놓아 그 날짜에 맞춰 오봉태를 만나기로 했다.

오봉태를 만나기로 한 카페는 미희 가게 근처여서 정기사는 일찌감치 나가 미희의 가게에 먼저 들렀다. 개업식 이후 처음 갔는데 아침부터 손님이 있어서 미희는 아버지를 상대할 여유가 없었다. 안부만 몇 마디 물어보고 숍을 나온 정기사는 막내딸의 사업이 걱정할 정도는 아닌 것 같아 다행이다 싶었다. 미희는 집에서 쉴 때나 숍에서 손님이 뜸할 때 틈틈이 제품 개발에도 신경을 써서 메밀을 이용한 토너와 로션도 손님들의 동의를 받아 피부관리에 써보고 있는데 반응이 좋다고 했다. 기회가 되면 상업용 제품으로 만들어 '미희메밀토너'와 '미희메밀로션'도 개발할 생각이었다. 정기사는 딸이 사업이 안 돼 들어간 밑천을 날린다 해도 할 수 없는 일인데 벌써 손익분기점은 넘은 것 같아 은근히 딸에게서 원금을 돌려받을 궁리를 해보기도 했다. 청년 취업이 어려운 때 스스로 일자리를 만들어 자립 기반을 다져가는 딸이 대견했다. 정년이 있는 것도 아니고 쉬고 싶을 땐 제 마음대로 문을 닫고 쉬어도 되는 자영업이니 취업보다도 장점이 많을 것 같았다. 다만 나이가 들면서 뒤따라 창업하는 젊은 사람들에게 밀릴 수 있으니 그런 점만 잘 극복하면 큰 문제는 없을 것 같았다. 그럴 때를 대비해서 세컨 잡(second job)을 위한 정보와 대비에도 게을리 하지 말 것을 미희에게 당부하기도 했었다.

카페에 먼저 가서 가다리다가 오봉태를 만났다. 퇴사를 하고 쉬어서인지 얼굴이 좀 수척해 보였다.

"오기사님! 어서 오세요."

"정기사님! 벌써 와 계셨네. 내래 늦디 않았소?"

"아니에요. 저도 방금 왔어요."

"정기사님은 좋은 일이 많은가 보오. 얼굴빛이 좋소."

"예, 자식들 일도 잘 풀리고. 지낼 만하지요."

"그래야디요. 늘그막에 자식들 때문에 고생하믄 안 되지 않갔소? 그래 오마니는 잘 계시우?"

"재작년에 돌아가셨어요."

"와? 어케서?"

"노환이지요. 뭐. 그래도 오래 앓으면서 큰 고생 안 하고 편하게 돌아가신 셈이지요."

"그래도 안 됐구만. 가 봐야 했는데. 이거 죄송하게 됐소."

"제가 연락을 못 드렸는데요."

두 사람은 반갑게 악수를 나누고 마주 앉아 커피를 주문하고서도 그동안 겪은 일들을 얘기하느라 진동벨이 울리는 것도 몰랐다. 기다리다 못해 점원이 테이블로 날라다 준 커피를 마시며 정기사는 오늘의 일정을 설명했다. 정기사가 수확기 운반차로 수확기를 밭으로 가져온 다음 수확기로 수확을 해서 제분소로 가져가 건조시킨 후 제분을 하게 된다고 했다. 말보다는 직접 현장에서 눈으로 보면 금방 익힐 수 있다고 했다. 정기사는 오기사를 데리고 먼저 수확기를 빌리러 여주농업기술센터 농기계임대센터로 갔다. 운반차는 이미 그곳에 당도해 있었다. 밭으로 가 수확기를 내리고 정기사가 수확기를 운전해 경사진 밭을 오르내리며 잘 여문 메밀을 순식간에 수확했다. 기계로 베어져 지푸라기채로 들어간 메밀은 기계 안에서 알곡이 털리고 내장된 자루에 담겨져 기계 뒤로 떨어졌다. 그래서 기계가 지나간 자리에 군데군데 메밀

씨가 담긴 자루가 떨어져 있었다. 그것을 지켜보던 오봉태는 신기해 하며 "세상 참 많이 좋아졌다."고 했다. 고향에서 노인네들이 힘들게 낫으로 베어 단을 묶고 끄트머리를 안쪽으로 말아 넣어 새가 못 들어가게 한 다음 씨가 마를 때까지 밭에 세워두었다가 추석 전에 멍석을 깔고 타작해 수확을 하던 전통적인 방법에 비하니 천지개벽한 것이나 다름없다고 생각했다. 그리 오래되지 않아 수확작업을 끝낸 정기사는 수확기를 다시 운반차에 싣고 가 반납을 하고 집으로 돌아왔다. 집 근처에서 오기사와 늦은 점심을 먹으러 막국숫집으로 들어갔다. 정기사의 얘기를 듣고 현장도 확인한 오봉태는 자기도 메밀을 재배해 보고 싶다고 했다. 일단 정기사에게 배울 게 많으니 자기도 정기사가 임대한 밭 근처에 휴경지를 빌려 정기사의 지도를 받아가며 소면적에 시험적으로 재배를 해보고 파종부터 수확까지 기술을 익힌 다음 면적을 넓혀 가면 좋겠다고 했다. 정기사도 그렇게 하는 것이 처음부터 욕심을 내 크게 벌였다가 잘 안 되었을 때 의욕이 꺾이는 것보다 안전한 방법이라고 오봉태의 단계적 접근법을 적극 찬성했다. 자기도 처음에 소면적으로 시작했다고 하며 오봉태에게 자신감을 불어넣어 주었다. 오봉태는 다른 지역에 사는 동료 새터민에게도 알려주고 새터민협회 차원에서 국산 메밀

생산을 집단적으로 해보는 것도 고려해 볼만하겠다는 생각을 해보았다. 정기사도 틀린 생각은 아니라고 하며 자기도 도울 일이 있으면 돕겠다고 했다. 오봉태는 좋은 친구도 만나고 좋은 사업도 알게 돼 기분이 좋다며 편육을 안주로 해 소주를 두 병이나 마셨다. 정기사는 운전을 해서 오기사를 원주시외버스터미널로 데려다 줄 요량으로 술을 반잔만 마셨다. 오기사는 지금 성남에 살고 있는데 성남에서 양평을 지나 원주로 오는 전철이 새로 생겨서 자주 메밀공부를 하러 오겠다고 했다. 정기사는 오기사를 터미널에 내려주고 마트에 들러 손자에게 줄 과자와 과일을 양손에 사들고 집으로 돌아갔다.

31

주영은 주말을 이용해 아이를 데리고 중선이 운전하는 차를 타고 친정집을 향했다. 제천과 영월을 거쳐 사북까지 이어지는 자동차전용도로를 달려 사북에서 국도로 접어들었다. 사북 강원랜드 카지노와 골프장으로 향하는 차들로 국도에도 차가 많았다. 아이의 손에는 할아버지가 사 준 과자가 들려 있었고 비어 있는 한쪽 뒷좌석에는 친정엄마에게 드릴 선물이 실려 있었다. 내주 수요일이 엄마의 생신인데 주중에는 갈 수가 없어서 일요일에 모여서 생신 축하파티를 하기로 했다. 엄마는 내년이 진갑인데도 아직도 식당 일을 거들고 있다. "집에서 놀면 뭐하냐?"고 소일 삼아 힘들지 않은 허드렛일을 해주고 조금씩 용돈을 받아쓰는 정도라고 했다. 미영은 강원랜드 카지노에 취업이 되어 집에 다녀가는 날이 들쭉날쭉이라고 했다. 혼자 계시는 엄마에 대한 염려로 자주 전화를 걸어오는 큰딸에게 "쓸 데 없이 전화하지 말라."고 하면서도 엄마는 큰딸의 마음씀씀이에 자신도 모르게 위안을 얻고 있었다. 집에 도착하니 엄마가 문 앞에 나와 반겨 주었다. 엄마는 외손자를 받아 안고, 안 보는 사이에 훌쩍 큰 모습에 "장군이 됐네!" 하면서 흡족해 했다. 중선은 선물을 챙겨 장모의 뒤를 좇아 집안으로 들어갔다. 주영은 엄마의 생신도 생신이지만 집에서 육아만 하려니 갑갑한 느낌이 들어 뭔가 좀 해보려는 마음에서 엄마와 상의를 해보고 싶었다. 중선과도 미리 상의를 해보았는데 중선은 주영에게 결정을 일임했다. 주영이 염두에 두고 있는 것은 막국숫집을 개업하는 것이다. 학교에서 외식산업에 대해 이론적으로 배운 것도 있고 아르바이트를 하면서 눈여겨 본 것도 있어서 국숫집을 하면 잘 할 것 같았다. 아직 엄마도 근력을 유지하고 있으니 엄마의 소당메밀전(뒤집은 소당에 메밀반죽을 흘려 부친 메밀배추전) 실력도 썩히기가 아까웠다. 무엇보다 시아버지가 메밀을 재배해 자가(自家) 생산하고 있고, 메밀과 막국수에 대한 시댁의 우호적인 분위기가 좋다는 것과 시부모님 모두 건강하다는 것도 자신이 국숫집을 창업할 수 있는 여건이 될 만하다고 생각했다. *'남편이 안정된 공무원 신분인데 벌어다 주는 걸로 집에서 살림만 잘 하지 힘들게 뭘 하려고 하느냐?'* 하고 몇 번이나 자문을 하고 또 자문을 해 보았지만 쉽게 미련을 떨쳐 버릴 수 없었다. 돈벌이도 돈벌이지만 엄마가 고생해서 힘들게 전문대까지 나왔는데 세칭 솥뚜껑 운전만 하면서 늙어간다고 생각하니 도저히 그럴 수는 없었다. 막내 시누이의 피부 관리실이 잘 되는 것도 주영의 사업 의욕에 기름을 부은 셈이 되기도 했다. 자라면서 줄곧 같은 방을 쓰면서 사상적으로도 동질화가 된 미영은 물어보나마나 대찬성일 것 같았고 엄마가 승낙하고 도와줄지를 타진해 볼 참이다. 엄마가 도와주실 수 있다면 엄마를 모시는 효과도 있으니 일석이조라고 생각되었다. 엄마만 승낙하면 시부모님께 개업 의사를 밝히고 도움을 청할 생각이었다. 엄마도 식당 일을 도우면서 잘만 하면 식당업이 한 가정을 경제적으로 우뚝 세울 수 있는,

여자가 하기에 괜찮은 사업이라는 감을 잡고 있을 거라는 기대감도 있었다. 엄마가 미리 준비해 놓은 저녁상으로 저녁을 먹고 난 후에 주영은 중선이 있는 자리에서 고민 중인 얘기를 꺼내 놓았다. 엄마는 "돈은 벌겠지만 고생이 될 거다."라고 하며 몇 번을 "꼭 해야 하겠느냐?"고 되물었다. "그렇다."고 하는 주영을 말릴 수가 없다는 것을 누구보다도 엄마가 잘 알았다. 학교 다닐 때부터 하고자 마음먹은 일은 꼭 해내야 직성이 풀리던 딸이었다. 장날에 딸을 데리고 나갔던 생전의 남편도 집에 와서 딸이 장사를 하면 잘 할 것 같다고 했다. 그런데 막상 딸이 식당 개업을 하겠다고 나서니 엄마로서도 신중해야 할 것 같아 즉답을 피하고 좀 생각해 보자고 했다. 퇴근하고 곧장 집으로 온 미영은 예상대로 찬성을 하며 엄마의 지지를 채근했다.

"엄마는 뭘 그리 망설이세요. 엄마가 도와준다고 하면 될 텐데……"

"급하게 결정할 일은 아니다. 누가 금방 숨이라도 넘어 가느냐? 이것저것 잘 따져 보고 결정해야지."

"엄마가 평생 다니다시피 한 그 집 봐요. 식당업 해서 가족이 평생 먹고 살고 애들 교육도 잘 시켰잖아요?"

미영이 언니의 눈치를 살피면서 엄마를 거듭 자극했다.

"누가 아니래? 그 집 같이만 하면 그냥 식당이 아니고 기업이나 마찬가지지."

"맞아요! 그 집은 정말 회사 같아. 언니도 알지?"

"알지. 엄마가 그 집에서 일하면서 그 덕에 우리도 학교 잘 다녔잖아?"

"이것들아! 식당을 한다고 누구나 다 그 집 같이 잘 된다는 보장이 있냐? 그 집도 나름대로 초창기엔 어려움이 많았어. 몇 번이고 접을 생각도 했다고. 니들이 그런 내막을 아냐?"

엄마는 딸들과 설전에 가까운 입씨름을 했다. 좀 더 신중하게 생각을 해보자는 엄마의 입장은 쉽게 수그러들지 않았다. 미영도 조카와 노느라 더 이상 끼어들지 않았다. 주영은 아이를 미영에게 맡기고 중선을 앞세워 야시장을 보러 나갔다. 특별히 캄보디아 시엠립과 태국 방콕에서 본 것과 같은, 야시장이라고 개설된 것은 없지만 상설시장 안에는 늦은 시간인데도 간혹 불을 켜놓고 장사를 하는 집이 있었다. 밥은 먹었는데도 군것질이 하고 싶어진 주영은 떡볶이를 파는 스낵집으로 들어갔다. 한 테이블에 여고생 둘이 앉아 떡볶이와 오뎅을 먹고 있었다. 여느 스낵집처럼 메뉴는 많았으나 떡볶이 1인분만 시켜서 둘이서 나눠 먹었다. 시장에서 나와 읍내를 한 바퀴 돌아 군청 앞에서 그때까지도 문을 연 카페로 들어갔다. 카페 여주인이 먼저 주영을 알아보고 아는 체를 했다.

"언니? 어쩐 일이세요?"

주영이 깜짝 놀라 쳐다보니 여고 일 년 후배 심은경이었다.

"은경이구나. 카페 오픈 했구나?"

"예. 6개월 됐어요."

"그랬구나. 몰랐지. 난. 축하해. 잘 되지?"

"그럭저럭요. 형부?"

주영은 고개를 끄덕였고 여주인은 중선에게 "안녕하세요?" 하며 인사를 했다. 커피를 마시면서 주영은 여주인에 대해 설명을 했다. 여고 일 년 후배인데 같은 동아리 회원이라 친하게 지냈다고 했다. 다른 손님이 없어서 주영이 카운터를 향해 큰 소리로 물었다.

"결혼은 했니?"

"아직요. 내년에 할 것 같아요."

"남자는 있는가 보구나?"

"예, 소방공무원이에요."

주영은 커피잔을 입술에 대려다가 "크윽" 하고 웃음이 나오려는 것을 억지로 참았다.

"왜 그래요? 언니?"

"중선 씨도 소방공무원이거든."

주영은 턱 끝으로 중선을 가리키며 웃으며 말했다.

"어머! 그래요?"

"그럼 혹시 아는 사람일지도 모르겠네요."

"이름이 뭔데?"

주영이 중선을 대신해서 물었다.

"박성광."

"아! 박성광 씨!"

중선은 이름만 듣고 금방 안다고 했다. 동기인데 이름이 개그맨 이름과 같아서 기억한다고 했다. 신규 공무원 교육도 같이 받아서 그도 자기를 알 것이라고 했다. 주영은 남편의 이름을 알려주고 박성광 씨는 정선소방서에 근무하는지를 물었다. 은경은 그렇다고 했다. 중선은 성광에게 안부를 전해 달라고 말하고 다음에 오면 한 번 만나봐야겠다고 했다. 주영도 미리 결혼을 축하한다는 말을 하고 다음에 또 들르겠다고 하고 일어나 나왔다. 집으로 돌아오면서 중선은 왜 주영이 웃음이 터졌는지 궁금해 물었다. 주영은 여고시절 은경과의 추억을 털어 놓았다. 주영이 2학년이고 심은경이 1학년 때였다. 독서토론 동아리에서 지도교사의 인솔로 봉평 허브나라로 수련회(MT)를 갔다. 방에서 종일 독서토론을 하고 테라스에서 삼겹살을 구워 저녁을 먹기로 해 대형화로(바베큐 그릴)의 갈탄에 불을 지폈다. 화력이 너무 좋아 고기를 올려놓자마자 고기가 새까맣게 탔다. 그래서 주영이 화력을 약하게 하려고 집게로 타고 있는 갈탄 몇 개를 꺼내 옮기다가 그만 나무로 된 데크 바닥에 떨어뜨렸다. 모두들 당황해서 어쩔 줄 모르고 있는데 은경이가 얼른 방에 들어가 소화기를 들고 나와 잽싸게 불을 껐다. 그 덕에 바닥은 그을리기만 하고 타지는 않았다. 그 사건 이후로 은경의 별명은 미스 파이어우먼(소방관)이었다. 그런 은경이 소방공무원에게 시집을 간다고 해 주영은 옛날 생각이 나서 웃음이 나왔다고 했다.

32

이튿날, 아침을 먹고 점심은 엄마가 좋아하는 메뉴의 음식점에 가서 생신축하 외식을 하기로 했다. 점심을 먹고 나면 주영은 바로 시댁으로 가야 해서 전날 못들은 엄마의 조언을 듣게 되었다. 엄마의 결론은 꼭 해야 하겠다면 도와는 주겠는데 사전에 알아볼 것은 잘 알아보고, 준비할 것은 철저히 준비하라고 했다. 특히 식당업은 맛이 중요하니 주 메뉴에 대한 조리법은 물론 김치 같은 기본 메뉴의 맛에 신경 써서 다른 집보다 맛있다는 얘기를 듣게 해야 한다고 했다. 당연한 얘기지만 그게 성패를 좌우한다고 했다. 막국숫집을 하면 주영의 바람대로 메밀전을 맡아서 부쳐주겠다고 했다. 주영은 전날 밤 카페를 운영하는 은경으로부터도 은근히 자극을 받아 창업의 의지가 더 강해졌는데 엄마가 밀어주기로 해 불끈 의욕이 솟구쳤다. 엄마에게 고맙다고 하고 잘 계획하고 준비해서 알려드리겠다고 했다. 그렇게 되면 엄마가 집을 세놓고 주영이 개업하는 집으로 이사를 하게 될 것이라고 했다. 중선도 장모에게 감사의 인사를 드리고 부모님과 잘 상의를 드려 승낙을 받고 개업을 준비하겠다고 했다. 점심은 개업에 참고가 될 만한 점도 눈여겨 볼 겸 엄마가 일하는 그 식당에서 하기로 엄마가 우겨서 그렇게 하기로 했다. 주영과 미영도 어려서부터 알아 온 식당 주인이므로 엄마만 좋다면야 마다할 이유가 없었다. 식당 주인은 주영의 식구들을 반갑게 맞아주었다. 주영은 남편과 아이를 인사시켜 드렸다. 주인은 결혼식장에서 보긴 했지만 가까이에서 보니 더 미남이라고 중선을 치켜세웠다. 엄마 생신이라고 하니까 돈도 안 받겠다고 하는 것을 그러면 다른 데로 간다고 했더니 돈을 받을 테니 그냥 앉으라고 했다. 나중에 보니까 돈은 받고 서비스로 음식 몇 가지를 더 해주었다. 주 메뉴와 기본 반찬 모두 보기에도 정갈하고 맛도 좋았다. 엄마는 손님들이 이 집 음식이 중독성이 있다고 했다. 오래간만에 맛을 보니 주영도 그런 생각이 들었다. 식당을 개업하게 되면 식당 주인에게 코치를 받아야 하겠다고 생각했다.

저녁에 집에 도착한 주영은 시부모님께 생각해 온 것을 말씀드리고 승낙해 주실 것을 간청했다. 중선도 장모님이 도와주시기로 했다고 하며 주영의 의지에 힘을 보탰다. 시어머니는 종종 며느리에게서 지나가는 말로 들었던 얘기라 "애를 봐 줄 테니 할 수 있으면 해보라."고 했다. 정기사도 돈은 못 대주지만 메밀은 얼마든지 갖다 쓰라고 하며 사실상 며느리의 창업을 승낙했다. 중선은 아들 보육문제와 원료조달 등 많은 문제가 일거에 해결된 것 같아 부모님께 감사를 드렸다. 주영도 감사를 드리고 잘 준비해서 걱정을 끼쳐드리는 일이 없게 하겠다고 했다.

주영은 중선과 창업자금을 준비하는 한편 적당한 장소를 물색하러 다녔다. 집에서도 가깝고 최근 시에서 새롭게 단장한 근교의 관광지 근처를 우선 후보지로 택해 주변 상황을 면밀히 살폈다. 임대료가 비싸기는 하지만 유동 인구가 많고 주변에 동종 업소가 없는 곳도 직접 가보고 주변을 돌아보았다. 부모님과도 상의해 평소 유동인구가 많은 시내 번화가가 더 적지로 판단되어 부동산업소를 통해 임대 가능한 건물을 알아봐 달라고 부탁했다. 주방과 홀은 기본이고 가능하면 방도 하나 달린 것이면 더 좋겠다고 했다. 며칠 후 부동산에서 연락이 왔는데 주영이 바라는 대로 방이 하나 달린 매장이 있다고 했다. 중선의 퇴근시간에 맞춰 부모님을 모시고 온 식구가 현장으로 집결해 매장이 될 공간과 엄마가 기거할 방을 꼼꼼히 살펴보았다. 목도 괜찮은 것 같았고 임대료도 어지간해서 그 자리에서 임대계약을 했다. 영업신고와 사업자등록을 하고 필요한 주방기구와 식탁을 갖추고 식재료만 들여오면 될 것 같았다. 상호를 결정하기 위해 몇 개의 시안을 가지고 부모님과 형제들의 의견을 들어본 후 막내딸의 숍처럼 업주인 주영의 이름을 따 '주영막국수'라는 상호를 쓰기로 했다. 주영의 이름이 한자로 두루 주(周)에 영화 영(榮)이어서 '두루 융성(번성)하다'라는 뜻이 되니 상호로 써도 안성맞춤이라는 것이 대다수의 의견이었다. 주영의 이름과 동시에 상호에도 걸맞게 사업이 잘 되어 그 효과와 보람을 두루 나눌 수 있게 하는 것을 사업을 하는 가장 큰 목표로 삼을 수 있을 것 같았다. 모든 결정사항을 엄마에게 알리고 엄마를 모시러 갈 날도 정했다. 엄마에게도 시간이 필요할 것 같아 여유 있게 이삿날을 정하고 그 안에 엄마는 엄마대로, 주영은 주 영대로 필요한 준비를 하기로 했다. 영업신고를 마치고 신고 증과 사업자등록증을 받아온 날 주영은 잠을 이룰 수 없었 다. '주영막국수'라는 상호와 대표 '마주영'이란 이름이 눈에 밟혀 구름 위에서 꿈을 꾸고 있는 게 아닌가 싶었다. 중선도 같은 느낌이었는지 잠을 못 이루고 있었다. 이 모든 행복의 근원이 시아버지의 소개로 중선을 만나 인연을 맺게 된 데 있다고 생각하니 중선에 대한 사랑을 더 깊이 느끼게 되었 다. 주영은 "사랑한다!"고 말하며 중선의 품에 얼굴을 묻었 다. 중선도 주영을 애무하며 밤이 깊도록 뜨겁게 사랑을 나 누었다.

33

예정된 날 중선은 정선으로 가 장모님을 모시고 왔다. 급 한 대로 이부자리와 옷가지만 챙기고 더 필요한 것은 차차 가져가기로 했다. 사랑방 하나에 엄마의 물건을 모아놓고, 주방과 마루를 포함해 안방을 세를 놓기로 하고 부동산에 임대를 부탁해 두었다. 주영은 엄마가 기거할 가게 뒷방에 새로 도배도 하고 이불장 겸 옷장도 하나 들여놓았다. 시부모님도 엄마가 쓰시라고 삼단 매트리스와 전기담요를 사주었다. 간판을 걸고 홀 안벽과 유리창에도 스티커를 붙였다. 메뉴판을 벽에 걸고 입구에 계산기와 카드기를 갖춘 카운터도 마련했다. 정식으로 개업을 하기 전까지 식재료를 장만하고 동치미와 김치도 담가 놓았다. 메뉴판에 있는 음식이 주문 즉시 조리가 가능하도록 일일이 점검을 하고, 만들어서 시식도 해보느라 주영은 눈코 뜰 새 없이 바빴다. 주방에서 보조할 아줌마와 서빙을 할 아가씨도 확보해 두었다. 중선은 전단지를 만들어 일간지에 끼어 배포하는 일을 맡아 벌써 일부 지역에 한 차례 배포가 되기도 했다.

드디어 개업일이 다가왔다. 부모형제들과 친척들, 지인들이 축하를 해주러 모여들었다. 개업 떡을 해 나누어 먹고 이번에도 정기사는 명주실타래를 두른 마른 명태를 천정에 매달았다. 대박을 기원하며 하객들이 돌아간 후 본격적으로 손님을 받아 영업이 개시되었다. 엄마는 전을 부치는 일에 주력하기로 해 재료를 준비해 한쪽에 자리를 잡고 앉았다. 주문이 없을 때는 앉아서 야채를 손질해 주었다. 중선은 퇴근을 하고 식당에 들렀다. 자리가 잡힐 때까지 당분간은 야근이 없는 날엔 식당에 들러 주영의 식당 일을 돕고 같이 집으로 들어가기로 했다. 그 대신 주영에게 저녁 늦게까지 영업을 하지는 말 것을 당부했다. 주영도 종일 애를 봐주시는 시부모님도 힘드실 거라며 저녁 장사는 일찍 마치는 데 동의를 하고 자리가 잡히면 중선은 퇴근 즉시 집으로 가 아이와 놀아주라고 했다.

그렇게 개업한 '주영막국수'는 입소문이 나면서 날이 갈수록 손님이 늘고 매상도 쑥쑥 올랐다. 막국수는 순메밀가루로 만들어 구수하고 맛있다고 먹어본 사람이 또 찾았고 엄마의 메밀배추전도 인기가 높아 막국수 못지않게 주문이 늘어 매출에 크게 기여했다. 특히 메밀배추전과 메밀전병은 행사음식으로 시내 기관, 단체에서 대량으로 주문이 들어올 때가 많았다. 그럴 때는 아르바이트 아줌마를 써가며 밤을 새다시피 했다. 중선은 식당이 잘 돌아가면서 주영의 요청대로 퇴근 즉시 귀가해 하루가 다르게 커가는 아들과 시간을 함께 보냈다. 정기사 내외는 며느리의 식당이 잘 되어 그 덕에 메밀도 많이 팔아주니 '누이 좋고 매부 좋은 게' 아니고 '시아버지 좋고 며느리 좋은 셈'이었다.

개업 이후 둘째시누이, 선희가 몇 차례 식당을 다녀가고 난 후 어느 날부터 주영은 늘어나는 주방일은 종업원을 늘려

도맡아 하도록 하고 주영은 서서히 전통 막국수에 추가하여 재료와 맛을 달리하는 막국수의 변신을 도모하는 노력에 집중하게 되었다. 이름 하여 '신(新)막국수'의 개발에 팔을 걷어부치고 나서게 된 것이다. 이것은 메밀박사인 선희의 지원을 받아 과학적인 뒷받침을 받기로 해 개발 과정을 일일이 기록하고 재료와 최종제품의 품질과 효능 검정에 대한 데이터도 체계적으로 수집, 보관하였다. 이러한 시도는 학계에서도 해보지 못한 것으로 막국수의 역사를 얼추 잡아 백년이라고 할 때 백년만의 거사라고 선희가 말했었다. 조리법 개발은 주영이 맡고 재료와 제품에 대한 효능검정은 선희가 맡기로 했으며 결과는 세계메밀학회와 국제학술지에 논문으로 발표하기로 했다. 면의 성분과 질감의 변화를 위해 혼합할 식료 및 약재의 혼합을 어떻게 할 것인가가 첫 번째 과제이다. 재료의 종류와 배합비율에 따른 맛, 색상, 향, 질감 등의 품질과 조리특성 및 당뇨, 암, 고혈압, 노화, 비만 등에 관한 생리활성(효능)을 검정하는 것이 주요한 연구내용이다. 마침 후년에 인도에서 제14차 세계메밀학회가 열리게 되어 있어 그 전에 몇 가지 결과를 얻어 선희가 논문을 써서 학회에 참가할 계획이다. 반죽에 혼합하는 메밀 이외의 분말 재료가 기능성에 별다른 영향을 주지 않는다는 것은 이미 선희가 캐나다에 있을 때 실험을 통해 확인한 사실이었다. 그래서 식품으로 사용 가능한 전통약재와 최근 우리나라에 도입되고 있는 아열대지방의 채소나 과일류 중에서 재료를 골라 가루를 내메밀가루와 혼합, 반죽을 하는 것이다. 재료별로 열처리를 했을 때와 혼합·반죽하여 열처리를 했을 때 처리 전에 비해 품질과 성분, 효능에 어떤 변화가 나타나는지를 보기 위해 다양한 시료를 준비해 실험을 했다. 많은 종류를 일시에 실험할 수가 없어서 몇 가지씩 나누고, 조합해서 하다 보니 재료가 열 가지만 하더라도 실험해야 할 가지 수는 수십 가지가 되어 몇 단계로 나누어 실험을 진행해야 했다. 시료가 준비되면 선희가 가져가 품질과 성분 및 효능에 대해 분석을 했다. 선희 말로는 이런 연구가 국책과제로 채택되면 수억 원짜리 연구과제라고 했다. 그리고 예비실험에서 실험결과가 좋게 나오면 실제로 국책과제 공모 시 신청을 해보겠다고 했다. 몇 개월 후 선희의 아이디어와 정밀한 예비실험 결과를 토대로 신청한 국책과제가 선정되었고 연구비 규모도 상당하다는 통보를 받았다. 선희가 속한 기관의 명의로 진행되는 과제이지만 과제 수행 인력에 주영도 연구원으로 참여하게 돼 특허 출원 시 주영도 발명가로 등록이 되고 나중에 주영이 법인을 설립해 기술이전을 받게 되면 특허기술을 주영이 단독으로 사용할 수 있다고 했다. 그래서 주영은 건면개발을 위주로 하는 회사법인을 별도로 설립하게 되었다. 그 회사의 이름도 '주영건면'으로 하기로 해 주영은 '주영막국수'와 '주영건면'의 대표가 된 것이다.

34

정기사의 도움을 받아 시작한 오봉태의 첫 해 메밀 생산 작업은 성공적이었다. 소면적이라 수량이 얼마 안 되어 수익은 보잘 것 없었지만 재배기술을 익히고 메밀의 생리 및 생태에 대해 공부가 되어 향후 자신 있게 면적을 넓혀가기로 한 것이다. 정기사도 면적을 더 확보하면 확보할수록 수익이 늘어나는 것이라 면적을 더 늘리기는 했으나 욕심을 내 더 늘리기에는 힘에 부쳤다. 그리고 혼자서 수익을 많이 내 제 뱃속만 채우는 것보다는 여러 사람이 공동으로 참여해 수익을 나누는 것이 좋겠다는 생각이 들었다. 그래서 오봉태에게 협동조합을 설립해 공동생산, 공동출하 할 것을 제안했다. 오봉태는 기술과 경험을 가진 정기사가 먼저 그런 제안을 하는데 마다할 이유가 없었다. 사실 속으로는 오봉태가 먼저 꺼내고 싶은 얘기였는데 정기사가 어떻게 생각할지 몰라 망설이던 참이었다. 협동조합을 하려면 5인의 이사가 필요하므로 오봉태는 귀순 또는 탈북자들의 모임인 새터민협의회 회원 중에서 신의가 좋은 세 사람을 추천해 정기사도 흔쾌히 동의를 했다. 정기사는 통일전망대에서 느낀 감회가 생각나 북한 출신 새터민들과 메밀 생산을 공동으로 하는 점에 착안해 '통일메밀협동조합'으로 명명할 것을 제안했다. 이사들 모두 좋다고 해 법무사에게 맡겨 협동조합 설립 인가를 받아줄 것을 요청했다. 그래서 '통일메밀협동조합'은 신년을 맞아 정식으로 발족되었다. 초대 이사장은 일단 경험이 많은 정기사가 맡기로 했으나 경영이 안정되면 젊은 사람에게 노하우를 전수하고 일선에서 물러날 생각을 처음부터 하고 조건부로 이사장직을 맡았다. 마침 동네에 안 쓰는 버섯재배사가 있어서 그것을 빌려 사무실로 쓰기로 했다. 협동조합에 대한 이해가 필요하므로 관련 기관에 문의해 이사들이 교육을 받는 일과 협동조합 경영을 도울 컨설팅 회사를 찾아 약간의 비용을 들여 도움을 받기로 했다. 정기사의 아내는 칠순이 다 되어가는 사람이 안 하던 사업을 한다고 말렸으나 아내에게도 한시적임을 분명히 밝히고 이해를 구했다.

협동조합기본법에 협동조합은 재화 또는 용역의 구매, 생산, 판매, 제공 등을 협동으로 영위함으로써 조합원의 권익을 향상하고 지역사회에 공헌하는 사업조직으로 정의되었다. 조합을 공동으로 소유하고 민주적으로 운영해 메밀 생산에 소요되는 모든 비용을 공동으로 부담하고 수익도 똑같이 배분함으로써 공통의 경제적, 사회적, 문화적 필요와 욕구를 충족시키는 것을 목표로 첫 출발을 하게 된 것이다. 정기사가 먼저 시작해 판매망도 잘 구축해 놓았으므로 판로에도 전혀 문제가 없었다. 적정 사업규모대로 면적을 넓힌다고 해도 투입되는 비용이 그렇게 많은 것은 아니어서 이사들 모두 큰 부담 없이 시작할 수 있는 것이 이 사업의 큰 장점이었다. 오봉태의 소개로 같이 사업을 하게 된 다른 이사들도 겪어보니 모두 성품이 좋고 마음이 잘 맞는 사람들이어서 조합은 무난히 운영되었다. 다들 일솜씨도 있어서 작업을 하는 날에는 따로 인부들을 쓰지 않고도 필요한 작업을 이사들이 다 하게 돼 정기사 혼자 할 때보다 확실히 힘이 덜 들어 '협동'의 의미를 실감하기도 했다. 나이 들수록 힘든 일은 혼자 할 게 아니라 함께 하는 것이 필요함을 절실히 느꼈다. 귀농·귀촌도 그런 방식으로 마음 맞는 사람끼리 어울려 하면 실패하는 일이 없을 것 같았다. 그래도 마음만 맞는다고 모든 일이 다 잘 되는 것은 아니라고 생각되어 작업이 없는 날 정기사는 이사들을 데리고 컨설팅 회사가 추천하는 모범적인 협동조합을 견학하는 일도 빼놓지 않았다. 그중 하나는 최근 결성되어 순조로운 출발을 보이고 있는 '순천모링가협동조합'이었다. 그것은 '모링가'라는 아열대 지방의 식물을 들여다 순천지역에 재배해 주로 일 년 키운 모링가의 잎을 말려 '굿모링가'라는 분말제품을 만들어 판매하는 조합이다. 순천시는 모링가를 산림특화작물로 지정해 조합과의 양해각서(MOU=memorandum of understanding)체결을 통해 모링가의 재배 기술 및 정보교류는 물론 모링가 1차 가공품 판매뿐만 아니라 2차적으로 다양한 모링가를 활용한 지역관광상품 개발로 6차산업화를 촉진하고 지역경제 활성화를 도모하고자 노력하고 있었다. 모링가는 신규로 도입된 작물이나 메밀은 전통곡물로 많이 알려지고, 이용되고 있는데다 수요도 날로 늘어나고 있어 국산메밀의 수급에 대한 필요성이 크기 때문에 확실한 시장이 있다는 점이 무엇보다도 큰 이점이었다. 이러한 점을 잘 살리면 '통일메밀협동조합'의 전망은 매우 밝다는 것이 견학을 마친 이사들의 공통된 소감이었다.

35

주영이 둘째 시누이와 추진하는 연구개발은 속속 좋은 결과가 얻어져 어느 날 '주영막국수'와 '주영건면'이 TV에 나오게 되었다. 농업기술원의 홍보자료를 보고 방송국에서 요청이 와 신막국수를 생면과 건면 형태로 소개하기 위해서 전날부터 준비를 했다. 아직 판매는 하지 않고 있으나 몇 가지 재료를 이용한 생면조리법과 건면가공법은 개발이 완료되었다. 특허기술이라 모든 것을 다 TV 화면으로 공개할 수는 없으므로 선별해서 거의 마지막 단계의 제품 위주로 촬영에 협조하기로 한 것이다. 조리와 가공 장면은 주영과 촬영하고 품질과 효능에 대해서는 농업기술원에서 둘째 시누이와 촬영을 하기로 했다. 촬영하는 날, PD와 카메라맨이 장비를 들고 일찌감치 들이닥쳤다. 주영은 처음 카메라 앞에 서는 것이라 신경 써서 단장을 하느라고 했는데 드라마 찍는 것도 아니어서 치장한 게 프로그램 성격에 맞는지 은근히 걱정도 되었다. PD는 자연스럽게 조리하는 모습을 보여주면 된다고 했는데 카메라가 의식되고 긴장이 되어 손에 땀이 났다. NG가 거듭되며 찍고 또 찍고 하다 보니 시간이 지나면서 차츰 긴장도 풀리고 카메라에 적응도 되었다. 건면 가공 장면까지 촬영을 마치고 마지막에 종합적으로 짧게 인터뷰도 했다. 시계를 보니 촬영에 세 시간은 걸린 것 같았다. TV에 나온 음식점에서 TV화면을 캡처해 판넬을 만들어 벽에 붙여둔 것을 볼 때는 대수롭지 않아 보였는데 막상 자신이 촬영에 임해 보니 쉬운 일이 아님을 알았다. 시누이와 신막국수 개발 일을 하면서 이미 오래 전에 TV에 소개된 춘천막국수의 명인과 달인을 만나 조언을 듣기도 했었다. 춘천에서 새참막국수를 운영하면서 막국수로 '세상의 달인' 프로그램에 출연한 원종찬 씨, '명인'에 선정되고 막국숫집으로 처음 중소기업벤처부의 '백년가게'로 선정된 메바우명가춘천막국수의 홍웅기 대표, 명가로 선정되고 '생로병사의 비밀', '한국인의 밥상' 등 여러 차례 TV프로그램에 출연한 춘천시의원, 김진호 대룡산막국수 대표 등 춘천막국수를 이끌고 있는 분들이 주영의 신막국수 개발에 큰 도움을 주었다. 주영은 촬영하느라 수고한 PD와 카메라맨에게 '주영막국수'의 주 메뉴로 한상 차려주고 시누이와의 촬영도 잘 해 줄 것을 부탁했다.

촬영팀을 보내고 잠시 짬이 나서 엄마를 모시고 사우나에 갔다. 엄마도 촬영 준비를 돕느라 전날부터 일을 많이 해 피곤하던 차에 모처럼 딸과 같이 목욕을 하니 몸과 마음이 개운해졌다. 욕탕에서 나와 엄마의 등을 밀어주면서 만져본,

살집이 별로 없는 늙은 엄마의 알몸과 탄력 없이 축 늘어진 젖가슴이 주영의 마음을 아프게 했다. 세월이 흐르면서 엄마에게서 살이 저절로 빠져 나간 게 아니라 자식들이 제 살 궁리로 빼앗아간 것만 같아 발아기에서 기르는 메밀싹이 연상되었다. 메밀 씨에서 싹이 나와 자라면서 필요한 영양분을 배유를 통해 공급 받는 씨는 점점 쪼그라들다가 결국 껍질만 남는 것을 보았다. 씨에 있던 에너지 물질이 몽땅 싹과 뿌리로 가서 뿌리가 흙의 영양을 빨아들이기 전까지 싹 자람의 에너지원이 되는 것이 자연의 순리이고 사람에게서는 그런 것이 모정의 원리라는 생각이 들었다. 그런 모정으로 살이 오를 대로 오른 자신의 몸을 씻으며 주영은 엄마에게 더잘 해드려야 하겠다는 각오를 다졌다. 사우나에 간 김에 따뜻한 바닥에 누워 한잠 늘어지게 자고 나오고 싶었으나 "빨리 가서 점심 장사해야 하지 않느냐?"고 엄마가 재촉해 옷을챙겨 입고 나왔다. 들어갈 땐 화창했던 날씨였는데 목욕을하는 사이에 비가 지나갔는지 길이 젖어 있었다. 나뭇잎에쌓인 먼지도, 공기 중의 미세먼지도 조금은 씻겼을 것 같아'오늘은 목욕하는 날이구나.' 하는 생각이 들었다. 식당에는벌써 손님들이 와서 아줌마들이 주문에 맞춰 음식을 해내느라 분주했다. 엄마도 전 부치는 소당 앞에 가 앉고 주영도 주방에 들어가 거들기 시작했다. 점심시간이 지나고 손님이 뜸해질 무렵 "언니!" 하며 문을 열고 들어서는 사람이 있었다. 고개를 돌려 바라보니 심은경이었다. 옆에는 남편인 듯한 남자가 서 있었다.

"은경이가 웬일이야? 이 시간에?"

"신랑이랑 원주 왔다가 들렀어."

"내가 개업한 건 어떻게 알고?"

"왜 모르겠어? 정선 읍내에 소문이 파다한데……"

"안녕하세요? 어서 오세요?"

주영은 은경이 남자를 소개할 틈도 없이 먼저 인사를 하며 테이블로 안내했다.

"언니! 장사는 잘 되나 봐? 들어오는데 손님들이 우르르 몰려 나가던데."

"다행히 잘 되고 있어. 오늘 아침엔 TV촬영도 해 갔는걸."

"언니! 그럼 TV에 나오는 거야? 언니는 좋겠다!"

"너도 카페 잘 되지?"

"응! 아직은 괜찮은데 주변에 몇 군데 카페가 새로 생겨서 걱정이야."

"그래? 신경이 쓰이겠구나. 뭔가 차별화를 확실히 해야 하겠네?"

"그래야 할 것 같아. 언니도 좋은 아이디어 있으면 줘."

"그럴게. 그런데 이 시간에 신랑하고 여기는 어떻게……?"

"어! 볼 일이 있어서 신랑이 연가 내고 같이 왔어."

"그래? 볼 일은 다 보고?"

"응! 일 끝내고 점심 먹을 데 찾다가 언니가 생각나서 물어 물어 왔어."

"잘 왔다! 그러잖아도 결혼식에도 못 가보고 궁금했는데."

"언니가 개업 준비로 바쁘다고 미영에게 들었어."

주영은 은경의 청첩을 받고 사실 개업 준비로 정신이 없을 때라 미영에게 대신 가서 축하해 주라고 했었다.

"형부는 잘 계시지?"

"그럼! 전화해볼까?"

주영은 은경의 신랑도 소방공무원인 것을 기억하고 중선에게 전화를 걸어 박성광 씨가 왔음을 알렸다. 전화를 끊고 얼마 되지 않아 중선이 식당으로 왔다. 두 사람은 오래간만이라며 반갑게 악수를 나누고 테이블에 마주 앉았다. 중선이 동동주라도 권하려고 했더니 성광은 차를 가져왔다고 하며 사양했다. 그래서 그동안 서로 어떻게 지냈는지, 동기들은 누가 어디서 어떻게 지내는지 아는 대로 주고받으며 대화를 이어갔다. 음식을 다 먹은 은경은 주방으로 가서 주영과 여자들끼리 이런저런 얘기를 주고받았다. 계산을 하려는 것을 주영은 "와 준 것만 해도 고맙다."고 하며 돈을 받지 않고 문밖까지 나가 배웅을 했다. 중선은 같이 가서 커피 대접을 하고 사무실로 가겠다고 해 주영은 맛있는 커피를 사주라고 했다. 중선은 성광의 차를 타고 토지공원 근처의 카페로 갔다. 두 남자는 아메리카노를 시켰는데 은경은 아무 것도 시키지를 않았다. 중선이 자꾸 권했더니 성광이 와이프가 임신 중이라고 했다. 중선은 머쓱해 하며 축하한다고 했다. 은경은 남자들끼리 회포를 풀라고 하면서 공원 구경을 하겠다며 밖으로 나갔다. 나간 지 얼마 되지도 않아 은경은 비가 온다고 하며 다시 들어왔다. 문 앞에 서서 머리에 묻은 빗방울을 터는 은경의 모습에 중선의 눈길이 닿았다. 중선과 눈이 마주친 은경은 살짝 미소를 머금으며 수줍어했다.

36

정기사는 선희의 아들이 방학을 맞아 집에 다니러 왔다는 얘기를 듣고 자식들을 모두 춘천, 둘째딸 집으로 모이게 했다. 마침 선희가 새 아파트로 이사한 지가 얼마 되지 않아 집들이를 겸한 가족모임이었다. 선희의 아들은 키가 부쩍 크고 몸집도 좋아졌다. 사춘기가 되어 목소리도 굵어지고 코밑에 수염자리도 거무스름했다. 큰딸과 큰아들 가족이 모두 오고 가게를 하는 막내딸은 오지 못했다. 정기사는 자식들과 손자손녀들의 인사를 받고 식구들과 같이 새 아파트를 구석구석 돌아보았다. 전에 살던 집보다 평수도 넓고 의암호가 내려다보이는 전망도 좋아 큰딸과 두 며느리는 연실 "너무 좋다!"고 하며 베란다에서 돌아서지를 못했다. 선희는 언니와 올케들 곁으로 다가가 중도를 가리키며 '레고랜드'가 들어올 거라고 했다. 큰아들은 통일전망대에 있는 것과 같은 고성능 망원경을 설치하면 집에서도 레고랜드 안을 들여다볼 수 있겠다고 하자 집주인인 상섭이 "그것 좋은 생각이네." 하며 망원경을 살 것처럼 즉각적인 반응을 했다. 선희는 곧 건물을 신축해 이전하게 될 기술원의 새 위치도 가리켜 주었다. 점심때가 되어 선희는 아들이 맛있기로 손꼽는 '여우고개막국수'로 식구들을 데리고 갔다. 일요일이라 서둘러 간다고 갔는데도 이미 주차장엔 빈자리가 없었다. 할 수 없이 대로변에 차를 세우고 안으로 들어갔다. 다행히 다 먹고 일어서는 팀이 있어서 금방 자리를 잡고 앉았다. 선희는 감자전과 찰수수부꾸미와 편육을 시켰다. 그리고 다른 데서는 보기 힘든 차조부꾸미도 시켰다. 부꾸미를 찍어먹는 설탕과 감자전을 찍어 먹는 간장과 함께 주문한 음식이 나와 각자 취향대로 몇 점씩 집어 먹었다. 상섭은 막걸리를 주문해 장인 장모와 동서와 두 처남에게 한 잔씩 따르고 제 잔에도 따랐다. "나는 안 주느냐?"는 말을 듣고 처형에게도 한 잔 따랐다. 큰딸이 건배사를 자청해 "소양팬션 입주를 위하여!"라고 하자 모두들 "위하여!"라고 따라했다. 큰딸은 즉석에서 동생네 새 아파트를 '소양팬션'이라고 명명한 것이다. '소양(昭陽)'을 아파트 앞을 흐르는 소양강과 주소인 소양로에서 따온 것이지만 본래의 의미 그대로 '햇살을 부르는 팬션'이라는 뜻이 되니 이름을 잘 지었다고 정기사가 인정을 해주었다. 막국수는 순메밀가루를 반죽해 뽑고 깻잎을 썰어 고명으로 올려 면의 구수함과 깻잎의 특유한 향이 잘 어울리는 맛이었다. 상섭이 세간에서 말하는 백 퍼센트 순메밀로는 국수가 안 된다고 하는 것은 오해라고 했다. "옛날에는 좋은 제분기가 없어서 껍질이 많이 섞인 메밀가루가 대부분이었고 농사일이 많은 아낙네들이 조리도 오래 끌 수 없는데다 힘들어서 반죽도 세게 할 수가 없었다. 게다가 나무국수틀에 끼워 쓰는 공이도 나무공이라 구멍도 가늘게 하기 어려워 면발이 굵고 아궁이에 장작불로 물을 끓여 국수를 삶다 보니 뜨거운 물에 순식간에 푹 삶아내지 못하고 끓으면서도 불은 경우가 많았다. 그렇다 보니 체로 건져 올려 그릇에 담으면 이내 풀어져 국수가 안 된다는 말이 맞았다. 그런데 요즘은 반죽할 때 뜨거운 물을 부어가며 익반죽을 해서 호화시키니 점성이 생기는데다가 반죽기도 있어서 처음엔 초벌 반죽한 것을 반죽기에 넣어 기계로 세게 치대어 준 뒤에 손으로 몇 번 마무리 치대기를 해주면 밀도가 높은 도우(dough)가 된다. 그런 도우를 스테인리스로 된 국수틀의 가는 구멍 공이에 넣어 전기 스위치를 눌러 빠르게 내리민다. 게다가 공이를 빠져 나온 가는 면발이 국수틀 밑 가마솥에서 가스버너불로 펄펄 끓는 물에 곧장 떨어져 금방 2, 3분 만에 삶아지고 찬물에 몇 번 헹구어진 뒤 접시에 담기니 예전처럼 먹는 순간에는 면발이 풀어지는 일은 없다. 그래서 순메밀로는 국수가 안 된다는 얘기는 전혀 사실이 아니다."

상섭의 설명은 정기사가 들어도 설득력이 있는 말이었다.

"누나가 메밀박사이니 매형도 박사가 다 된 것 같네요."

큰아들이 매형의 설명에 감동하며 메밀가족답다고 했다. 식사를 마친 식구들은 근처에 있는 수목원과 산림박물관을 찾았다. 수목원 내 유리온실을 둘러보고 정원도 산책하면서 많은 종류의 나무와 야생화를 즐기고 산림박물관에서도 종류별로 목재의 특성과 나무로 만든 갖가지 물건들의 생산 및 발달 과정을 전시물을 통해 보고 배우는 유익한 시간이 되었다.

37

중선은 어느 날 야근을 하던 중 정선의 한 요양원에서 불이 났다는 비상 상황을 도소방본부로부터 연락을 받았다. 지휘보고를 하고 계속 상황을 주시하였다. 뉴스에서도 속보로 화재사건이 보도되었다. 화재는 발생 한 시간 만에 진압이 되었으나 불행하게도 인명피해가 있었다. 요양 중이던 환자 3명과 소방관 한 명이 유독가스에 질식돼 병원으로 긴급 후송되었으나 안타깝게도 사망했다고 했다. 그는 장비를 착용했음에도 불구하고 불길에 갇힌 환자를 업고 나오다 땀에 젖은 장비가 벗겨져 연기에 노출돼 유독가스를 들이마시게된 것 같다고 했다. 그런데 더욱 중선에게 충격이 된 것은 사망한 소방관이 동기생인 박성광이었던 것이다. 불과 몇 개월전에 부인과 같이 '주영막국수'를 찾아 오래간만의 해후를 즐겼는데 그가 참사를 당했다는 사실이 믿기지 않았다. 더구나 은경은 임신을 해서 곧 출산을 앞두고 있어서 안타까움이 더 컸다. 소식을 접한 주영도 "은경이 불쌍해서 어떻게 하느냐?"고 안타까워했다. 중선은 주영과 함께 장례식장으로 은경을 조문하러 갔다. 배가 부른 은경이 영정 앞에 앉아 울기만 했다. 중선과 주영은 고인의 영정 앞에 향을 피워 올리고 흰 국화꽃도 한 송이 올려놓았다. 두 번 절을 하고 주영은 은경 앞에 무릎을 꿇고 앉아 그녀의 손을 잡고 흐느꼈다. 은경은 주영의 품에 안겨 오열했다. 주영은 아무 말도 하지 못하고 등만 가볍게 두드려 주었다. 서서 그런 모습을 지켜보는 중선의 마음도 슬프고 아팠다. 영정사진으로 눈을 돌려 사진 속의 성광을 바라보았다. 금방이라도 입을 열고 말을 할 것 같았다. 신규 공무원 교육 때 개그맨이라고 하며 자신을 소개하던 성광의 위트가 떠올랐다. 그런 그의 위트와 유머를 다시 볼 수 없다는 것이 도무지 말이 안 된다고 생각했다. 부인과 곧 태어날 아기는 어떻게 살라고 그렇게 돌아오지 못할 먼 길을 떠난 거냐고 항변도 해보았다. '불가항력이었겠지?' 하고 생각하면서도 몸이 불편한 노인 환자를 불구덩이에서 구하고 자신은 사랑하는 가족을 두고 떠난 그 심정이 오죽했을까 싶었다. 그러면서도 그 상황이라면 자신도 선택의 여지가 없었을 거라고 중선은 생각했다. 그것이 소방공무원의 숙명이라는 것을 잘 알고 있기 때문이었다. 주영은 은경을 위로하고 눈물을 훔치며 일어나 중선을 장례식장에 남겨두고 혼자 버스를 타고 귀가했다. 중선은 다른 동료들과 함께 발인과 화장을 지켜보고 추모관까지 가서 납골의 안치를 도왔다. 은경은 주변의 만류에도 불구하고 무거운 몸을 이끌고 성광의 마지막 길을 끝까지 지켰다. 그런 은경의 모습을 가까이에서 지켜보는 중선의 마음은 더할 수 없이 애잔하고 안타까웠다. 장례 절차가 모두 끝나고 은경이 장례버스에서 내려 언니의 부축을 받아 집으로 들어갈 때도 중선은 영정을 들고 뒤따라 들어갔다. 방에 들어선 은경은 침대에 쓰러져 흐느끼며 울었다. 언니가 아기를 생각해서 그만 진정하라고 했지만 소용이 없었다. 중선은 영정을 화장대 위에 올려놓고 한동안 오열하는 은경을 물끄러미 바라보다가 나왔다. 언니가 중선을 부르는 소리에 다시 방으로 들어가니 은경이 침대에 누워 중선을 향해 고맙다고 했다. 며칠 잘 자지도, 먹지도 못한 은경의 얼굴이 백지장처럼 하얗게 보였다. 뭐라도 좀 먹고 어서 기운을 차리라고 말하자 은경은 고개를 끄덕이며 그만 가라고 손짓을 해보였다. 중선은 다시 들르겠다는 말을 남기고 방을 나와 밖에서 기다리던 동료들과 함께 귀로에 올랐다. 귀로의 차 안에서 중선은 은경이 성광과 같은 소방서 직원도 아닌 자기를 왜 불렀을까 생각하며 얼마 전 토지공원 근처의 카페에서 머리에 묻은 빗물을 털며 자기에게 미소를 지어 보였던 은경을 떠올렸다.

집에 돌아온 중선은 주영에게 장례 상황을 설명해주고 은경에게 전화를 해주라고 했다. 주영도 그렇게 하겠다고 했다. 삼우제도 지나고 은경의 출산예정일도 다가와 은경의 상황이 궁금해진 중선은 어느 날 주영에게 은경의 근황을 물었다. 주영은 모르겠다고 하며 아직 전화를 해보지 못했다고 했다. 중선은 주영이 전화를 해주지 않은 것에 대해 자기도 모르게 짜증을 냈다. 좀처럼 짜증을 안 내던 사람이 짜증을 내니 주영은 순간 당황했다. "왜 짜증을 내느냐?"고 대꾸를 했더니 이번에는 중선이 당황하며 "내가 그랬나?"고 하며 남의 말 하듯 어벌쩡 넘기려고 했다. 기분이 상한 주영은 "남의 여자에 지나친 관심을 두지 말라."고 따끔하게 경고를 했다. 주영에게 책을 잡힐 뻔했다고 생각한 중선은 앞으로 주영 앞에서 은경에 대한 얘기는 일체 하지 말아야 하겠다고 생각했다.

38

미희는 단골 고객이 늘어 사업이 안정적으로 유지되고 있었다. '톡신'을 보고 익힌 화장술도 상당한 수준으로 향상되어 숍에 오는 손님들 중에 화장술도 배워 보고 싶다는 사람도 있었다. 본인이 직접 화장술을 익힌다고 하기 보다는 배워서 딸이나 동생에게 비법을 알려 주고 싶어 하는 손님들이 많았다. 미희가 직접 만들어 쓰는 DIY 제품에 대해서도 관심이 많아 미희는 한 달에 한 번 꼴로 피부관리를 쉬고 대신 숍에서 DIY 제품 만들기를 시연하고 체험하는 프로그램을 만들었다. 재료비만 받고 저렴하게 운영하여 신청자가 끊이지 않았다. 그중에서 메밀 잎과 꽃을 이용한 토너와 메밀가루를 이용한 로션은 자주 만드는 데도 양이 달렸다. 그래서 미희는 대량생산해 손쉽게 이용할 수 있는 제품을 개발할 목적으로 메밀박사 언니의 도움을 받아 중소벤처기업부의 창업지원과제에 도전하기로 했다. 한 번은 떨어지고 두 번째 도전해 지원과제로 선정되어 메밀화장품 시제품을 만들었다. 레시피는 미희가 만들고 최종 제품의 시료에 대한 피부 효능검정은 해당 기관에 의뢰하는 방식으로 연구개발을 진행했다. 여러 가지로 원재료의 구성, 배합비율, 전(前)처리 방법 등에 따른 다양한 처리조건 가운데 개발이 유망한 최적 조건을 찾는 데 성공했다. 지금까지 만들어 쓰면서 효과를 보았던 것보다 더 나은 것도 있었다. 최적조건의 시료가 나타낸 효능 데이터를 보고 메밀과학자인 언니도 깜짝 놀랐다. 언니의 판단으로도 충분히 상품 개발의 가능성이 있는 것 같다고 했다. 그래서 언니가 소개해 준 변리사를 통해 일단 특허출원과 등록부터 시도했다. 그 이후에는 변리사가 소개해 준 화장품업체의 개발부 직원을 만나 상품화를 타진해 보기도 했다. 그러나 미희는 아직 나이도 어리고 그 분야의 경험도 없어서 언니의 조언대로 일단 상품화는 좀 더 시간을 두고 고민해 보기로 하고 지금까지 하던 대로 숍에 오는 손님들에게만 미희가 직접 만든 제품을 적용하면서 기본적인 데이터를 더 수집하는 것으로 결정을 했다.

그런데 특허 출원 과정에서 알게 된 변리사가 미희를 잘 봐서 그녀가 잘 안다는 청년사업가를 소개받게 되었다. 동생이 이제 결혼할 나이가 된 데다 사업도 안정되어 가정을 꾸릴 만하다고 생각한 언니의 강권도 있어서 제안을 받아들이기로 했다. 그래서 어느 달 쉬는 날에 미희는 맞선을 보러 오래간만에 서울 나들이를 했다. 약속 시간에 맞춰 약속 장소로 갔더니 변리사가 젊은 남자와 대화를 나누고 있다가 미희를 보자 바로 남자를 소개시켜 주었다. 그리고 그녀는 "두 사람이 잘 해 보라."는 말을 남기고 서둘러 자리를 박차고 나갔다. 청년사업가라는 그가 먼저 어색한 분위기를 깨며 입을 열었다.

"안녕하세요? 강창식이라고 합니다."

"예, 반가워요. 정미희라고 해요."

"변리사 누님한테서 얘기 많이 들었습니다. 사업을 잘 하신다고요?"

그는 변리사를 '변리사 누님'이라고 했다. 미희가 그 부분을 잘 이해 못하는 것을 간파라도 한 것처럼 그가 먼저 사업을 하면서 오래전부터 알고 지내다 보니 "누님, 누님" 하게 되었다고, 진짜 혈육이라든가, X누님이라든가 하는 그런 뜻은 아니라고 했다.

"지방에서 조그맣게 피부관리실을 운영하고 있어요."

"화장품도 직접 만드신다면서요?"

"예, 그냥 재미있어서 취미로 시작했는데 좋다는 사람도 있어서 나누어 쓰다 보니 입소문이 좀 났네요."

"대단하십니다. 사업가 소질을 타고 나신 것은 아니고요?"

"그렇지 않아요. 모르는 것도 많아요. 경험도 없고요."

"아! 이거 초면에 사업 얘기만 했네요. 차 시키시지요? 어떤 차로 하실래요? 제가 가서 주문하지요."

"커피 하겠어요. 카푸치노로."

그는 카운터로 가서 주문을 하고 지갑에서 카드를 꺼내 계산도 했다. 테이블로 돌아온 그가 미희 옆자리에 와 앉았다.

'이거 뭐야? 선수 아니야?'

미희 앞에서 그가 이런 결례를 아무 거리낌도 없이, 사전 양해도 없이 하는 것을 보고 갑자기 그에 대한 경계심이 생겼다. 그런데 그는 미희의 속마음은 아랑곳 하지 않는 듯이 경쾌하게 말을 이어갔다.

"놀랬지요? 갑자기 옆에 앉아서…… 양해를 구하고 앉아야 하는데. 이렇게 제가 매너가 없어요."

"제 생각에도 좀 그런 것 같네요."

미희도 *'지방에서 왔다고 우습게 보는가?'* 싶어 거침없이 응수를 했다.

"죄송합니다. 실은 보여주고 설명해 주고 싶은 게 있어서요."

그는 엉덩이를 들어 맞은편 자리에 놓아둔 가방을 집어 들었다. 그러고는 다시 제자리에 앉아 가방에서 뭔가 꺼냈다. 그것은 비닐로 된 A4 사이즈의 검정색 파일이었다. 그는 파일을 한 장 한 장 넘기며 그것이 무엇인지 설명을 해주었다.

이제까지 그가 발명해 받은 발명특허증 사본과 시제품 사진이 발명연도별로 정리되어 있었다. 그것들을 제대로 설명하려면 미희를 옆에 앉히고 설명하는 게 맞을 것 같았다. 그의 진심을 알고 나니 서서히 그에 대한 경계심은 풀렸다. 그는 단도직입적인 성격의 발명가였다. 그가 말하고자 하는 것이 대충 짐작이 되었다. 변리사로부터 미희를 소개 받고 미희가 왜 변리사를 찾았는지도 파악을 해 미희에게 팁(tip, 조언)을 주기 위해 가지고 나온 것으로 이해가 되었다.

"미희 씨! 제 파일을 보고 어떤 느낌이 들었어요? 한번 말해 볼래요?"

"글쎄요? 갑작스런 상황이라 잘 모르겠어요."

미희는 그로부터 자신이 테스트 받고 있는 것도 같아 얼른 대답이 나오지 않았다. 미희가 답을 할 것 같지가 않자 그가 말을 이어갔다.

"제 파일은 발명을 해서 시제품을 만들어도 시장에 나가 제대로 팔리는 상품이 되기가 쉽지 않다는 것을 보여주는 것이지요."

"그럼 이렇게 많은 게 다 발명으로 그친 것인가요?"

"다는 아니지만 거의 다 그렇지요."

"다른 발명가도 그런가요?"

"그건 아니고. 내 경우가 그렇다는 것이지요. 내가 경험한 것만 얘기하는 겁니다. 다른 사람의 경우 H사 제품처럼 시장에서 대량 상품화에 성공한 제품도 많지요."

"그런데 왜 부정적인 자신의 경험만 얘기하는 거예요?"

"미희 씨가 이 자리에 나온 것은 나를 알고 싶어 온 것 아닌가요?"

"그렇지요."

"그래서 나를 단시간에 이해시키는 방법으로 파일을 보여 준 겁니다. 돌려서 신상파악 하느라 아까운 시간 죽일 것 없잖아요?"

듣고 보니 그는 매우 치밀한 사람이었다. 파일을 가지고 '나는 이런 사람이다.'라고 설명을 한 것이다. 처음엔 '뭐 이런 남자가 다 있나?' 싶었는데 엉뚱한 것 같으면서도 재미있는 사람 같아 보였다. 실속이 얼마나 있는지는 잘 모르겠어서 미희는 궁금한 것을 단도직입적으로 물었다.

"발명은 많이 하셨는데 대부분 사장된 가장 큰 이유는 뭔가요?"

"자금이지요."

"특허기술에 관심이 있는 기업이 없었나요?"

"그게 문제입니다. 기업은 특허기술을 거저 먹으려 하고 내가 직접 제품생산을 하려니 자금이 없고. 그래서 남 주지도 못하고 그렇다고 내가 하지도 못하고. 그러면서 시간을 끌다 보니 유사 기능 또는 성능의 제품이 외국에서도 나오고 국내 에서도 나와 내 발명품이 쓸모없게 되어버리는 것이지요."

"그런 문제로 변리사를 자주 만났겠군요?"

"그렇지요. 그러다 보니 부담 없는 '누님'이 된 것이지요."

미희는 뭐가 뭔지 잘 모르겠다 싶었으나 때마침 진동벨이 울려 카운터로 가 커피를 가져왔다. 얼마나 얘기가 빠르게 오갔는지 커피를 마시면서는 한동안 서로 말이 없었다. 미희 는 맞선이 아니라 비즈니스 미팅이 된 것 같아 씁쓸한 느낌 을 감출 수가 없었다. 처음 보는 맞선의 긴장감이나 기대감 같은 것을 느끼지 못했다. 눈치를 보니 그가 미희가 구상 중 인 사업 내용을 듣고 싶어 하는 것 같았으나 자세하게 얘기 를 하고 싶지 않았다. 미희의 사업계획도 그의 희망 없는 파 일을 한 장 더 추가할 뿐 소득 없는 얘기만 길어질 것 같아 얼른 일어나 집으로 가고 싶었다. 그도 사업 얘기에만 흥미 를 갖고 있는 듯 미희를 여자로 보고 어떤 여자인지를 알고 자 하는 데는 관심이 없어 보였다. 미희는 속으로 '참 재수 없는 날'이라고 생각하고 일어날 궁리를 하느라 머리가 아플 지경이었다. 억지로 근처 피자집에서 피자 한쪽을 겨우 먹고 예매한 기차 시간을 핑계로 먼저 일어나 나왔다. 나들이를 하는 김에 맞선은 재미가 없었지만 숍에 접목할 항비만 식품에 대한 정보를 얻기 위해 영풍문고에 들렀다. 이 책 저 책 뒤지다가 메밀 책을 찾아서 항비만 관련 항목을 읽어 보았다.

"메밀은 저칼로리 식품으로 필수아미노산과 비타민B가 풍부하여 체중조절에 좋고 메밀을 차로 우려내어 꾸준히 마시면 지방의 연소작용을 촉진시키는 역할을 하기 때문에 체중 감량과 피부미용 및 비만예방에 효과적이라고 할 수 있다. 비만을 정의하는 간단한 방법은 키에 대한 체중의 비를 측정하는 것이다. 1869년 천문학자 퀴트레트라는 사람이 많은 사람들이 체중이 키의 제곱에 비례하는 것을 관찰해 체질량지수(BMI: body mass index, kg/m^2)라는 것을 제안했다. 체질량지수가 정상(20~24.9)보다 크면 과체중(25~29.9), 그보다 더 크면 비만(30~40), 40 이상이면 중증비만이라고 한다. 과체중이나 비만인 사람은 오랜 기간 동안 에너지 섭취가 소비보다 많았음을 의미한다. 그래서 비만을 줄이기 위해서는 장기간 에너지 섭취가 소비보다 적어야 한다. 식이조절이 한 가지 방법인데 초저열량식사요법, 즉 칼로리가 매우 낮은 식품을 섭취하는 것이다. 메밀의 식이섬유는 당이 천천히 흡수되도록 도와주고 비만도 예방해준다. 칼로리는 낮으면서 섬유소가 풍부해 포만감이 오래 지속되는 특징이 있기 때문이다. 메밀은 100g 당 9.5g의 식이섬유(삶은 막국수는 0.2g)가 들어 있어, 0.96g에 불과한 백미보다 10배 가까이 많다. 보통 섬유질이 많이 든 음식은 적게 먹어도 배가 부르기 때문에 메밀의 경우 백미의 3분의 1만 먹어도 같은 포만감을 느낄 수 있다.

메밀싹은 씨가 발아되면서 단백질, 탄수화물, 지방은 대폭 줄어들고 칼슘, 비타민 등 미네랄이 늘어나 새싹채소가 되므로 다이어트 식품으로 알맞다. 지방산도 포화지방산은 20%, 불포화지방산은 79%로 불포화지방산이 늘어난다. 즉, 종실에 비하여 메밀싹에서 스테린산(stearic acid)과 올레인산(oleic acid)와 같은 포화지방산은 각각 21%와 50%씩 감소하였고 리놀산(linoleic acid)과 리놀렌산(linolenic acid)과 같은 불포화지방산은 각각 130%와 540%가 증가하는 지방산 조성의 변화가 생김으로써 종실을 그대로 식용하지 않고 싹을 틔워 이용하면 유용한 지방산의 조성비율을 높일 수 있다."

39

중선은 은경이 건강한 딸을 출산하고 언니네 집에서 산후
조리를 한다는 소식을 정선소방서 다른 동료로부터 전해 들
었다. 그는 성광의 사후 뒤처리 문제로 은경을 만날 계획이
라고 해 중선은 그를 통해 축하의 말을 전해 달라고 부탁했
다. 그 뒤로도 간간이 동료로부터 은경의 소식을 듣기는 했
지만 또 괜한 오해만 살 것 같아 주영에게는 말하지 않았다.
그런 상태로 서너 달이 훌쩍 지난 어느 날 중선은 정선으로
출장을 가게 되었다. 특수소방기술에 대한 교육을 정선에서
받게 되어 각 소방서에서 차출되어 온 동료들과 하룻밤 합숙
을 하게 된 것이다. 첫날 교육을 받고 동료들과 읍내에 나가
저녁을 먹은 후 은경의 카페로 몰려갔다. 교육을 받는 동료
들 중에 동기생이 몇 명 있어서 기왕이면 박성광의 와이프가
운영하는 카페에 가서 팔아주자는 뜻에서 발의가 된 것 같
았다. 카페에 들어서자 은경이 먼저 중선을 알아보고 가볍게
목례를 했다. 중선도 다가가 안부를 물었다. 가까이에서 보
니 전에 비해 많이 수척해 보였다. 은경은 동료들의 커피 주
문을 받으며 주영의 안부도 물었다. 중선은 주영이 잘 지내
고 사업하느라 늘 바쁘다고 했다. 단 둘이 있는 것도 아니고

은경은 여러 잔 커피를 뽑고 있어서 길게 대화를 나눌 수가 없었다. 중선은 아메리카노를 주문하고 동료들이 잡아놓은 테이블로 가서 앉았다. 중선은 동료들과 대화를 나누면서도 자꾸 카운터로 눈길이 갔다. 은경이 어떻게 어려움을 이기고 있는지 꼭 물어보고 싶어 은경에게 다시 다가갈 틈을 노리고 있었던 것이다. 그런데 여느 손님들도 계속 들어와 좀처럼 틈이 보이지 않았다. 커피를 다 마시고 합숙소로 들어가야 할 시간이 되었는데도 중선은 은경을 멀리서 보기만 할 뿐 비집고 들어갈 틈을 만들지 못했다. 결국 "다음에 또 들르겠다." 고 하는 말만 남기고 카페를 나왔다.

합숙소로 돌아오는 길에 성광과 같이 근무했던 정선소방서의 동료로부터 은경의 가정사정과 더불어 성광과 어떻게 인연이 되었는지를 들을 수 있었다. 은경은 부모님이 안 계시고 위로 언니와 오빠가 한 명씩 있다고 했다. 언니는 결혼해 임계면에 살고 있는데 남편이 사과 과수원을 하고 있어 언니도 농원 일로 늘 바쁘다고 했다. 오빠는 태백에서 조그만 회사에 다니는데 아직 미혼이라고 했다. 부모님이 트럭을 가지고 장사를 하셨는데 2년 전에 교통사고로 두 분 다 사고 현장에서 돌아가셨다고 했다. 그때 사고 현장에 출동해 시신을 수습한 사람이 성광이었고 그게 인연이 돼 성광이 은경과 교제를 하게 되었다고 했다. 카페는 부모님의 유산 일부를 가지고 오빠가 차려준 것이라고 했다. 그런 얘기를 듣고 숙소에 들어온 중선은 잠자리에 들어서도 그녀의 수척해진 모습이 떠올라 잠을 설쳤다. 이튿날 오후 네 시, 교육을 마치고 중선은 미련이 남아 다시 카페를 찾았다. 그러나 카페는 문이 닫혀 있었다. 웬일인가 싶어 출입문에 적힌 전화번호로 전화를 걸어 보았다. 신호는 가는데도 전화는 받지 않았다. 할 수 없이 중선은 발길을 돌려 그냥 집으로 돌아왔다.

다음날 사무실에 출근해 자판기에서 커피를 뽑아 마시는데 핸드폰이 울렸다. 받아 보니 은경의 목소리가 틀림없었다. 어제 카페로 전화를 걸어서 중선의 번호가 카페 전화기에 남아 있었던 것 같았다. 혹시나 싶어 "은경 씨?" 하고 조심스럽게 불렀다. 예상대로 은경이 맞았다.

"나 정중선인데요. 어제 오후에 들렀더니 문이 닫혀서 전화를 했었지요."

그때서야 중선임을 알아챈 은경이 목소리 톤이 높아지며 반가워했다.

"교육 마치고 잘 올라가셨어요? 제가 어제 몸이 아파 카페를 열지 못했어요. 허탕 치게 해서 죄송해요."

"많이 안 좋으세요?"

"그 사람 떠나고 영 기운을 못 차리겠네요."

"아기는요?"

"언니가 가끔 봐 주고 있는데 봐 줄 사람이 없을 때는 카페도 못 열어요."

"형부는 잘 지내시지요?"

은경은 중선을 형부라고 불렀다.

"그…… 그럼요. 나야 잘 지내는데 은경 씨가 걱정이네요. 혼자서 일도 하면서 아기도 키우려면…… 누가 도와 줄 사람이 있어야 하는데……"

"정 안 되면 카페를 접어야지요."

은경은 다시 힘이 빠진 목소리로 카페를 그만 둘 생각도 비쳤다.

'혼자 살려면 카페에 의지해서라도 버텨야 할 텐데…… 그것마저 놓으면 정말 마음을 둘 데가 없어 힘들 텐데……'

중선은 속으로 그렇게 생각하면서도 딱히 뭐라고 위로를 해야 할지 몰라 아무런 말을 못하고 있었다.

"여보세요?"

중선이 대답이 없자 은경이 전화가 끊긴 줄 알고 중선을 불렀다.

"은경 씨! 힘들겠지만 너무 성급하게 결정하지 말고 언니와 잘 상의를 해보고 일단 기운부터 차려 봐요."

"예. 고마워요. 형부! 한 번 놀러 오세요. 어젠 사람들이 많아 얘기도 못해 봤는데…… 근무 중이시니 그만 끊을게요."

"그…… 그래요. 또 연락해요."

중선은 그렇게 은경이 수화기를 내려놓는 소리를 들으며 폰을 접었다. 은경의 목소리가 귓가에 남아 있는 듯해 한동안 일에 집중할 수가 없었다. 은경이도 어제 자기와 얘기를 하고 싶었던 게 분명했다. 하지만 사정이 딱한 은경에게 자신이 도움이 될 무슨 뾰족한 방법이 있는 것도 아니어서 중선은 여전히 안타깝고 답답할 뿐이었다.

40

정기사는 어느 날 시내에 나갔다가 중선이 근무하는 소방서 앞을 지나게 되었다. 마침 점심시간이 가까워 아들과 점심이나 같이 할까 싶어 중선에게 전화를 했다. 아들도 좋다고 해 근처 냉면집에서 중선을 만났다. 아들에게 "뭘 먹겠느냐?"고 했더니 "후덥지근한 날씨라 냉면이 좋겠다."고 했다.

"벌써 소방공무원이 된지도 3년이 넘었지?"

"예, 3년 7개월째네요."

"그래. 일은 할 만 하냐? 힘들지 않고?"

"현장 출동하면 힘들지요. 위험한 순간도 많고. 그래도 보람은 있어요."

"그렇지. 공복(公僕)이라고 다 같은 공복은 아니지. 국민의 생명과 안전을 지키는 소방직이야말로 공복 중의 공복이지."

냉면에 앞서 녹두전과 김치가 먼저 나왔다. 동그랗게 지져 낸 녹두전은 겉에 기름기가 자르르 흘렀다. 젓가락으로 찢어서 한 입 베어 무니 돼지기름 냄새가 났다. 맛도 구수하고 좋았다. '주영막국수'에는 없는 메뉴라 두 사람 다 오래간만에 먹어보는 녹두전이었다. 녹두전과 김치를 번갈아 먹는 사이에 주문한 물냉면이 나왔다. 들어올 때 본 상호가 평양냉면집이니 면은 메밀일 것이고 육수 맛이 궁금해 정기사는 그릇을 들어 국물부터 한 모금 들이켰다. 고명은 약하게 초무침한 무 몇 조각과 계란 반 개가 전부였다. 물냉면은 대개 다 그렇듯이 참깨, 김가루, 고춧가루 등의 고명은 쓰지 않고 국물을 말갛게 해내는 게 막국수와 다른 점이다. 면도 순메밀 막국수에 비하면 전분이 많이 섞여서 먹기 전에 가위질을 몇 번 해야 했다. 부자는 식초와 겨자를 두르고 냉면을 맛있게 먹었다. 고명으로 냉면에 섞여져 나온 무절임도 새콤달콤

하게 맛이 있었다.

"너도 알지? 메밀국수 먹을 때 무를 같이 먹는 이유?"

정기사가 중선에게 확인하듯이 물었다.

"예. 무가 메밀에 있는 알레르기 단백질을 중화시킨다고 들었어요."

"그래. 잘 알고 있구나. 옛날부터 전해지는 얘기도 있지. 옛날에 중국에서 조선사람들을 강제로 데려가 몇 년 동안 부역을 시키고 조선으로 돌려보낼 때 메밀을 주어서 보냈다. 메밀을 먹고 잘 살지 못할 것으로 생각해서 그랬는데, 나중에 조선에 와서 보니 메밀을 먹고도 거뜬하게 잘 살고 있었다. 그 이유를 살펴보니 조선사람들이 무를 메밀과 함께 먹어서 메밀의 독성(알레르기 단백질)을 중화시키는 지혜를 발휘했다. 뭐 그런 얘기다."

"예. 무에 들어있는 디아스타아제 성분이 소화를 촉진하고 리그닌이라는 식물성 섬유도 변비 완화에 효과적이며 장내 노폐물을 청소해 혈액을 맑게 하고 세포에 탄력을 준다고 들었어요."

냉면을 다 먹고 뜨거운 국숫물을 따라 마시는데 중선의 핸드폰이 울렸다. 예기치 않은 은경의 전화였다.

"은경 씨! 웬일이세요? 이 시간에…… 예. 괜찮아요. 얘기해요."

정기사가 생각하기에 아마 상대방이 "전화 받기가 괜찮으냐?"고 묻는 것 같았다.

"그러지요. 이따가 편한 시간에 전화 주세요. 기다리고 있을게요."

중선은 "예", "예" 하며 듣기만 하다가 "기다리겠다."고 하며 전화를 끊었다.

"누구냐? 여자 목소리 같은데."

정기사는 궁금해 물었다.

"주영이 후배인데 얼마 전에 소방공무원이던 남편이 사고로 죽었어요."

"언제 네가 말했던 정선 요양원 화재?"

"예."

"그런데 그 처자가 왜 너한테 전화를 한 거냐?"

"혼자 딸아이 하나 데리고 사는데 살기가 힘든가 봐요."

"그래. 직업은 있고?"

"군청 앞에서 조그만 카페를 하고 있는데 애 봐줄 사람이 없어서 번번이 문을 닫나 봐요."

"그것 참 안됐구나."

"예, 도와주고 싶은데 방법이 없네요."

"주영이도 이런 상황을 잘 알고 있냐?"

"신경 쓸까 봐 얘기 안했어요. 한 번 얘기를 꺼냈다가 남의 여자에 관심 두지 말라고 핀잔만 들었어요."

"그래. 여자들은 예민하지. 동정심을 연정으로 오해하기도 쉽고."

"주영이 말처럼 그야말로 '남의 여자 일'로 너희들 부부싸움 할까 걱정된다. 조심해라."

"그래서 말인데요. 아버지가 좀 도와주시면 안 되나요?"

"내가 뭘 어떻게 돕느냐?"

"아버지 협동조합에 사무원으로 써주면……"

"조합에 사무 볼 일도 별로 없고 수익도 매달 사무원 월급 줄 정도는 못 되지. 나 혼자 결정할 일도 아니고. 아무튼 그건 어렵다."

정기사는 일언지하에 중선의 건의에 쐐기를 박았다. 막상 말은 그렇게 했어도 아들의 순수한 마음에 찬물을 끼얹은 것 같아 정기사도 마음은 편치 않았다.

"다른 좋은 방법이 없을까?"

정기사가 먼저 다른 방법을 생각해 보자는 취지로 말을 이어갔다.

"젊은 처자이니 취업도 취업이지만 재가(再嫁)하는 쪽으로 알아보면 어떻겠느냐?"

"그것도 좋은 방법이 될 것 같네요. 아버지 주변에 누구 적당한 사람 있어요?"

"알아 봐야지. 그런데 본인이 재가할 의사가 있어야지. 본인이 수절(守節)하겠다고 하면 옆에서 중매를 할 수가 없지 않겠니?"

"제가 연락을 해서 한 번 물어볼게요."

"그런데 아버지! 주영에게는 성사되기 전까지는 말하지 마세요. 주영의 성격에 부자가 자기도 모르게 은경을 챙긴 것을 알면 무척 속상해 할 것 같아요."

"일이 잘 되면 어차피 알게 될 텐데……"

"아버지가 먼저 적당한 남자를 찾게 되면 홀아비가 재취(再娶) 자리를 찾는 여자를 구하는데 누구 소개할 만한 사람 없느냐고 저희들한테 묻는 식으로 하면 될 것 같아요. 그러면 처음 듣는 것처럼 주영에게 은경을 소개해 보라고 하고……"

"무슨 007작전이라도 하는 것 같구나. 그렇게 하자."

중선은 모처럼 아버지가 사주신 냉면을 맛있게 먹은 것도 좋았지만 은경을 도울 수도 있을 것 같아 점심 먹자고 불러내준 아버지에게 진한 부정(父情)을 느꼈다. 아버지의 주변에 좋은 사람이 많으니 은경에게 새 짝이 될 만한 남자를 소개해

줄 사람도 분명히 있을 것 같은 좋은 예감을 느끼며 아버지
와 헤어져 사무실로 들어왔다. 해가 중천을 넘어가면서 사무
실엔 구석진 중선의 책상 위에까지 노오란 햇살이 뿌려지고
있었다.

41

퇴근을 하려면 한 시간쯤 남았는데 은경에게서 전화가 왔
다. 직접 만나서 상의를 하려고 했는데 애 때문에 움직일 수
가 없어서 전화로 조언을 듣고 싶다고 했다. 중선의 말대로
어떻게든 카페라도 붙들고 버텨보려고 했는데 도저히 안 될
것 같다고 했다. 번번이 문을 닫다 보니 단골손님도 끊기고
매상도 뚝 떨어졌다고 했다. 시댁에서는 처음부터 반대한 결
혼이어서 도움을 받을 처지가 못 된다고 했다. 중선에게 상
의하고자 한 것은 부동산에 내놓기 전에 혹시 중선이 아는
사람에게 카페를 넘길 수 있다면 그게 더 나을 것 같아 전화
를 한 것이라고 했다. 중선은 그 말을 듣는 순간 '자기는 정
선에 사는 사람도 아닌데……' 생각하다가 퍼뜩 처제인 미영
이 떠올랐다. 은경이 미영을 염두에 두고 한 말 같았다. 미영

이도 언제까지 강원랜드에 다닐 수 있을지 알 수도 없으니 처제가 일찌감치 목 좋은 터를 잡아 기반을 닦는 것도 좋을 것 같았다. 그러나 그것은 당장 결정하지 않아도 될 것 같고 우선 은경이 재가를 하게 된다면 카페를 처분하는 것도 보류할 수 있지 않을까 싶어 낮에 아버지하고 했던 얘기를 꺼냈다. 조금도 머뭇거림 없이 미영이 내린 결론은 혼자 살 수가 없으니 딸 하나를 가진 미망인도 좋다는 남자가 있으면 다소 경제력은 없어도 만나보고 사람이 마음에 들면 당장이라도 재혼할 생각이 있다고 했다. 중선은 "잘 생각했다. 아버지에게 은경의 뜻도 전하고 알아볼 테니 당분간 카페는 가끔 문을 닫더라도 최대한 유지하고 있으라."고 했다. 그리고 "적당한 남자가 있으면 주영을 통해 소개하도록 할 테니 아버지와 내가 중매한 것은 비밀로 하자."고 했다. 은경은 "무슨 뜻인지 알겠다."고 하며 고맙다고 하고는 전화를 끊었다. 중선은 곧장 아버지에게 은경의 뜻을 전하고 남자를 알아봐 줄 것을 재촉했다.

중선의 전화를 받아 은경의 뜻을 확인한 정기사는 마침 짚이는 데가 있어서 사무실에 나가 오봉태를 만났다. 마침 다른 이사들도 메밀밭을 돌아보기 위해 나와 있었다. "마침 잘 됐다."고 하며 정기사는 이사들에게 자초지종을 말하고

"새터민 중에 좋은 사람이 없겠느냐?"고 물었다. 오봉태는 빙긋이 웃으며 "여기에 있다."고 했다. 이사들 중에 나이가 가장 젊은 허종삼 이사가 홀아비라고 했다. 오봉태는 "그렇잖아도 종삼이를 장가보내려던 참이었다."고 하며 다른 이사와 합세하여 허이사를 등 떠미는 분위기였다. 조합 설립 이후 근 일 년 반 가까이 정기사가 겪어본 허이사가 성품이 좋고 일솜씨도 좋아 조합 일을 가르쳐 내심 이사장직을 그에게 넘겼으면 했었는데 그가 혼자 살고 있는 줄은 몰랐다. 사생활 부분은 잘 얘기를 안 하는 이사들 사이의 분위기 탓도 있는데다가 말이 일 년 반이지 실제 같이 만나 일하는 기간은 2기작 하는 메밀의 생육기와 수확기뿐이니 일 년에 고작 5개월에 불과했다. 정기사는 허이사만 좋다고 하면 당장 주영에게 말해서 은경에게 그를 소개할 수 있을 것 같았다. 정기사의 속내를 눈치 챈 오봉태와 나머지 두 이사는 "밭에 갔다 오겠다."고 하며 슬그머니 자리를 비켜주었다. 정기사는 허이사에게 병에 담아온 메밀차를 한 잔 따라주며 아는 대로 은경을 소개하고 한 번 만나 볼 것을 청했다. 허이사도 그동안 겪어본 정기사의 인품을 보아 자기에게 허투로 말하거나 속임수를 쓸 사람은 아니라고 생각해 "소개해 주면 만나 보겠다."고 했다. 정기사는 중선에게 허이사의 존재를 알려주고 저녁에 주영이 귀가하면 진지하게 얘기를 꺼내기로 했다. 그렇게 해서 허종삼과 심은경은 열두 살의 띠 동갑의 나이차도 뛰어넘어 재혼을 하게 되었고 허이사가 은경의 집으로 살림을 합치면서 은경의 카페도 정상적으로 운영하게 되었다. 평소 허종삼은 혈혈단신이라 가족에 대한 열망이 컸었다. 그동안 선도 여러 번 봤지만 자신이 북한에서 온 새터민인데다가 상대방에게 경제력에 대한 확신을 주지 못해 번번이 무산되었었다. 젊고 예쁜 은경과 만나서 딸도 키우게 되어 허종삼은 감개무량했다. 오래 참아온 부부생활도 좋았고 무엇보다도 은경과 진심으로 몸과 마음으로 사랑한다는 사실이 좋았다. 탈북해서 처음으로 행복을 느끼며 비로소 남한에서 제대로 삶의 뿌리를 내릴 수 있게 되었다고 생각했다. 그리고 이런 행복을 가져다 준 정기사가 고맙기 그지없었다. 은경도 겉으로는 주영에게 "언니가 죽어가던 사람 살렸다."고 침이 마르도록 감사를 했지만 마음속으로는 자기를 애틋하게 바라봐 준 중선에 대해 더 깊은 감사를 느꼈다. 남편 허종삼도 그런 내막은 모르는데 굳이 알게 할 필요도 없을 것 같고 주영이나 중선 모두 남편이 존경하고 인생에서 큰 신세를 졌다고 생각하는 정기사의 가족이니 감사하는 마음으로 스스럼없이 대하면 될 것이라고 생각했다.

허이사는 일이 있을 때만 사무실로, 또는 밭으로 와 일을 하고는 일을 끝내기가 무섭게 정선으로 돌아갔다. 딸이 자꾸 눈에 밟힌다며 일을 마치자마자 부리나케 차를 몰고 돌아가는 허이사를 누구도 붙잡을 생각을 하지 못했다. 그리고 그는 정선에서도 주변의 휴경지를 빌려 독자적인 메밀 생산을 하기 시작했고 다른 이사들도 묵인을 해주었다. 은경도 남편이 메밀을 생산하는 일을 하니 카페에 메밀로 만든 차와 스낵, 디저트 같은 것을 만들어 팔기 시작해 그야말로 대박이 났다. 커피에 곁들여 먹는 메밀스낵(과자)과 메밀스위트(디저트)에 대한 소문이 나서 날로 손님이 눈에 띄게 늘고 당연히 매상도 급상승했다. 그중에서도 순메밀로 막국수를 뽑은 뒤 다시 양념을 해 에어프라이(air fry) 방식으로 튀겨진 메밀스낵은 날개 돋친 듯 팔렸다. 메밀스낵만 따로 포장해 장터에 내다 팔기도 하는데 매번 품절일 정도로 인기가 있었다. 돈이 조금씩 모이면 언니와 형부의 권유로 언니네 동네에서 매물로 나오는 과수원 땅을 조금씩 사들이기도 했다. 은경이이 또한 허종삼과의 재혼을 계기로 이루어진 결과라 생각하니 그와의 인연이 그렇게 소중할 수가 없었다. 더구나 딸에 대한 그의 사랑은 제 속으로 낳은 엄마보다도 더 지극해서 감동을 받을 때가 많았다. 그런 사랑과 감동은 뜨거운 밤의 육체적 절정으로 이어져 두 사람의 표정도 나날이 밝아지고 생동감이 넘쳤다. 카페에 오는, 그들 부부를 알 만한 손님들은 "커피집에 커피 냄새는 안 나고 웬 깨 볶는 냄새가 진동하느냐?"고 하며 간판을 '참기름집'으로 바꾸라고 농담을 했다. 가을이 깊어지면서 은경의 몸에도 새 생명이 잉태되어 허종삼은 자신이 다시 태어난 것 같은 기쁨과 환희에 젖어 자신에게 있어서 은경과의 사랑은 어떠한 이념과 종교보다도 더 큰 힘이라는 것을 느끼게 되었다. 그는 처음으로 탈북하기를 참 잘 했다는 생각이 들었고 은경과 인연을 맺어준 정기사와 중선 내외에게 평생 갚아도 다 못 갚을 은혜를 입었다고 정기사 앞에서 틈만 나면 90도로 깍듯이 인사를 했다.

42

주영은 TV에도 몇 번 나왔고 신막국수도 메뉴에 반영해 판매를 했다. 입소문이 나면서 가격을 조금 더 높게 책정했음에도 주문이 늘어났다. 다만 기능성에 대한 효능도 실험적으로 검증이 되었음에도 불구하고 어디어디에 좋다고 대놓고 광고는 할 수 없게 되어 있어 둘째시누이와 학회지에 발표한 논문을 크게 확대 복사해 벽에 붙여 놓았다. 발표된 논문을 소개하는 것은 법적으로 문제가 없었다. 건면은 대량으로 생산, 판매하기에는 공장시설이 필요해 아직 본격적으로 제조·발매를 못하고 있다. 부지를 마련해 공장을 짓고 설비를 갖춘 다음 제조업 허가도 받아야 하므로 자금과 시간이 더 필요했다. 주영은 사업을 확대해도 될 것인지 현상을 유지할 것인지 고민이 되기도 하지만 내 건물에서 영업을 하는 소망에 대한 미련이 있어서 건물을 마련하게 될 때 옆에 공장도 같이 설립하는 정도까지만 사업을 키우기를 바랐다. 은행 대출을 받아 당장 그렇게 해볼까도 생각했지만 음식 장사는 장소를 옮기면 또 어떻게 될지 몰라 신중하게 생각하고 있다. 지금 임대해 쓰고 있는 건물을 매입할 수 있으면 좋을 것 같은데 비용이 만만찮은데다가 매물로 나온 것도 아니어서 꿈꾸듯 혼자 생각만 해보았다.

주영은 잠시 짬을 내 막내 시누이의 피부관리실을 찾아갔다. 오래간만에 피부관리도 받아볼 겸 막내 시누이의 근황도 물어볼 겸 해서였다. 집에서는 애와 노느라 별로 얘기를 나눌 틈이 좀체 없었다. 미희는 '이상한 남자'와의 첫 맞선 이후에는 아직 선을 본 적도, 따로 사귀는 남자도 없다고 했다. 그냥 일이 좋아 사업이 지금처럼 잘 되기만을 바란다고 했다. 그러다 혼기를 놓칠 것을 걱정하니 미희는 앞일을 장담할 수는 없지만 지금으로서는 일만 잘 되면 독신도 좋을 것 같다고 했다. 미희는 막내로 태어나서 바로 위인 중선과 나이차가 다섯 살이나 나지만 나름 생각이 깊어 보였다. 취업을 안 하고 창업을 해 잘 이끌어가는 것만 보아도 야무지다는 것을 알 수 있었다. 신붓감으로 괜찮은데 아깝다는 생각을 하면서 얼굴 마사지를 받았다. 오일 향이 코로 스미어 정신은 몽롱한데 거울을 보니 얼굴은 많이 좋아진 것 같았다. 시간이 없어서 나머지 과정은 생략하고 숍을 나와 속옷 가게에 들러 엄마의 속옷을 몇 점 샀다. 노인네를 붙들어 앉혀 놓고 종일 전만 부치게 해 죄송할 때가 많았다. 연세가 있으니 그만 손을 놓고 편히 지내시게 해드려야겠다는 생각이 들어 몇 번 그만 두고 고향으로 가시라고 했는데도 "그러면 전은 누가 부칠 것이냐?"고 하며 고집을 꺾지 않으셨다. 보조하는 아줌마가 배울 만큼 배워서 엄마가 지지는 전과 비슷한 맛을 내니까 엄마는 그만 하셔도 된다고 해도 "놀면 뭐하냐?"고 한사코 물러날 기미가 없었다. 미영과 상의를 해보았는데 미영도 "엄마가 좋아서 힘든 줄 모르고 하는 일이면 그냥 두자."고 해 지금까지 그렇게 하고 있는 것이다. 미영이 결혼을 하면 지가 모신다고도 해 관망을 하고 있지만 아직 미영이 결혼할 낌새는 없는 것 같았다. 주영에게 미영과 미희 모두 결혼이 급선무인데 도움을 못 주고 있어 결혼 주선 업체라도 문을 두드려 봐야 하는 것이 아닌가 싶기도 했다. 자신이 중매를 서기에는 아는 사람도 없는데다 성사시킬 자신도 없었다. 그나마 은경이 가끔 전화를 걸어 좋은 사람 소개해 줘 고맙다고 감사 인사를 해 한 번 중매를 서준 보람은 있었다. 시아버지의 부탁으로 막상 소개를 해주기는 했지만 성격이든 뭐든 잘 안 맞아 '사네 마네' 하면 그것도 주영으로서는 부담스러운 일이 아닐 수 없기에 건강과 안정을 되찾고 행복해 하는 은경은 주영에게도 감사한 일이었다.

가게로 돌아온 주영은 점심 장사를 끝내고 중선에게 전화를 걸었다. 일주일 전 정기건강 검진을 받은 중선에게 검진결과가 나왔는지 물어 보았다. 중선은 나왔다고 하며 재검을 받아야 한다고 하는데 그 말을 하는 중선의 목소리가 전과 같지 않았다. 무슨 일이 있는 것 같아 불길한 느낌이 든 주영은 퇴근할 때 검사결과서를 가지고 가게로 오라고 하고는 전화를 끊었다. 그가 가게에 모습을 나타낼 때까지 주영의 머릿속엔 오만 가지 생각이 들었다. 평소와는 다르게 뭔가 불안한 모습을 보이는 딸이 엄마가 보기에도 수상쩍어 "왜 그러냐?"고 물었더니 주영은 "나중에 말씀드리겠다."고 하며

222

말을 아껴서 엄마도 내심 걱정이 되었다. 중선의 검사결과서에는 폐암 검진 결과에서 의심쩍다는 표기와 함께 재검을 요한다고 적혀 있었다. 다른 데도 아니고 '폐암 의심'이라고 해 직업과 무관한 것 같지가 않아 중선이 나름 심각해 한 것 같았다. 일단 "오진일 수도 있으니 걱정하지 말라."고 중선을 진정시키려고 했으나 사실 주영도 진정이 잘 되지 않고 걱정이 앞섰다. 엄마도 얘기를 듣고는 진짜인지는 모르지만 주변에 오진을 받았다가 재검에서 뒤집어진 예가 많다고 하며 딸과 사위를 위로했다. 집에 가서는 부모님이 걱정하실 것 같아 확진 전까지는 말씀을 드리지 않기로 했다. 이튿날, 중선은 외출을 나와 주영과 같이 재검을 받으러 병원을 찾아가 예약을 했다. 검진 일정은 일주일 뒤로 잡혀 주의사항이 적힌 종이만 받아들고 병원 근처 카페로 갔다. 커피를 주문하는 중선을 말릴까 하다가 주영은 그냥 그가 원하는 것으로 똑같이 두 잔을 주문했다. 커피가 몸에 안 좋다는 얘기도 있고 반면에 항암효과가 있다는 얘기도 있어서 항암효과를 믿기로 한 것이다. 중선에게 자각 증세가 있는지를 어젯밤에도 물어 봤지만 커피를 마시면서도 다시 또 물어보았다. 중선은 이렇다 할 몸의 변화를 감지하지 못 했고 지금도 그렇다고 했다. 주영은 폐암 말기라도 자각증세가 없다고 하니 혹시 확진 결과가 안 좋게 나오더라도 절망하지 말고 꼭 이겨내자고 중선의 강한 의지를 촉구했다. 중선도 속마음은 어떨지 안 봐도 알지만 겉으로는 "그렇게 하겠다."고 했다. 주영은 중선이 폐암 확진을 받으면 당장 소방공무원을 그만 두어야할 것으로 생각했다. 아픈 몸으로 현장에 출동해 조금이라도 연기에 노출되면 안 될 것인데 그렇다고 현직을 유지하면서 매번 현장 투입에서 빠지는 특혜를 바랄 수도 없을 거라는 이유에서였다.

주영과 중선에게 일주일은 참으로 긴 시간이었다. 암흑 같은 터널에 들어선 셈인데 이 터널을 빠져 나갈 수 있을지, 언제나 밝은 출구를 만날 수 있을지 알 수 없는 상황에서 일주일의 기다림은 무척 고통스러운 것이었다. 검진 일정과 절차에 따라 혈액 및 MRI 검사를 포함해 몇 가지 정밀검사를 받고 이틀 후 검사결과를 보러 의사를 만났다. 결과는 폐암 2기였고 원인은 꼭 집어 한두 가지로 말할 수 없다고 했다. 직업적으로 개연성은 있지만 현장 투입이 자주 있었던 것도 아니어서 원인을 꼭 현직과 연결시켜 생각할 필요는 없다고 했다. 흡연을 하지 않는 사람이 폐암에 걸리는 사례도 적지 않다고 하면서 기질적으로 폐가 약한 상태에서 스트레스, 위해음식 등 여러 가지 요인이 복합적으로 작용해 세포에 유전변이가 일어나 발암이 될 수도 있다고 했다. 이유가 어떻든 두 사람에게 현실이 되어 버린 '폐암'을 어떻게 받아들일 것인가가 당장에 큰 문제였다. 난치병인 암 선고를 받는다는 것이 어떤 것인지 직접 겪어 보지 않은 사람은 알 수 없다고 생각했다. 중선은 말할 것도 없고 주영에게도 하늘이 무너지는 것과 같은 극도의 절망감과 충격이 이루 말할 수 없이 컸다. 일단 입원을 해서 부분 절제 수술을 할지, 약물치료를 할지 몇 개 과 전문의의 종합적인 검토가 필요하다고 해 오후에 바로 입원을 하게 되었다. 직장에는 일단 연가를 내고 차차 휴직원을 내는 것으로 하고 부모님께는 상황을 알려드렸다. 주영은 엄마에게도 말씀드리고 당분간 중선의 간병에 집중해야 해서 식당일은 고참 아줌마에게 부탁을 했다. 다만 주영이 없는 상태에서는 신막국수는 조리하기 어려워 메뉴판에서 신막국수는 가리도록 했다.

정기사 내외도 충격은 컸지만 아들 내외에게 용기를 주어야 해서 "현대의학이 많이 발전했으니 너끈히 이겨낼 수 있을 것이다."라고 하며 기운을 내라고 했다. 중선은 의료진의 판단에 따라 절제 수술을 받기로 했다. 의료진의 수고와 온 가족의 기도로 수술은 잘 되었다. 회복실을 거쳐 입원실에서 열흘 넘게 병원생활을 하는 동안 부모님, 형제자매들, 친척과 친지, 직장 동기와 선후배 등 정말 많은 사람이 문병을 와 큰 위로가 되었다. 주영은 틈틈이 식당에 나가 문제가 없는지만 봐주고 중선의 회복과 섭생에 주력했다. 퇴원을 하게 되면 공기 좋은 곳에서 섭생을 잘 해야 하는데 지금 살고 있는 본가는 그런 점에서 큰 문제는 없으니 집에서 기거하되 집안에 고무나무, 관엽죽, 산호수, 스킨답서스, 아이비 등 공기정화식물 화분을 미리부터 많이 들여놓아 중선의 방과 마루는 화원을 방불케 했다.

중선은 수술 후 2주간 항생제를 투여하고 퇴원을 해 집에서 식물에 둘러싸여 지내게 되었다. 병원에는 주기적으로 가서 검사를 받고 의사의 지시에 따라 약을 복용했다. 주영에게는 주변에서 폐암에 좋다고 권하는 약재나 건강식품들이 너무 많아서 그중에서 선별해 섭생을 도모하는 것이 하나의 큰 숙제였다. 정기사와 아내도 일단 좋다고 하는 것은 다 모아들여 손질을 해 며느리에게 건넸다. 그중에는 참나무 겨우살이도 있었다. 겨우살이는 펄펄 끓이지 말고 찬물에 우려 마시는 것이 더 약효가 좋다고 해 생수병에 말린 겨우살이를 적당히 넣고 물을 채워 실온에서 우려낸 다음 냉장고에 넣어두고 갈증이 날 때마다 마시게 했다. 인삼을 비롯해 상황버섯, 차가버섯 등 항암약재를 혼합해 달인 차도 주기적으로 마시게 했다. 혹시나 약재를 너무 많이 마시면 독성이 문제될 지도 몰라 완하제(緩下劑)로 쓰는 감초를 매번 차를 달일 때마다 잊지 않고 꼭 넣었다. 또한, 시중에서 파는 볶은 타타리메밀을 사다가 물을 가득 채운 전기포트에 종이컵 반 컵 정도 넣어 끓였다. 후루룩 한번 끓고 나면 컵에 따라 마셨다. 식으면 또 포트 스위치를 올려 끓여 마시기를 반복해 다 마시고 나면 물을 반 포트 가량 한 번 더 붓고 재탕해 마셨다. 재탕한 것까지 다 마시면 먼저 넣은 타타리메밀을 버리지 않고 그 위에 새 메밀을 또 반 컵 정도 더 넣어 같은 방법으로 재탕까지 해 차를 따라 마셨다. 그렇게 대여섯 차례 반복해 차를 마시고 나면 포트 밑에 타타리메밀이 숭늉처럼 쌓이게 되는데 그것을 그릇에 옮겨 한 끼 식사대용으로 먹었다. 메밀꽃차에도 루틴이 396㎎/100g 가량 들어있는데 이 수치는 종자 내 루틴 함량의 23배에 해당하는 것이므로 메밀꽃을 말려 갈무리해 두었다가 두고두고 꽃차를 달여 마셨다. 그렇게 온 식구들이 정성으로 보살피고 투병을 도운 덕으로 중선의 상태는 눈에 띄게 좋아졌다. 본인이 느끼는 컨디션도 그렇고 검사결과도 그랬다. 암 환자들에게는 수술에 따른 체력 저하와 독한 약 때문에 식욕을 잃어 도통 먹지 못하는 것이 큰 문제인데 중선도 수술 후 한동안은 식욕을 잃어 음식을 잘 먹지 못했다. 그래도 가족들의 노력으로 차츰 입맛을 회복해 음식도 잘 먹을 수 있게 되었다. 미세먼지가 없는 날엔 집 주위를 가볍게 산책을 하고 갑갑해 할 때는 주영이 운전을 해서 근교를 다녀오기도 했다. 미희는 오빠의 기분전환을 위해 오디오를 선물해 틈틈이 중선이 좋아하는 음악을 듣게 해 주었다. 큰 누나와 형 내외도 지루하지 않고 건강에 도움이 되는 신작 소설과 건강정보 도서를 사서 보내 주어 독서량도 늘어갔다. 주영이 읽은 책에 대한 독후감을 노트북에 입력해 두었다가 나중에 아들의 독서지도에도 활용하면 좋겠다고 해 중선은 노트북에 '독후감' 폴더도 하나 만들어 두었다. 중선이 휴직을 해 출근을 안 하고 집에서 요양을 하면서 가장 큰 즐거움은 아들과 놀아주는 것이었다. 만 네 살이 되는 아들이 어린이집에 다녀오면 아빠와 친구처럼 놀 수 있어 아들도 신이 난 듯 아빠 곁을 떠나지 않았다.

43

선희는 제14차 세계메밀학회에 참석하기 위해 인도 메갈라야주의 수부 도시인 실롱(Shillong)으로 갔다. 그곳에 있는 노스이스턴 힐 대학(North-Eastern Hill University)에서 6일간 학회 및 필드투어가 계획되어 있었다. 실롱은 스코틀랜드의 고원지대와 놀라울 정도로 닮아 '동양의 스코틀랜드'라고 했다. 세계에서 가장 습한 지역으로 알려져 있는 모신람(Mawsynram)에서 불과 55㎞ 떨어진 곳이었다. 선희는 애초에는 작은올케인 주영과 같이 학회에 참가하려고 했는데 뜻하지 않게 동생이 폐암 투병을 하게 돼 혼자 여행길에 올랐다. 인천공항에서 캘커타(Kolkata)까지는 대한항공으로 가서 거기에서 에어 인디아로 환승해 실롱으로 갔다. 실롱의 구와하티(Guwahati) 공항에 내리니 주최 측에서 대기시켜 놓은 밴(van)으로 안내했다. 비슷한 시간대에 도착한 다른 나라에서 온 참가자들도 밴에 올랐다. 공항에서 실롱까지는 2시간이 걸렸다. 안내자가 차 안에서 실롱시에 대한 소개를 했다. 실롱시는 해발이 1,496미터나 되고 실롱에서 가장 높은 곳은 1,966미터나 되는 고원지대라고 했다. 춘천시 한 가운데 있는 봉의산이 해발 300미터 정도 되니 봉의산 높이의 5배나 되는 고지대임을 알 수 있었다. 실롱은 비가 많이 오고 동굴과 폭포가 많다고 하며 경관이 아름답다고 했다. 특히 인도의 저명한 음악가가 이곳 출신이고 연중 음악행사가 많아 '음악의 수도'라고 했다. 이번 학회는 4일 중 하루는 글림시스

(Glipmses) 지역의 메밀밭 견학을 하고 3일은 회의장에서 심포지엄을 한 후 연이어 이틀 동안은 카지란가(Kaziranga) 국립공원으로 필드투어를 하는 것으로 예정되어 있었다. 미리 예약된 호텔에 여장을 풀고 대학 내에 마련된 회의장으로 가서 등록을 했다. 프로그램과 발표자료집, 기념품, 명찰 등을 받아 주최 측에서 제공한 가방에 넣고 환영만찬장으로 갔다. 한국에서 온 대학교수와 다른 연구소 연구원들도 눈에 띄었다. 모두 세계메밀학회에 단골로 오는 회원들이다. 다른 나라에서 참가하는 교수, 연구원, 기업가들도 모두 매번 오는 사람들이라 이 학회에서는 '세계의 메밀가족'이란 표현을 즐겨 쓴다. 중국 유린시에서 메밀육종워크숍과 음식축제 때 만난 중국인 참가자들과도 반갑게 해후했다. 참가자들과 돌아가며 반갑게 인사를 나누고 한국인 참가자들 틈에 끼어 앉았다. 참석하기로 한 캐나다의 지도교수는 아직 보이지 않았다. 인도의 전통메밀음식을 비롯해 많은 종류의 음식을 배가 부르도록 먹고 숙소로 돌아가 쉬었다. 선희는 첫날 오전에 지도교수와 공동명의로 기조발제 강연을 하고 선희 단독 명의의 포스터 발표도 2건 하게 되어 있었다. 그중 한 건은 주영과 같이 개발한 신막국수에 대한 연구결과를 소개하는 것이다. 지도교수는 전날 비행기 연착으로 도착이 조금

늦어 다음날 아침에 회의장에서 만났다. 이후 기조발제 강연은 지도교수가 하고 선희는 포스터 발표만 했다. 6일간의 학회 참석 기간 동안 메밀연구에 대한 최신 정보를 교환하고 견학을 통해 메밀산업에 대한 현장학습의 기회도 가졌다. 주최 측에서 오후 발표를 비교적 일찍 마치게 해 참가자들은 시내에 있는 박물관을 비롯해 음악회, 전람회 등을 관람하며 인도 북동지역의 문화를 체험하는 좋은 기회가 되기도 했다. 중국처럼 인구와 종족이 많아서인지 문화적 스펙트럼이 중국 못지않게 넓다는 느낌을 받았다. 지도교수가 인도 출신이라 인도문화에 대해 그로부터 많은 정보를 들을 수 있어서 이번 학술여행은 메밀 외에도 얻은 것이 많았다.

선희는 인도에서 사온 선물을 가지고 남편과 함께 본가로 중선을 보러 갔다. 중선은 식성도 좋고 전에 비해 안색도 밝은 게 무척 활기차 보였다. 인도의 아유르베다 의학을 기반으로 한 건강보조식품 몇 가지를 사왔다. 그리고 아유르베다 의학에 대해 동생에게 설명해 주었다.

"아유르베다는 인도에서 기원전 3,000년부터 지금까지 5,000년 동안 이어온 경험의학으로, 현존하는 가장 오래된 경전인 베다(Veda)에 그 기록이 남아있을 정도로 오래된 의학이다. '아유르베다 요법'이란 고대 힌두교의 브라만 경전인

『베다(Veda) 경전』으로부터 전승된 인도의 전통 의학을 말한다. '아유르베다(Ayurveda)'는 인도 아리아계 고대 언어인 산스크리트어(Sanskrit어)로 '의학' 전체를 포괄하는 용어로 알려져 있다. 그 어원에 따르면 'Ayur(생명·수명·장수)'와 'Veda(지식)'가 결합된 합성어로써, '생명 의학', '장수 요법', '삶의 지식' 정도의 의미로 풀이될 수 있다. 기원전 2,500년경부터 힌두교도의 전승 의학으로 출범해 초기에는 주로 치과 및 안과 치료나 정형수술 등의 외과적 의술을 바탕으로 한 민간요법이었으나, 기원전 500년경 이후로 철학 사상과 결합하여 식이요법, 호흡요법, 약물요법, 마사지요법 등을 총체적으로 조합한 전통 의술로 체계화되기 시작했다. 아유르베다 요법에서는 인간을 소우주로 규정하고 에테르(허공), 공기, 불, 물, 흙의 5원소로 구성된다고 파악하며, 태양에 의해 생명력(prana)을 다스린다고 판단한다. 이에 따라 신체를 3원소(공기, 불, 물)의 체질로 구분하고 있으며, 각각의 체질을 온전히 유지하는 것을 장수의 요건으로 삼는다. 즉, '바타(vata)체질'은 공기에 해당하는 풍(風) 기질, '피타(pitta)체질'은 불에 해당하는 담즙 기질, '카파(kapha)체질'은 물에 해당하는 점액 기질이라고 보는 식이다. 쉽게 말해, 아유르베다 요법은 인체의 균형과 정신의 수련을 통해 질병을 치료하는 방식을 주창

하는 것으로 이에 따른 심신의 안정과 조화를 중요시한다. 이로써 건강한 식생활과 꾸준한 운동을 병행하며, 마음을 편안하게 가다듬고, 태양과 공기 등 자연의 기운을 몸소 체험하는 등의 심신 단련법을 수행하게 된다. 예를 들면, 요가(yoga)나 오일풀링(oil-pulling) 등이 대표적인 아유르베다 요법이라고 할 수 있다. 아유르베다는 부작용 없는 대체의학으로 세계보건기구(WHO)에서도 인정을 받았으며, 미국이나 유럽에서는 아유르베다와 현대의학을 접목한 각종 치료법들이 속속 도입되고 있다."

44

정기사는 3년 동안의 성과 및 자체 평가를 바탕으로 이사들의 동의를 얻어 허종삼 이사에게 이사장직을 넘겼다. 허이사의 신임 이사장 취임을 겸해 가족들의 유대를 강화하기 위해 정기사는 전임 이사장의 마지막 행사로 가족야유회를 추진했다. 그동안 이사들끼리는 일을 하면서 좋은 관계를 유지해 왔으나 가족들은 서로 모르고 지내온 것이 정기사는 늘 마음에 걸렸다. 그 사이 허이사는 은경과의 사이에서 아들도 낳아 식구가 늘었다. 새 이사장의 임기가 시작되기 전 어느 여름 날, 작업이 뜸한 시기를 틈타 하루 가까운 섬강으로 천렵을 갔다. 어른들은 낚시도 하고 아이들은 튜브를 타고 물놀이를 하며 놀았다. 여자들은 천막 아래에서 담소를 즐겼다. 정기사도 서툴기는 하지만 견지낚시를 하고 있는데 갑자기 아이들의 외침이 들렸다. 돌아다보니 은경의 딸이 탄 튜브가 하류 쪽으로 떠내려가고 있었다. 주변에 어른들은 아이들과 좀 떨어진 곳에서 낚시를 하고 있었고 정기사가 떠내려가는 튜브와 가장 가까이에 있었다. 다급한 나머지 정기사가 물에 뛰어 들어 튜브를 향해 헤엄쳐 갔다. 튜브는 수심이 깊은 강 한가운데 접어들어 하류로 떠내려갔다. 정기사는 나이가 나이인 만큼 힘이 부치는 것을 느꼈지만 중도에 포기할 수가 없었다. 가까스로 아이가 탄 튜브를 잡아 강물 밖으로 밀어내고 힘이 빠져 그만 물웅덩이에 빠지고 말았다. 웅덩이가 얼마나 깊은지 아무리 기를 쓰고 몸을 일으켜 헤엄을 쳐보려고 해도 몸은 점점 더 바닥으로 가라앉았다. 결국 물도 많이 먹고 의식을 잃었다. 뒤늦게 사고가 난 것을 알고 이사들이 현장으로 몰려와 아이가 탄 튜브는 건져 내어 아이는 무사했으나 정기사는 이미 숨을 거둔 뒤였다. 정기사를 건져 내 물 밖으로 옮긴 후 인공호흡을 하는 등 백방으로 애를 써보고 119에 신고해 구급차가 와 병원으로 이송하면서 차 안에서도 응급구조사가 계속 구명(救命)을 시도해 보았으나 소용이 없었다. 정기사의 아내는 말할 것도 없고 이사들 가족 모두 충격과 슬픔이 이루 말할 수 없었다. 은경과 허이사는 딸을 제대로 돌보지 못해 정기사가 제 딸을 구하고 돌아가셔서 몸 둘 바를 몰랐다. 정기사의 아내는 실신을 해 병원으로 실려 갔고 청천벽력과 같은 비보를 전해들은 자식들이 병원 응급실로 달려와 오열했다. 은경은 두 번씩 자신을 위기에서 구해 주고 가신 정기사의 영정 앞에 엎드려 통곡을 했다. 허이사도 아버지 같은 부정을 느끼던 정기사를 여의게 되어 죄책감에 어찌할 바를 몰랐다. 오봉태와 다른 이사들도 얼마나 상심이 크고 허망했던지 연실 소주만 들이켰다. 정기사의 나이 향년 69세. 젊다면 젊은 나이인데, 할 일도 많은데 아까운 사람이 먼저 갔다고 정기사의 친구들도 애통해 했다. 자식들도 모두 슬픔이 컸지만 특히 폐암이 걸려 아버지에게 걱정만 끼친 중선과 미혼인 막내딸 미희는 아버지에게 "죄송하다."고 하며 "이제 저희들 걱정은 하지 마시고 편히 쉬시라."고 절규하며 애도했다. 주영은 은경이 딸 간수를 하지 못한 데 대한 원망이 컸지만 평소의 시아버지 성품으로 보아 원망을 내려놓기로 했다. 은경의 재혼도 시아버지가 성사를 시키셨으니 마지막 가는 길에 은경의 가족을 지켜주신 것을 다행으로 여기실 것 같았다. 자기가 은경을 원망하고 미워하면 시아버지가 편히 영면하지 못하실 것 같아 자기도 은경이의 축복을 빌어주겠다고 다짐했다.

아버지의 장례를 치르는 동안 주영은 신막국수 개발에 대한 공로로 신지식인에 선정되었다는 통보를 받게 되었다. 삼우제날 형제들은 할아버지, 할머니와 아버지를 모신 추모공원을 찾아 제(祭)를 지내고 아버지께 보여드리지 못한 주영의 '신지식인인증서'를 제단에 올려놓고 아버지의 은덕임을 감사했다. 인증서에는 "귀하는 21세기 지식정보사회에 부응하는 새로운 인간상을 정립하고 다양한 지식정보의 공유를 통하여 생산력 향상 및 국가경쟁력 강화에 기여함으로 자랑스러운 신지식인으로 선정되었음을 인증합니다."라고 적혀 있었다.

주영은 졸지에 지아비를 잃고 상심이 큰 시어머니와 호전되던 병세가 아버지 상(喪)으로 다시 나빠지지나 않을까 염려되는 남편을 위해 신경을 많이 썼다. 사업을 확대하려는 계획도 당분간 보류하고 낮에도 집에 있는 시간을 늘려 자칫 썰렁해지기 쉬운 집안 분위기를 다잡으려고 애를 썼다. 시어머니가 "가게에 안 나가봐도 되느냐?"고 걱정스럽게 말씀하서도 "걱정하지 마세요. 아줌마들이 잘 하고 있어요." 하며 안심을 시켜드렸다. 사실 신막국수만 아니면 주영이 가게를 비워도 이상 없이 잘 돌아가는 것은 중선이 입원했을 때부터 잘 훈련이 된 셈이었다. 아무리 사업도 중요하다고 하지만 '사람의 도리'를 앞설 수 없다고 생각한 주영은 막국수에 대한 사랑과 열정도 시아버지의 유산이라고 생각되어 시어머니와 함께 집에서 시아버지가 쓰시던 물건을 할머니가 쓰시던 방에 모아 놓았다. 모아 놓고 보니 메밀과 막국수에 관해 공부하던 책과 자료, 딸의 박사학위 논문과 기타 메밀연구논문. 나무국수틀과 공이, 맷돌, 어레미, 노모가 쓰시던 소당과 주걱, 조합 관련 서류들, 메밀 재배와 수확 작업을 하면서 찍은 사진들, 아버지가 다녀본 막국숫집들의 홍보 전단지, 할아버지로부터 물려받아 쓰던 구두주걱 등 꽤 많은 유물들이 방 안 가득 쌓였다. 시아버지의 영정을 가운데에 놓고 유물들을 보기 좋게 배치해 마치 작은 기념관처럼 꾸며 놓았다. 시어머니도 흡족해 하시며 가끔 방에 들어와 남편의 손때가 묻은 유물들을 만지며 추모의 정을 마음속 깊이 되새겼다.

선희는 한동안 아버지를 여읜 슬픔과 충격에서 벗어나지 못해 일이 손에 잡히지가 않았다. 아버지에 대한 그리움에 사무칠 때면 남편이 운전을 해 집에 와서 올케가 꾸며 놓은 '아버지방(기념관을 '아버지방'으로 부르게 되었음)'에서 아버지와 놀다(?) 가곤 했다. 아버지의 유물을 접할 때마다 자기가 농대를 가게 된 것도, 연구원이 되어 메밀연구에 집중하게 된 것도 아버지의 '막국수 사랑'이 계기가 된 것임을 확인할 수 있었다. 상섭도 '아버지방'에서 장인의 메밀과 막국수에 대한 남다른 열정이 느껴져 존경심이 우러났다. 사람이 꼭 무슨 타이틀을 가져야만 전문가가 되는 것은 아니라는 생각이 들었다. 장인어른처럼 젊은 시절의 직업과 무관했어도, 메밀농사를 짓는 농부였어도 한 가지에 무한한 애정을 가지고 꾸준히 노력을 하면 누구나 전문가가 될 수 있다는 것을 느꼈다. 요즘 하는 말로 광적(열광)이라는 의미의 '마니아(mania)'가 그런 것이고 장인어른은 '막국수 마니아의 표본'이었다는 생각을 하게 되었다. 장인이 생전에 강조하셨던 '생활 속의 위인'이란 그런 것이라는 생각이 들었다. 메밀박사를 아내로 둔 자신은 과연 그럴 수 있을까 생각하니 근처에도 못 갈 것 같아 자괴감이 들기도 했다.

'아버지방'을 나온 선희는 주영과 장시간 깊은 얘기를 나누었다. 신막국수를 혼자서 등에 지고 갈 것이 아니라 어차피 원천기술은 특허가 나 있으니 뜻있는 사람들과 같이 키워보자는 데 의견이 모아졌다. 선희는 막국수의 명품화를 위해 조직적이고 집단적인 노력을 하고 있는 춘천막국수협의회와 공조를 해볼 것을 주영에게 제안을 했다. 그 방법의 하나로 일단 춘천에 '주영막국수' 분점을 내볼 것을 제안했다. 남편도 지금 추진 중인 레고랜드가 개장되면 관광객을 중심으로 유동인구가 많아질 것이니 레고랜드 가까이에 분점을 내어 신막국수를 특화하면 괜찮을 것 같다고 했다. 춘천막국수협의회 회원 중에서도 원하는 집에서는 레시피를 공유할 수 있게 하면 신막국수가 빠르게 확산될 수 있을 것으로 전망했다. 남편이 그렇게 거들고 나서자 선희가 불쑥 긴급 제안을 했다.

"당신이 맡아서 분점을 해보는 게 어때요?"

"내가?"

"예, 당신이 정년도 얼마 안 남았으니 조금 일찍 명예퇴직을 하고 춘천에다 '주영막국수 춘천점'을 내 봅시다."

"명퇴는 할 수 있지만 내가 막국숫집을 해낼 수 있을까?"

"정말 고모부가 하시면 좋겠네요. 잘 하실 수 있을 거예요. 옆에 형님도 계시고 저도 있으니까 그렇게 한번 해 보시지요?"

주영도 쌍수를 들고 환영했다. 옆에서 듣고 있던 중선도 매형이 잘 하실 것이라고 부추겼다. 선희는 자기보다 아홉 살 연상인 남편이 5년 후면 정년퇴직이라 퇴직 이후의 삶을 준비할 때가 되었다고 생각하고 있었다. 4, 5년 전부터 준비를 해서 퇴직하자마자 바로 새로운 일을 하며 제2의 삶을 무난히 살아가는 사람들을 보면서 남편도 그랬으면 했던 것이다. 농업기술원의 전임연구원들 중에도 그런 분이 여럿 있어서 그 분들의 새 일터에 가보기도 했었다. 농업연구를 하시던 분들이라 주로 농장을 가꾸는 것이기는 했지만 퇴임 직후 시간적으로나 심리적으로 큰 공백 없이 농장으로 출퇴근하며 생활의 리듬과 활력을 유지하는 모습들이 보기가 좋았다. 가끔 사모님들도 대동하며 같은 일을 하면서 부부 사이도 더 애틋해진다고 하는 분도 있었다. 남편이 서서히 퇴직을 준비할 때는 되었지만 아직 구체적으로 생각해 보지 않아 갑작스런 제안에 금방 결정을 하기 어려울 것이라고 생각한 선희는 차차 결정을 하기로 하고 일단 올케가 춘천에 와서 춘천막국수협의회 사람들부터 만나보는 게 좋겠다고 해서 주영도 그렇게 하기로 했다. 주영도 '막국수의 고장'인 춘천에 자기 브랜드를 가지고 진입한다는 것에 묘한 승부욕을 느꼈다. 전통막국수와 신막국수의 한판 승부가 될지, 두 가지의 멋진 조화가 될지 결과가 궁금했다. 후자가 되기를 바라지만 소비자의 반응은 예단하기 어려우니 신막국수의 완패로 끝날지도 모른다는 생각도 미리 선택지에 넣어 두는 게 맞는 것도 같았다. 선희는 주영에게 시간이 정해지면 연락을 하라고 하고 남편의 차에 올라 집으로 향했다. 중앙고속도로를 달리며 남편이 '주영막국수'를 배우러 이 길을 자주 오가게 될 것 같은 예감에 벌써부터 마음이 들뜨는 기분이었다. 남편도 같은 생각인지 밝은 표정으로 가끔 제한속도를 오버하며 가속페달을 밟았다. 오디오의 클래식 채널에서는 베토벤의 '운명'이 흘러나오고 있었다.

45

집에 도착한 상섭은 막국숫집을 개업할 생각을 하니 견문을 좀 더 넓힐 필요를 느꼈다. 이튿날, 고향에서 막국수 음식점을 하고 있는 친구를 찾아갔다. 그곳은 양구 동면에 있는 '광치막국수'였다. 25년 전에 친구의 부모님이 개업을 하였으나 십여 년 전부터 친구가 낙향해 가업을 이어가는 중이었다. 위치가 인제로 향하는 광치령 입구여서 동해안으로 가는 관광객들이 우회해 이 길을 가면서 자주 들르는 집이다. 근처에 광치령휴양림도 있다. 게다가 주변에 군부대가 많아 군인 가족과 군복무 중인 자녀를 면회 온 외지 손님들이 많이 찾아오기도 한다. 그래서 양구에서는 꽤 알려진 막국숫집이다. 제대한 군인들이 사회에 나가 이 지역의 맛집으로 주변에 소개한 것도 광치막국수가 전국적으로 알려지는 데 한몫을 했다. 특히 민들레전과 편육 맛이 좋고 김치도 맛이 있는 것으로 정평이 나 있다. 막국수는 순메밀은 아니었으나 동치미국물과 사골육수에 매실청과 과일로 단맛을 내어 재료의 조합으로 빚어낸 묘한 맛이 입맛을 돋우는 것으로 알려져 있다. 상섭은 공직 생활 초반에 양구군청에 잠시 근무를 했는데 그때도 가끔 왔었고 그 후로도 고향에 올 때면 부모님을 모시고 종종 들렀었다. 상섭은 친구가 차려준 음식을 골고루 맛보며 고객이 아닌 경영자의 입장에서 원료를 비롯해 조리와 경영에 대해 의견을 나누었다. 상섭이 막국숫집을 경영하게 되면 도움이 될 만한 얘기를 많이 들었다. 친구도 상섭에게 개업을 적극 권유하며 도움을 약속했다. 친구는 조리법과 맛은 가급적 고유의 옛 맛을 고수하는 입장이었다. 그러나 경영은 관내 관광명소와 특산자원을 연계하는 구상을 가지고 단계적으로 실천하고 있다고 했다. 양구에는 박수근미술관, 웅진리 방짜 놋그릇, 도사리 백토와 양구백자박물관, 후

곡약수, 해안의 제4땅굴과 펀치볼마을, 대암산 고층습원, 두타연과 직연폭포, 한반도섬, 양구생태식물원, 국토정중앙천문대, 인문학박물관 등 가볼 만한 곳이 많다. 그러한 관광코스를 지역과 거리, 분야와 성격 등을 고려해 권역을 나누고 권역별 코스에 안내원을 배치해 '광치 700' 계획을 시행하는 원대한 목표를 가지고 있었다. '광치 700'이란 관광지에서 광치안내원으로부터 '광치 700' 쿠폰을 받아 광치막국수에 와서 음식을 먹고 계산을 하면 지급한 금액 중에서 쿠폰 한 장당 700원씩을 국내·외의 이웃돕기성금으로 적립하는 계획이다. 광치막국수를 먹고 이웃돕기도 실천하는 것이다. 회수된 쿠폰 매수만큼의 금액이 군청의 이웃돕기은행(굿네이벌스뱅크, Good Navel's〈배꼽〉 Bank= GNB)에 입금되도록 한 시스템을 마련하고자 관계 기관과 협의 중이라고 했다. 상섭은 친구의 아이디어에 공감하며 찬사를 보냈다. 자기도 개업을 하면 도입을 해볼 만하다고 생각했다. 친구가 양구의 지역적 상징인 '배꼽'의 이미지를 지리적 정중앙의 의미에 국한하지 않고 휴머니즘적 의미로 확대, 해석해 양구를 '인류애 실현의 중심지'로 이끌려는 노력을 하고 있다는 사실에 상섭은 충격적이라 할 만큼 큰 감동을 받았다. '광치(廣峙)'가 '넓은 언덕' 또는 '넓게 우뚝하다'는 의미로 해석할 수 있으니 '광치막국수'의 '광치 700'은 휴머니즘을 '넓게 우뚝 세운다'는 의미가 될 것도 같았다. 그래서 친구의 '광치 700' 계획은 더욱 의미가 크게 느껴졌다. 친구의 그렇게 깊고 따뜻한 심성과 경영 철학을 진즉에 몰랐던 자신이 부끄러웠고 돌연 자신 앞에 '큰 바위 얼굴'로 우뚝 선 친구에게 존경심을 느꼈다. 친구와 같은 군민이 한마음으로 뜻을 모으면 양구는 그야말로 '지구상에 휴머니즘의 정중앙'이 될 수 있을 것이라는 확신이 들었다. 그런 고향과 그런 친구가 상섭에겐 애향심과 자부심의 뿌리가 되기에 충분하다는 생각을 하면서 친구와 헤어져 춘천으로 돌아왔다. 귀로에 박수근미술관을 지나면서 박수근 화백이 그의 예술혼과 작품으로 양구의 '살아있는' 문화 유산이 되고 있다면 앞으로 친구는 '광치막국수'로 양구에 또 하나의 산업 자산이자 정신 유산으로 자리 매김하며 양구 발전에 크게 기여할 것이라는 믿음을 갖게 되었다.

양구 읍내를 벗어나 남면을 지나면서 '딴봉리'라고도 불리는 대월2리에 이르러 잠깐 차를 세우고 재건중학교가 있던 자리를 둘러보았다. 그곳에는 비닐하우스가 여러 동 있었고 안에는 민들레가 심어져 있었다. 재건중학교는 '인간상록수'로 선정된 주교장선생님이라고 하는 분이 대학을 나오자마자 고향으로 돌아와 세운, 이른바 '야학'이었다. 그때만 해도 주변에는 가정형편으로 정규학교를 다니지 못하는 학생과 문해교육을 필요로 하는 어르신들이 꽤 있었다. 주교장은 그들을 모아 가르치며 농촌계몽운동을 했었다. 주변에 있는 군부대에서 대학을 다니다 온 병사들의 지원을 받아 과목별로 약간 명의 선생님을 확보했다. 선희의 동아리 지도교수가 주교장과 친구여서 지도교수의 추천으로 선희는 동아리 회원들과 함께 이곳에 농촌봉사활동(농활)을 왔었다. 낮에는 농가에 나가 부족한 일손을 돕고 운동장이 없던 학교에 주교장이 개인 땅을 희사해 운동장을 만드는 작업도 했다. 마땅한 장비가 없어서 학생들과 농활팀원들이 삽으로 땅을 파고 고르는 일을 했다. 저녁에는 인근의 군부대를 방문해 농활팀원들의 장기로 작은 음악회를 열어 위문공연을 하기도 했다. 그때 선희는 평소에 조금씩 배워둔 통기타로 포크송 몇 곡을 불렀다. 찾아간 부대 중에는 예비군을 관리하는 부대가 있었고 그때 상섭은 집에서 출퇴근을 하며 그 부대에서 방위 근무를 하는 중이었다. 저녁에 농활팀의 부대방문이 있다고 해서 퇴근을 미루고 호기심에 들떠 대학생들과 어울렸다. 그때 노래를 부르는 일학년 여학생 선희를 보았다. 상섭은 첫눈에 선희에게 반했다. 노래도 좋았지만 예쁘고 선한 인상에 마음이 끌렸다. 그날 이후로 상섭은 매일같이 퇴근을 하면 곧장 재건학교로 와 농활팀의 야간 일과에 합류했다. 농활팀이 돌아갈 때까지 일주일을 하루도 빠지지 않고 마치 대학생 농활팀원이기라도 한 것처럼 스스럼없이 행동하며 선희와 가까워지려고 무진 애를 썼다. 농활팀의 복귀로 선희와 어쩔 수 없이 헤어지고 난 뒤에도 선희의 연락처를 알아낸 상섭은 편지와 전화 공세를 퍼부었다. 마침내 선희도 상섭의 마음을 받아들여줘 서로 교제를 하게 되었고 8년의 연애 끝에 결혼에 성공을 했었다.

아내 선희가 차려준 저녁밥을 먹으며 상섭은 피곤했던지 꾸벅꾸벅 졸았다. 하지만 막상 방에 들어가 침대에 누우니 신념에 찬 친구의 모습이 떠올라 잠이 오지 않았다. 문득 "막국수를 우습게보면 안 되겠구나!" 하는 생각이 들었다. 친구에게 전화를 걸어 "덕분에 잘 왔고 고마웠다."고 하는 인사를 했다. 궁금해 하는 아내에게 낮에 친구를 만나고 온 얘기를 소상하게 들려주었다. 아내도 "'광치'가 그런 뜻인지 미처 몰랐다."고 하며 공감을 했다. 그리고 상섭이 고향에서 가져온 곰취차를 끓여내 마시며 '주영 700'에 대한 밑그림도 부부가 합심해 그려 보았다.

    주영은 시누이 선희로부터 춘천으로 오라는 전갈을 받았다. 선희가 춘천막국수협의회 임원들과의 만남을 주선해 놓았다. 협의회사무실은 의암호가 잘 내다보이는 호숫가 한 건물의 2층이었다. 시누이의 새 아파트 집들이 때 베란다에서 내려다본 소양강처녀상이 바로 눈앞에 보였다. 날씨가 청명하여 처녀상 뒤로 넓게 펼쳐진 물결 위로 금방이라도 구름이 내려앉을 것만 같았다. 춘천이 참 아름답다는 느낌과 춘천에 살고 싶다는 느낌이 동시에 들었다. 사무실에는 선희가 먼저 와 협의회 임원들과 책을 놓고 대화를 나누고 있었다. 연회색의 표지에 '춘천막국수'라고 제목이 쓰인 책이었다. 선희는 석사 지도교수가 최근에 펴낸 책인데 '춘천막국수'라는 타이틀로는 처음 발간된 것이라고 했다. 주영은 협의회 임원들과 인사를 나누고 전망이 좋은 자리에 앉았다.

    "춘천막국수 역사가 적어도 수십 년은 되었을 텐데 책이 없었나 보지요?"

    주영은 '춘천막국수' 책이 처음이라는 선희의 말이 믿기지 않는다는 듯이 물었다.

    "논문이나 브로슈어 형태의 자료는 간간이 볼 수 있었지만 이렇게 '춘천막국수'를 종합적으로 정리한 책은 처음이지요."

임원 한 사람이 대답했다.

"지도교수인 박대석 교수가 메밀연구를 하면서 '메밀' 책은 여러 권 내셨는데 곧 정년을 앞두고 이번에 '춘천막국수' 책을 내셨지."

선희가 보충 설명을 했다.

"오늘 주영막국수 대표님께서 하실 말씀이 있다고요?"

협의회 대표가 본론을 채근하듯 말문을 열었다.

"예, 제가 시누이와 같이 개발한 '신막국수'를 소개해 드리고 몇 가지 사업 구상을 제안할까 합니다."

주영은 지참한 데이터 파일을 펴놓고 신막국수에 대해 자세하게 설명을 했다. 사진도 보여주며 형태와 색상이 실감나게 해주고 맛에 대해서도 설명을 했다.

"아직 맛은 보지 못했지만 겉으로 보아도 좋아 보이네요. 데이터도 그렇고. 그런데 특허기술을 조건 없이 공유할 수는 없을 텐데 조건을 말씀해 보시지요?"

협의회 대표가 말했다.

"저는 조건을 걸고 싶지 않고 무상으로 공유할 의향도 있지만 시누이네 기관 이름으로 특허가 등록된 것이어서 소정의 기술이전료만 부담하면 됩니다."

"무슨 말씀인지 잘 알겠습니다. 기술원의 기술이전 조건과 우리 회원들의 의견을 들어보고 결정하도록 하지요. 결정하게 되면 한 번 더 오시거나 아니면 주영막국수에서 '신막국수 제조기술'에 대한 설명회를 한번 해 주시지요?"

"예. 그렇게 하지요."

"그런데 또 다른 사업 구상이 있다고 했는데 말씀해 보시지요?"

다른 임원이 물었다. 주영은 찻잔에 남은 메밀차를 마저 마시고 답변을 이어갔다.

"시누이로부터 협의회가 춘천막국수의 명품화를 위해 20년 이상 노력을 해 온 것으로 들었습니다. 타지에서 개별적으로 막국수업을 하는 입장에서는 참 부럽더군요. 그래서 생각해 본 것을 말씀드리겠습니다."

주영은 시누이에게도 말하지 않았던 혼자만의 구상을 소상하게 설명을 했다. 주영이 말한 아이디어를 보고서 형식으로 재구성하면 이렇다.

사업제목: 춘천막국수테마파크 조성
장소: 구 캠페이지

대상: 시민 및 관광객(특히 레고랜드 관광객)의 개인 및 가족 단위 참여

주개념: 막국수를 활용한 놀이와 힐링테라피

내용 및 방법: 상설 부스를 이용한 코스별 활동(예시)

코스 1(퀴즈관) - 모니터로 막국수에 관한 질문에 대한 답을 하게 하여 일정 점수 이상 맞추면 다음 코스로 이동. 점수 미달 시 퇴장

코스 2(그림관) - 주어진 다양한 막국수 밑그림에 색칠하기(컬러링). 완성하면 스탬프 받고 다음 코스로 이동, 컬러링을 위한 막국수 밑그림 그리기 등

코스 3(영상관) - 안경을 쓰고 3D로 제작된 막국수 조리 전 과정(과거 및 현재) 관람하기, 관람 후 소감 쓰기 등

코스 4(쉐프관) - 주방 그림을 배경으로 쉐프 복장을 하고 사진 찍기. '내가 쉐프라면' 카드(막국수 조리 아이디어 내기) 작성하기 등

코스 5(제분관) - 맷돌과 어레미로 메밀가루 제분 체험하기, 현미경으로 껍질가루와 메밀가루 입자 관찰하기, 관찰결과 그림보고서 작성하기 등

코스 6(제면관) - 메밀가루 반죽 체험하기(손반죽, 기

계반죽), 도우 빚기 체험, 밀대 체험, 국수틀로 압출면 제면 체험, 메밀칼국수면(선절면) 체험, 면 굵기에 따른 인장강도 실험 및 현미경으로 국수가락 단면 관찰하기, 관찰결과 그림 보고서 작성하기 등

코스 7(스파이스테라피관) - 양념과 고명의 종류별 특성 이해하기, 양념 만들기, 양념과 고명의 힐링 효능 이해하기(카드짝짓기 게임) 등

코스 8(게임관) - 국수가락 끊기, 반죽으로 다양한 모형 찍어내기, 막국수 인형 뽑기 등 막국수를 주제로 한 다양한 게임 개발 및 진행

코스 9(캐릭터관) - 막국수 캐릭터 그리기, 막국수 스탬프 찍기, 양념 채소 씨앗으로 모자이크 공예품 만들기 등

코스 10(기념품관) - 캐릭터 상품, 그림엽서, 농산품과 공예품 등 특산기념품 판매

"좋은 생각입니다. 춘천에는 막국수체험박물관이 있어서 방문객이 직접 막국수를 뽑아 조리해 먹지요. 테마파크에서는 조리체험과 시식은 하지 않나요?"

주영의 제안 설명을 듣고 난 임원 한 사람이 물었다.

"여건만 되면 할 수도 있겠지만 수도설치 문제도 있을 것 같아 제 설명에는 그 부분을 빼고 면의 성질에 대한 체험만 하는 것으로 생각한 겁니다."

주영은 테마파크에서는 조리만 빼고 면과 양념 등 막국수 재료의 성질을 직접 경험하는 것이라고 했다. 미팅에 참석한 사람들은 아이디어를 잘 내면 테마파크가 기존의 조리 및 시식 중심의 막국수체험박물관에서의 체험과는 차별화된 공간이 될 수 있을 것이라는 데 공감하며 협의회 차원에서 검토를 해보겠다고 하고 미팅을 마무리했다. 미팅을 마친 주영은 오래간만에 시누이와 공지천 이디오피아의 집까지 제방길을 걸었다. 제방길은 우레탄으로 포장돼 푹신한 느낌이 들었다. 의암호에서 불어오는 습한 바람이 머릿결을 스치며 상쾌함을 느끼게 했다. 공지천이 가까워오자 호수에는 오리배가 여러 척 떠있었고 그 안에는 젊은 연인들이 나란히 앉아 발로 노를 젓고 있었다. 주영은 그런 광경을 보는 순간 배에서 막국수를 먹는 장면을 상상했다. '얼음그릇에 막국수를 담아 연인과 함께 배를 타고 즐기는 막국수!' 참 근사하겠다는 생각이 들어 시누이에게 넌지시 말했다. 시누이도 참 좋은 생각이라며 남편이 호숫가에서 막국숫집을 하게 되면 해볼 만한 아이템이라고 맞장구를 쳤다. 또한 그 순간 선희는 언젠가 일본 가고시마에 출장을 가서 테이블에 연해 길게 경사진 물길을 만들어 놓고 흐르는 물에 국수를 띄워 손님들이 건져 먹게 하는 곳에 가서 국수를 먹었던 기억이 떠올랐다. 물의 도시인 춘천에서 그런 '유수(流水)막국수'도 어울릴 것 같아 한번 시도를 해보면 좋겠다는 생각도 들었다.

47

중선은 병세가 많이 호전되어 일 년을 휴직하고 난 끝에 복직을 했다. 직장에서도 사정을 감안해 비교적 신체적 부담이 적은 부서에서 근무하도록 배려해 주었다. 주영이 남편의 건강을 돌보느라 아무래도 예전만큼 막국숫집 경영에는 신경을 못 쓰게 되자 직장상사의 소개로 만난 남자와 결혼을 하면서 회사를 그만 두게 된 미영이 마침 신랑의 직장이 있는 원주로 이사를 오게 돼 언니네 가게를 도왔다. 친정엄마도 계시는 데서 언니와 형부를 돕게 된 미영은 내 집 같은 느낌으로 금세 막국숫집 일을 익혀서 언니의 빈자리를 메울 수 있었다. 동생 덕분에 여력이 생긴 주영은 춘천에서 시누이 남편이 개업 준비를 하고 있는 '주영막국수' 분점을 위해 동분서주했다. 주영이 춘천막국수협의회에 제안한 사업들이 지지부진하면 주영막국수 분점을 통해 주영이 직접 시도해 볼 생각도 있는데 선희도 같은 생각이어서 개업할 위치와 장소를 정하는 일부터 신중을 기해야 했다. 그런데 적지 선정은 쉬운 일이 아니었다. 마음에 드는 곳은 비용 부담이 컸고 가격대가 어지간한 곳은 위치와 면적에 아쉬움이 커 결정을 할 수가 없었다. 시누이 남편이 명퇴를 하려고 하는 시점까지는 좀 시간적인 여유가 있어서 장소 물색에 더 시간을 투자하기로 하고 부동산에 당부를 해두었다. 그 사이에 시누이의 아들은 캐나다에서 고등학교를 졸업하고 대학에 진학을 하게 돼 시누이 내외가 아들의 고교 졸업식에 다녀오기도 했다. 주영의 아들도 초등학교에 들어가 벌써 2학년이 되었다.

주영은 아이들 크는 걸 보면 세월이 어떻게나 빨리 지나가는지 모를 정도다. 시어머니도 바쁜 제 엄마 대신 손자를 돌보느라 남편의 빈자리로 인한 허전함을 그나마 달랠 수 있었다. 아들을 간병하느라 신경을 쓰게 된 것도 남편을 잃은 상심에 빠져 지낼 수만은 없었던 이유이기도 했다. 그래도 큰방에서 밤에 혼자 잠자리에 들 때는 외로움과 그리움으로 눈물을 지을 때가 많았다. 금방이라도 "마누라!" 하며 옆구리를 간질이다 육중한 몸을 덮칠 것만 같은 남편의 환상을 떨치느라 잠을 설칠 때도 많았다. 제 속으로 난 자식이 다섯이나 있어도, 자식들이 속 안 썩이고 다들 잘 살아주고 있어도 자식은 자식일 뿐 어느 한 순간이라도 남편의 그림자조차 될 수 없었다. 바가지를 긁고 잔소리를 해대는 자기에게 버럭 화를 내는 남편이 야속했지만 지금은 그런 남편이라도 살아서 곁에 있었으면 좋겠다는 느낌이 하루에도 수십 번 들었다. 시어머니가 남편을 여의고 30년을 홀로 지내시다가 돌아가셨는데 자기도 그렇게 되어 자식들에게 짐이 되지는 않을까 염려도 되었다. 가끔 남편의 유품을 모아놓은 '아버지방'에 들어가 그의 체취를 느끼며 40년 가까이 살을 섞고 산 추억을 더듬을 때는 *"왜 먼저 갔느냐?"*고 원망을 하다가도 *"중선을 살려내라!"*고 주문하기도 했다.

주영은 혼자 살아가는 양가 어머니를 번갈아 챙기는데 세심하게 신경을 썼다. 노인일수록 근육 감소를 예방해야 한다며 일주일에 한 번씩 마을의 건강관리실로 시어머니를 모시고 가서 같이 운동을 하고 왔다. 마을의 크고 작은 행사 때 마을회관에서 음식을 해 나눠 먹는 일에도 시어머니를 모시고 빠지지 않고 참여한 주영은 주방에서 음식을 조리하고 설거지하는 일을 거들었다. 그런 주영을 마을사람들도 따뜻하게 대해 주고 효성이 지극하다고 칭송이 자자했다. 마을사람들도 중선의 투병 소식을 듣고는 암에 좋다는 약재들을 구해다 주기도 했다. 주영은 남편의 고향이 제 고향보다도 주민들 사이에 온정과 화기가 넘쳐서 좋았다. 읍 단위의 도회지에서도 쉽지 않은 일인데 '대동(大同)'이 잘 되는 마을이라 다들 자부심도 강했다. 매년 추수가 끝나고 마을의 연말 주민총회와 같은 '대동회'는 주민들이 거의 빠짐없이 참석해 음식을 나눠먹으며 잔칫집 같은 분위기다. 저녁에는 노래방기기로 주민노래자랑도 하는데 주영이 나가 상을 탄 적도 있었다. 정월 대보름날에는 마을회관에 모여 척사대회(윷놀이)를 하는데 푸짐한 상품을 내걸고 하루 종일 먹고 마시며 윷놀이를 즐긴다. 그때마다 주영은 상당한 금액의 상품도 내놓곤 했다. 가게 뒷방에 기거하는 친정엄마한테는 큰 도움을 받으면서도 잘 해드리지 못해 늘 죄송한 마음뿐이었다. 중선이 주영의 그런 마음을 헤아려 어머니께 건의해 장모님도 집에서 같이 모시자고 했으나 장모가 한사코 사양을 했다. 주영은 친정엄마의 기력도 예전 같지 않아 걱정이 많았는데 평소 엄마를 자기가 모시겠다고 큰소리를 쳤던 미영이 제부에게 간청해 엄마를 모시게 되어서 한시름 놓게 되었다. 대신 주영은 동생이 평수가 넓은 아파트로 옮기는 데 도움을 주었다. 엄마도 처음에는 사위에게 부담을 주는 게 싫다고 고사하시다가 조실부모한 사위의 진심을 알게 돼 그렇게 하기로 했다. 미영이 엄마의 전 부치는 기술을 잘 배워 엄마는 더 이상 가게에 나오시지 않게 된 것도 주영에게는 잘 된 일이었다. 제 가게처럼 가게를 잘 이끌어 주고 있는데다가 엄마도 모시게 된 미영이 주영에게는 마치 수호천사와 같았다. 중선도 처제와 동서의 마음씀씀이가 고마워 미영에 대한 주영의 지원을 전적으로 지지했다. 그리고 어느 일요일, 중선은 한 달에 한 번 가게를 쉬는 날을 틈타 처제와 동서를 시내에서 꽤 큰 일식집으로 불러 저녁을 샀다.

"동서! 정말 고마워! 장모님을 내가 모시려고 했는데……"

"형님! 무슨 말씀이세요. 저도 자식인데요."

"그래도 신혼이나 마찬가지인데 어른 모시고 산다는 게 쉬운 일이 아니지."

"저희가 되레 장모님한테 도움을 받는 게 더 많지요."

"그건 나도 잘 아네. 장모님이 가게에서도 한 시도 가만히 계시지를 못하셨지."

"정말이세요. 우리집에 한번 와보세요. 장모님 덕분에 우리 집은 드라마에 나오는 집 같아요. 퇴근해서 깔끔하게 정돈된 집에 들어서는 기분이 참 좋습니다."

"그런 점도 좋겠지만 처제가 가게에 나가 있는 시간이 많아 집에 혼자 있으려면 적적할 텐데 장모님이 계시면 좀 덜 할 수도 있겠지."

"예, 맞는 말씀이세요. 제가 겪어보니 정말 그렇더라고요."

"그렇게 생각해주니 장모님도, 우리 모두도 안도하게 되네. 고맙네."

"형부! 주문 안 하고 계속 얘기만 할 거예요?"

처제의 저지에 동서지간의 대화를 멈추고 A급 메뉴로 음식을 주문했다. 이어서 중선은 처제에게도 가게 일이며 장모님 일에 대해 고맙다고 했다. 주영은 제부에게 엄마를 모셔주어 정말 고맙다고 했다. 전에도 여러 차례 고맙다고 했지만 고마운 마음을 말로 다 표현하기에는 늘 부족하다고 했다. 처제는 그렇잖아도 모시려고 했는데 언니와 형부가 도와줘 고맙다고 했다. 그러는 와중에 음식이 들어왔다. 중선은 세 사람의 잔에 맥주를 한 잔씩 따르고 자기 잔에는 물을 따랐다. 그러고는 건배를 제의했다.

"장모님의 건강과 우리 모두의 행복을 위하여!"

"위하여!"

48

선희는 지도교수의 정년퇴임 고별강연회에 갔다가 춘천막
국수협의회 대표를 만났다. 로비에서 차를 마시며 주영의 제
안에 대해 물었다. 협의회 대표는 회원들의 의견이 반반이라
결정을 못하고 있다고 했다. 선희도 '긍정적으로 결론이 났으
면 진즉에 연락을 해왔겠지.' 하고 속으로 생각하면서 알았다
고 했다. 사무실로 돌아가는 길에 선희는 이런 저런 구상을
해보았다. 남편과 주영의 의견을 들어 보아야 하겠지만 선희
자신이 먼저 생각을 정리할 필요를 느꼈다. 무슨 일이든 한
두 사람의 개척자(pioneer)의 역할이 중요하다는 것을 느꼈
다. 협의회처럼 민주적 의결 과정이 때로는 추진력을 갖지
못할 때가 많은데 비해 때로는 모험일 수 있어도 개척자적
정신으로 밀어붙이는 소수의 힘이 판세를 뒤집을 수도 있다
는 믿음이 생겼다. 자신의 의지도 의지이지만 주영이면 충분
히 그럴 수 있겠다는 생각이 들었기 때문이다. 선희는 퇴근
을 하고 남편과 주영에게 연이어 상황을 전해주고 그들의 의
견을 들었다. 남편은 선희와 주영의 결정에 따르겠다고 했고
주영은 선희의 예감대로 적지를 찾아 우리가 한번 해보자고
도전의지를 보였다. '막국수의 고장' 춘천에 '주영막국수'의 깃

발을 멋지게 꽂아 보겠다는 결연한 의지였다. 춘천막국수협의회에 대한 정면 도전이기도 했다. 선희가 생각해도 이것은 전쟁과도 같은 것이었다. 춘천이 비교적 텃세가 없는 편이기는 해도 신흥 업소가 기존 업소들의 견고한 아성을 넘어서서 고지에 오를 수 있을지는 속단할 수 없는 일이므로 '전쟁도 불사하는' 심정으로 임해야 할 일이라고 선희가 남편에게 말하자 남편도 고개를 끄덕이며 대뜸 동의했다. 며칠 뒤 선희는 부동산에서 연락을 받고 주영을 불러 부동산에서 소개하는 현장으로 갔다. 마침 공휴일이라 남편도 동행을 했다. 부동산 대표가 삼천동 베어스호텔 뒤편이라 호수는 보이지 않지만 마당이 넓고 전면에 6백 평 규모의 밭도 달린 농가를 소개했다. 버스가 진입할 정도의 소방도로도 가깝게 연결되는 곳이었다. 농가를 개축해 막국수식당으로 하고 밭을 이용해 주영이 구상하는 소규모의 테마파크와 주차장도 가능할 것 같았다. 두 집이 공동으로 투자를 하기에 딱 알맞은 규모와 가격이라 선희 일행은 잠시 숙의를 한 후에 그 자리에서 매입을 하기로 결정을 했다. 주영이 먼저 막국수 영업을 시작하고 그 사이에 준비를 해 일 년 후 상섭이 퇴직을 하는 대로 '막국수테마파크'를 조성하기로 했다. 부동산 매입절차, 집의 개보수, 주차장 등 주변 정리 및 영업 준비를 고려해 3개월 후 개업을 하기로 일정을 잡아 하나씩 준비에 착수했다. 한 번 창업을 경험한 주영은 영업신고, 사업자등록 등 일사천리로 필요한 절차를 밟아 나갔다. 새로 시작하는 주영막국수 춘천점이 성업을 하면 원주의 본점은 아예 동생 미영에게 넘겨줄 생각도 했다. 선희는 남편과 테마파크 조감도를 그리고 비용을 감안해 상설체험관은 건축허가가 필요 없이 신고만 하면 되는 컨테이너나 이동식 주택을 활용하기로 했다. 또 한쪽 끝에는 선희의 공간을 마련해 '메밀연구소'를 운영하고 그 옆에 연구용 비닐하우스 한 동도 짓기로 했다. 그로부터 석 달 후 주영막국수 춘천점은 영업을 개시했고 일 년여의 기간 동안 준비와 홍보를 거쳐 마침내 테마파크도 개장을 했다. 진입로로 들어와 주차장에 주차를 하고 왼쪽으로 가면 식당이 나오고 오른쪽으로 가면 테마파크가 나오게 하되 테마파크는 8평형 이동식 주택 6동을 식당을 향해 'ㄷ' 자가 되게 배치를 했다. 이동식 주택은 바닥에서 약간 높게 데크를 깔고 그 위에 올려놓아 비가 와도 출입이 편하게 했다. 외장도 밝고 화려한 오렌지색과 푸른색을 칠해 단층 양옥의 식당과 잘 조화가 되게 했다. 메밀연구소는 녹색의 이층짜리 컨테이너에 비닐하우스 한 동을 붙여서 식당 옆에 설치하였다. 'ㄷ' 자 안의 마당에는 잔디를 심어 공연장으로 활용할 수 있게 하고 전면에 작은 무대도 만들었다. 이동식 주택을 올려놓은 데크 가장자리로 빙 돌아가며 3단의 계단을 만들어 관람석이 되게 했다. 주변 공터에는 각종 야생화를 심었다. 전체적으로 보면 규모는 작아도 아담하고 산뜻한 테마파크가 되었다. 훌륭하게 만들어진 막국수테마파크에 선희 부부는 물론 주영도 흡족해 했고 개장 전부터 관심 있게 지켜본 친지들도 "아주 훌륭하다!"고 찬사를 아끼지 않았다. 상섭의 동료들은 명퇴를 하자마자 새 일을 갖게 된 그를 무척 부러워하기도 했다. 그렇게 시작된 주영막국수 춘천점과 막국수테마파크는 입소문이 나면서 연일 성황을 이루었다. 주 메뉴인 '신막국수'에 대한 대대적인 홍보에 힘입어 매출도 급상승했다. 상섭이 광치막국수에서 친구에게 들은 '광치700' 계획을 본 따 '주영700' 계획을 시행한 것도 크게 호응을 얻어 매출 및 이웃돕기성금 적립에 크게 기여하였다. 테마파크의 콘텐츠와 훈련된 가이드에 대한 평도 좋아서 가족단위 손님의 방문이 줄을 이었다. 각 코스의 프로그램 운영에 충실을 기하기 위해 사전에 코스가이드를 모집해 철저히 진행 요령을 훈련시키고 준비물도 빈틈없이 갖추도록 체계화 했다. 상섭이 그들을 지도·감독하면서 손님들의 불편사항도 수시로 체크해 고객만족도를 높여 갔다. 공지천과

MBC 근처 의암호의 오리배, 수상보트장의 카누와 수상스키 고객들의 주문을 받아 '얼음그릇 막국수'도 배달하게 되었다. 메밀연구소 뒤로 100평짜리 비닐하우스 한 동도 더 지어 '유수(流水)막국수'도 오픈했다. 서울의 큰 보험회사 고객관리팀과 연계해 보험사의 고객서비스 상품으로 '막국수테마파크 방문'이 채택되어 보험사 고객을 실은 버스가 오는 주말에는 시간대별 입장권을 제한적으로 발매할 정도로 아직 레고랜드가 개장되기도 전인데도 문전성시(門前成市)를 이루었다. 손님들이 많은 주말에는 공연장에서 선희의 메밀 강연을 비롯해 음악가 초청 연주회, 마임이스트 초청공연 등 문화 이벤트도 진행되어 고객들의 호평을 받았다. 이러한 막국수 음식과 체험과 문화가 어우러진 '신막국수와 뉴비즈니스'가 시보와 철도 잡지 등 도하 잡지에 번갈아 소개가 되면서 테마파크는 일거에 춘천의 명소로 자리 잡게 되었다. 춘천에서 주영막국수의 히트는 역으로 원주 본점에도 좋은 영향을 끼쳐 본점의 매출 상승에도 기여했다. 단기간에 이룬 주영막국수 춘천점의 놀라운 성공을 지켜본 춘천막국수협의회원들은 충격이 컸다. '되는 사업'을 몰라보고 걷어찬 데 대한 회한이 커서 시기할 엄두조차 내지 못했다. 레고랜드가 개장하면 막국수체험박물관으로 유치하려고 하는 그 손님들도 자칫 테마파크로 빼앗기지나 않을까 우려하는 상황이 된 것이다. 외국인 관광객의 방문도 늘어나면서 주차장 등 장소가 협소한 것이 문제가 돼 주변의 땅을 추가로 매입해 테마파크의 부지도 조금씩 넓혀갔다. 선희가 큰 힘이 되어 주기는 했지만 주영의 '막국수의 본고장' 진입은 1회전부터 승세를 굳혀 갔다. 그런 기세를 몰아 주영은 춘천시민이 되기로 결심하고 중선을 설득해 춘천으로 이사를 했다. 춘천에서 돈을 벌면 당연히 번 만큼 춘천에 세금을 내야 하는 것은 당연했고 그래야 주영도 업계에서 보다 더 당당해질 수 있기 때문에 중선도 주영의 춘천 전입 의지에 적극 가세를 했다. 당분간 시어머니는 고향에 남기로 하셔서 아직 미혼인 막내 시누이에게 부탁을 하고 주영 가족만 분가를 해 막국숫집 근처의 아파트로 이사를 한 것이다. 중선도 춘천소방서로 전근을 하게 돼 작은 누나의 환영 속에 춘천에서 새 출발을 하게 되었다. 살고 싶었던 춘천에 가족들과 함께 새 둥지를 튼 주영은 자신의 생애에서 중선을 지아비로 받아들인 것 다음으로 잘한 결정이 '춘천 이주'임을 입증할 수 있도록 '일'과 '사랑'에 완결성을 더해 펼쳐 보이리라는 결의를 새롭게 다져 보았다.

49

    어느 날 주영막국수 춘천점으로 시 보건소에서 위생검사를 나왔다. 예고도 없는 불시검사라 주영은 이유를 따져 물었다. 누군가 이 집에서 '유수막국수'를 먹고 배탈이 났다고 신고를 했다고 했다. 담당공무원은 유수막국수를 포함해 여러 가지 메뉴의 조리된 식재료에서 검사시료를 채취하고 문제로 지적된 '유수막국수' 시음장을 구석구석 살펴보았다. 주영은 '유수막국수'를 먹고 배탈이 났다면 국수가 대장균 같은 오염물질에 오염되었다는 뜻인데 '유수막국수'의 제조과정을 보면 그럴 가능성은 없다고 자신 있게 말했다. 왜냐하면 국수틀에서 뽑아져 나온 국수가 뜨거운 물에 삶아지고 특수 장치된 국수세척기에서 두 번 회전하면서 뜨거운 새 물에 씻긴 국수가 마지막 세 번째로 테이블에 연해 부착된 스테인리스 홈관을 회전하는 뜨거운 새 물에 띄워지고 먹기 직전 미리 손님들에게 제공된, 끓여서 식힌 차가운 육수에 담갔다가 바로 먹는 방식이므로 국수가 오염원에 노출될 여지가 전혀 없기 때문이었다. 혹시 스테인리스 홈관이 오염될 수도 있어서 그것은 주기적으로 분리해 가마솥에 넣고 펄펄 끓는 뜨거운 물로 소독을 하였다. 주영의 설명에 담당 공무원도 수

궁을 하고 돌아갔다. 며칠 후에 통지된 검사결과는 '이상 없음'이었다. 누군가가 '주영막국수'가 영업이 잘 되는 것을 시기해 나쁜 소문을 내어 해코지를 하려고 한 것이 아닌가 하는 의심이 들었다. 불시검사는 다른 막국숫집에도 이루어져 소문에 의하면 몇 집이 검사결과가 안 좋아 경고를 받았다고 했다. '주영막국수'에 대한 검사결과는 전혀 이상이 없었지만 주영에게는 좋은 경험이었다. 방심해서는 안 되겠다는 경각심이 생겼고 주변 업소들과의 동반 성장도 고민하게 되었다. 그러나 동반성장을 위한 마땅한 방법은 떠오르지 않았다. 신막국수 레시피나 테마파크 제안을 협의회에서 거부한 셈이니 주영이 부채감을 떠안을 이유는 없었다. 한 가지 동반성장을 위한 대안이 있다면 시나 협의회에 춘천막국수발전기금을 쾌척하는 것이라는 생각이 들었다. 상섭과 상의를 하니 협의회에 자조기금 성격의 기금을 내는 것이 맞을 거라고 해 어느 날 상당액의 수표를 챙겨 협의회에 발전기금 명목으로 기부금을 내고 주기적으로 추가 기부도 약속했다. 당연히 협의회 회원으로 가입을 했고 연말 협의회 총회 때 감사패도 받았다.

상섭은 테마파크를 운영하면서 틈틈이 조리기술도 익혀서 주방에 손이 달릴 때는 주방 일도 도왔다. 가끔 남편이 주방에서 조리를 하는 모습을 보고 선희는 "제법 조리사 티가 난다."고 하며 엄지와 검지를 아긋나게 포개어 남편을 향해 하트를 날리기도 했다. 어느 날, 선희가 공연장에서 메밀 강연회를 마치고 무대를 내려오는데 한 일본인 손님이 선희에게 다가와 '사다오 하야시'라고 자기소개를 하며 상담하기를 청했다. 가이드로 보이는 중년 여성이 통역을 했다. 내용인 즉은 한 마디로 '주영막국수'를 일본에 진출시킬 용의가 없느냐는 것이었다. 자기는 일본에서 소바재료상(소바전문점에 소바를 만드는 데 필요한 재료를 공급함)을 하는데 가끔 한국에 와 막국숫집을 다녀 봤다고 했다. 그중에서 '주영막국수'가 일본인의 입맛과 기호에 어필할 수 있을 것 같아 제안을 해보는 것이라고 했다. 선희는 갑작스런 문의에 일단 좋게 평가해 줘 감사하다는 뜻을 전하고 동업자인 주영은 물론 남편과도 상의를 해봐야 한다고 했다. 그는 일본 진출에 관심이 있으면 도와 줄 용의가 있으니 연락을 해달라고 하면서 명함 한 장을 건네주고 갔다. 저녁에 식사를 같이 하면서 선희로부터 일본인이 한 얘기를 전해들은 주영은 의외로 담담한 반응을 보였다. 주영이 그동안 국내에서 프랜차이즈 사업 제안도 몇 번 받았으나 시기상조라고 거절했던 터라 이번 건도 그런 맥락에서 신중을 기하는 것 같았다. 남편도 좀 더 일본시장에 대해 알아 볼 필요가 있다고, 성급하게 결정할 일은 아니라고 주영의 생각에 동조했다. 일본 사정을 잘 모르는 세 사람은 주변에 마땅히 물어볼 사람도 없어서 소상공인협회의 자문을 받아 전문가의 컨설팅을 받아보기로 했다. 어느 날, 일본 전문가라고 소개받은 컨설턴트가 찾아와 세 사람을 만나 꼼꼼히 묻고 자료를 들춰보며 자세하게 살폈다. 그의 결론은 제품의 맛과 품질로 볼 때는 일본인 손님의 평가와 같이 긍정적이라고 했다. 다만 경영 수완에서 독자적인 진출이 가능하겠는가에 대해서는 의심의 여지가 있다고 했다. 주영이나 선희에게 그것은 당연한 얘기였다. 수출경영을 해본 적이 없는데 하루아침에 외국 시장을 겨냥한 사업이 가능하리라고는 자신할 수 없는 노릇이고 그렇다고 결과도 예측이 안 되는 상황에서 위탁을 하거나 전문가를 영입할 처지도 아니었다. 그래서 좀 더 시간을 가지고 연구를 해보자고 하는 선에서 일단락을 지었다. 연락을 기대했었던지 하루는 선희에게 일본인과의 통역을 해주었던 가이드로부터 전화가 걸려 왔다. 하야시상이 궁금해 한다고 해 아직은 일본에 진출할 생각이 없다고 했다. 가이드는 그가 무척 아쉽게 생각한다고 했다. 주영은 잠시 마음이 흔들렸다. 정말 일본에서도 히트할 수 있는데 '되는 사업'을 몰라보는 게 아닌가 하는 생각이 들었기 때문이다. 잠자리에서 주영은 중선에게 오락가락하는 자신의 마음을 털어 놓았다. 중선도 그 방면엔 문외한이라 별 뾰족한 수가 없었다. 그런데 혹시 작은누나의 지도교수와 상의를 해보면 어떨까 하는 생각이 들었다. 주영이 생각해도 시누이의 지도교수라면 아는 일본인 지인도 많을 것이니 그들로부터 조언을 받을 수도 있을 것 같았다. 날이 밝아 주영은 선희에게 전화를 해 지도교수와 상의를 해볼 것을 주문했다. 선희는 퇴임하신 박대석교수를 시내 카페에서 만났다.

"교수님! 안녕하셨어요?"

"내가 퇴임할 때 고별강연회에서 보고 처음이지? 그래 잘 지냈나?"

"예. 벌써 3년 전이네요. 그동안 찾아뵙지 못해 죄송해요."

"자네야 현직에 있는 바쁜 사람이 아닌가? 더구나 과장으로 승진도 했고."

"예. 그동안 어떻게 지내셨어요?"

"나야 잘 지내지. 텃밭도 가꾸고 글도 조금씩 쓰고 있지."

"참! 교수님 문인이시지요? 시집도 내시고…… 요즘도 시 많이 쓰시나 봐요?"

"아니! 요즘엔 소설에 도전하고 있는데 시간이 잘 가고 쓰는 재미가 있네. 읽는 사람에겐 재미없겠지만……"

"교수님! 소설도 쓰세요? 몰랐어요. 어떤 소설일지 궁금해
요. 출간 되면 저도 사볼게요."

"고맙네. 오늘은 무슨 일로?"

"예. 교수님께 상의 드릴 일이 있어서요."

"현직에 있지도 않은 내가 무슨 도움이 될까?"

"교수님! 일본 분들 많이 아시지요?"

"현직에 있을 때 교류하던 분들이 좀 있었지. 그런데 왜 일
본에라도 가게?"

"가야 할지 말아야 할지 몰라서 교수님께 자문을 구하려
고요."

선희는 자초지종을 말씀드리고 박교수의 도움을 간청했
다. 박교수는 근래 연락이 끊겼다며 일본에서 박사학위 공부
를 한 후배 교수를 통해 연락처를 확인하는 대로 메밀 관련
일본인 교수들을 접촉해 보겠다고 했다. 그리고 일본에 진출
하려면 특허기술부터 먼저 일본에서도 보호를 받을 수 있게
국제특허까지 받아 놓는 게 좋을 거라는 조언도 덧붙였다.
그 생각을 못한 선희는 기술원의 담당부서와 협의해 국제특
허를 출원·등록하기로 했다.

50

주영은 중선에게 아직 본가에 남아 있는 '아버지방'을 막국수테마파크로 옮겨 오자고 했다. 동시에 시어머니도 집으로 모시자고 했다. 중선은 그 문제는 형과 누나들과도 상의를 해봐야 한다고 했다. 물론 어머니의 동의도 구해야 했다. 사실 형제들의 뜻보다도 어머니의 뜻이 더 중요했다. 어머니가 작은아들을 따라 가신다면 가시는 거였다. 어머니가 이주를 결심하시면 당연히 '아버지방'도 어머니 가까이에 두고 자주 내다보고 싶어 하실 것은 뻔해서 물어보나 마나라는 생각이 들었다. 어머니가 춘천점 개업할 때 와 보시고는 아직 테마파크는 보지 못하신 것이 생각나 하루는 중선이 본가에 가서 어머니를 모시고 왔다. 그리고 테마파크에 '아버지방'을 꾸밀 자리와 계획도 말씀드리고 이참에 어머니도 같이 사시자고 말씀드렸다. 어머니도 머지않아 칠순이 되셔서 혼자 지내시게 둘 수가 없어서 형제들이 걱정을 하던 참이었다. 그러니 형과 누나들은 주영의 제안을 반겼고 혹시라도 어머니가 잔류를 고집하실까봐 설득전을 펼 궁리를 하고 있었다. 어머니는 고객들로 붐비는 테마파크를 둘러보시고 막국수를 좋아했던 남편도 혼령이나마 그곳에서 사람들과 어울리게 하는 것이 좋겠다는 생각이 들었다. 그래서 자식들의 바람대로 그곳에 '아버지방'을 옮기고 자신도 기르는 정이 듬뿍 든 손자가 있는 작은아들집으로 들어가기로 했다. 다른 형제들은 연합 작전을 펴려고 단단히 벼렸는데 싱겁게 끝난 설득전에 허탈해하면서도 어머니의 결정을 쌍수를 들어 환영했다. 주영은 상섭과 상의해 테마파크 내의 첫 코스로 '아버지방'을 꾸미기로 하고 새로 매입한 부지 옆에 조그만 한옥을 짓기로 했다. 고급스런 새 집 한옥이 아니라 시골에서 쓸 만한 폐가 상태의 고가(古家)를 사서 골조 목재를 뜯어 옮겨 복원하는 형식을 취하기로 했다. 그것이 안에다 비치할 아버지의 메밀 관련 유물과도 잘 어울리고 아버지의 '이미지'와도 잘 맞을 것 같았기 때문이다. 그런 계획에 어머니와 형제들도 모두 찬성이었다. 그래서 주영은 시아주버니인 상선에게 강릉 지역에 고가가 많으니 알아봐 줄 것을 부탁했고 마침 상선이 경찰공무원이라 동료 경찰관들을 통해 쉽게 수소문 할 수가 있었다. 때마침 적당한 규모와 금액의 낡은 폐가를 살 수가 있어서 어느 날 인부와 차량을 동원해 기둥과 서까래, 벽체와 문틀 등 쓸 만한 목재 골조를 죄다 뜯어 옮겼다. 옮길 곳에 미리 터를 닦고 콘크리트로 기단을 만들어 그 위에 고가를 복원해 놓으니 취지에도 맞고 주변경관과도 잘 어울려 참으로 근사한 '아버지방'이 되었다. 내부는 큰 방 하나, 작은 방 하나, 가운데 마루의 원래 구조를 그대로 살려 옛 정취가 물씬 풍기는 고풍스런 전시실이자 아버지 기념관이 되었다. 선희는 일반 전시실처럼 벽에 메밀과 막국수에 대한 정보를 판넬에 담아 유물 배치와 조화를 이루게 해 벽에 붙였다. 어떤 유물은 유리상자에 담아 코너에 비치했고 어떤 유물은 벽에 대롱대롱 매달기도 했다. 벽면에는 돌아가며 전시물을 비추도록 전시용 조명등(照明燈)도 설치했다. 유물의 종류도 다양해 완벽한 수준은 아니어도 사설 막국수전시실로서의 구색도 어지간히 갖춘 셈이었다. 아버지의 유품 중에 있던 전남 나주 지방의 〈메밀노래〉도 액자에 넣어 벽에 걸어놓았다.

갈채 갈채 갈채 너메 메물 한 되 삐었드니
대는 대는 붉은 대요 꽃은 꽃은 흰꽃이요
열매 열매 거멍 열매 어석버석 비어다가
너른 땅에 널었다가 도리깨로 돌개 맞차
덕석 귀에 춤을 춰여 맷독에다 베락 쌔레
옴배기에 뺨을 쳐서 홍두깨로 옷을 입혜
정상두 드는 칼로 오송송송 썰어냉게
팔팔 끓는 가매솥에 얼름 살짝 데쳐내어

지름장에 까불라서 이 방 사람 저 방 사람
　메물국시 맛 잔 보소 당기 둥당애 둥당애다

　처음부터 선희로부터 큐레이터 겸 관장 지명을 받은 상섭
이 테마파크 책임자로서 테마파크 개장 2주년기념일에 맞춰
'아버지방'의 오픈도 주관했다. 그날은 어머니도 모시고 나와
테이프를 끊게 해드렸다. 어머니는 감격의 눈물을 흘리셨고
딸들과 며느리들도 따라서 눈물을 훔쳤다. 사위와 아들들은
자기들도 훗날 자식들에게 '아버지방'을 남길 수 있을까를 생
각하며 그렇게 되려면 어떤 삶을 어떻게 살아야 할지를 고민
하게 되었다. 특히 중선은 정기적인 검진에서 아직 별 이상은
없어 안도하고는 있지만 늘 건강을 염려하는 처지가 되어 자
신의 '아버지방'에 대한 꿈의 향배(向背)에 의문이 들어 착잡
한 기분이 들기도 했다. 그런 중선의 마음을 꿰뚫어보기라도
하듯이 주영이 좌중을 향해 "정중선의 '아버지방'의 주제는
'항암투사 정중선'입니다"라고 선언하다시피 했다. 그것은 중
선에게 새로운 소명(召命)이 되었다. 훗날 자신의 '아버지방'을
통해 자신이 겪고 있는 암에 대해 발병기작부터 치료와 예방
까지 자신의 경험을 토대로 수준 높은 정보를 제공하려면 체
계적인 노력을 해야 할 것이라는 생각이 들었다. 주영도 아

마 그런 노림수를 가지고 돌연 가족들 앞에서 선언을 했을 것 같았다. 그렇다면 주영은 중선의 암 투병에 대한 의지를 고양하는 데 매우 주도면밀한 한 수를 단 한 마디로 보여준 셈이 되었다. 시누이들은 속으로 주영의 차원 높은 내조에 감탄했다. 특히 선희는 그런 주영의 센스를 목도하면서 주영을 중선의 며느릿감으로 간택한 아버지의 빛나는 '초두효과'도 '아버지방'에 걸맞은 무형의 유산임을 나타내는 글을 지어 이 방에 걸어 놓아야겠다고 생각했다.

그렇게 해서 '아버지방'까지 갖춰진 테마파크는 전시와 체험과 공연이 있는 문화공간으로서의 완결성에 한 발 더 다가선 느낌을 주었다. 상섭은 관장으로서 선조들의 막국수 유물에 대한 추가적인 수집, 막국수에 얽힌 근·현대의 전설과 민화(民話) 등 구전 스토리 수집, 막국수를 소재로 한 시, 소설, 그림, 도예, 조각 등 문학예술작품의 수집 등 사설 박물관(Museum)으로 등록할 수 있는 조건을 갖추는 데 더 박차를 가하게 되었다. 선희는 그러한 남편의 노력은 아들을 위한 '아버지방'을 준비하는 과정이라는 생각도 들어 마음 속 깊이 지아비의 정을 느꼈다. 손때 묻은 유물을 만지며 아버지에 대한 회상에 젖어 있던 큰딸 진희가 갑자기 "어머니방'도 만들어야 하는 것 아니야?" 하고 큰 소리로 말했다. 농담 같으면서도 뼈가 있는 말이었다. 마치 남자들만 '아버지방'을 꿈꾸는 데 대한 반기(叛起) 같기도 했다. 큰시누이의 말을 받아 주영이 한 마디를 더 보탰다.

"형님! 걱정 마세요. 저한테도 다 생각이 있어요. 두고 보세요."

51

'주영막국수'의 얼음그릇막국수(줄여서 '이빈'이라고 함. IBBN: Ice Bowl Buckwheat Noodle)는 춘천점에서 시작되었으나 본점까지도 명물이 되었다. 특히 배달음식에 익숙한 젊은 세대들 사이에서 여름철 선풍적인 인기메뉴가 되기도 했다. 우선 한꺼번에 여러 개의 얼음그릇을 얼릴 수 있는 큰 용량의 냉동고를 들여놓았다. 위생상의 안전을 위해 얼음막국수 그릇을 위해 사용하는 물은 미리 펄펄 끓여서 식힌 다음 대형 물통에 담아두었다. 그리고 크기가 다른 두 개의 그릇만 있으면 쉽게 얼음그릇을 만들 수 있어서 우선 크기가 다른 식기 두 개를 준비한 후 각각의 그릇에 반 정도 준비된 물을 부어주었다. 그리고 작은 그릇을 큰 그릇에 넣고 그대로 얼려주었다. 얼음이 얼면 그릇을 떼어내기만 하면 얼음그릇이 되었다. "이빈 몇 인분 어디로 배달해 주세요." 하고 주문이 들어오면 미리 주발 모양으로 얼려 놓은 얼음그릇에 막국수를 담고 그것을 방수포장지 봉지나 비닐봉지에 담아 배달하면 그릇을 회수해야 하는 번거로움을 생략할 수 있어서 얼음그릇은 배달음식 용기로 적합했다. 주로 거리가 가까운 곳으로부터만 주문을 받아 길어야 10분 안에는 목적지까지 배달이 완료되므로 그 사이에 막국수의 품질에 큰 변화는 없고 오히려 얼음 때문에 더 차가워져 먹을 때는 더 시원한 느낌을 주었다. 배달이 아니고 식당에서도 손님이 '이빈'을 원하면 얼음그릇에 담아 주기도 했다. 얼음그릇은 주영이 처음 시도한 것은 아니고 이미 몇 년 전부터 일부 지역에서 물회나 냉면을 얼음그릇에 담아 내놓는 식당이 있었다. 그런데 '주영막국수'에서는 얼음그릇을 얼릴 때 치자(노랑), 쪽(파랑), 순무(자줏빛) 등 천연식용염료를 사용해 '컬러얼음그릇'을 만들어 다른 곳과 차별화를 했다. 또한 주영막국수에서는 '이빈'을 주문하면 얼린 500㎖ 생수병도 1인 1병 서비스로 같이 배달해 주어 고객들의 반응이 좋았다. 주영막국수에서 가까운 KT&G 상상마당(구 어린이회관) 앞 의암호에서 오리배를 타면서 얼음막국수를 시켜 먹는 연인들 사이에서는 전해지는 이야기도 생겼다. 얼음막국수를 먹는 동안에 그릇이 깨지거나 국수를 다 먹기도 전에 얼음이 다 녹아버리면 그 커플의 인연도 깨진다는 것이다. 그래서 연인들 사이에서는 얼음막국수가 사랑을 시험하는 도구가 되기도 한다는 것이다. 얼음막국수가 배달되고 국수를 먹는 속도로 연인이 품고 있는 사랑의 크기를 가늠한다는 얘기가 처음 어디서 나왔는지는 모르지만 젊은 세대 사이에서 의미 있는 '전설(legend)'처럼 되고 있다는 것이다. 주영은 그런 이야기에 착안해 얼음막국수를 배달할 때 주문한 사람에게 사랑의 시구가 새겨진 스티커 한 장씩을 나눠주고 스티커 3장을 지참하고 주영막국수를 찾으면 막국수 1인분 무료 식권을 겸한 테마파크 무료 이용권으로 교환해주는 혜택을 주었다. 스티커도 얼음그릇 색과 매치시켜 같은 색 스티커 세 장이면 보너스로 같은 색의 아이스크림을 디저트로 주었다. 그리고 얼음막국수 시즌이 끝나갈 9월 말까지 얼음막국수를 먹으며 사랑을 나눈 연인들의 사연을 접수받아 우수작은 시상을 하고 수상작을 모아 《이빈문집》을 매년 한 권씩 발간하였다. 그런 아이디어는 젊은이들에게 기왕에 막국수를 먹을 거면 주영막국수를 선택하게 되는 효과를 가져와 특히 주말에 찾아오는 젊은 연인들이 눈에 띄게 늘었다. 문집에 자기 글이 실린 커플들은 '가보'로 보관해야겠다며 한 권씩 사가기도 했다. 또한 주영의 돋보이는 아이디어는 잡지와 방송에도 소개되어 '주영막국수'의 명소로서의 지위를 다지는 데 큰 몫을 하기도 했다.

주영은 이제 주목받는 여성사업가가 되었다. 그러다 보니 진즉에 가입한 소상공인협회로부터 임원 수락을 요청받기도 했다. 그러나 가정적으로 중선의 건강도 챙겨야 하고 시어머니와 아들도 챙겨야 해서 '임원입네.' 하고 나서는 일은 자제해야만 했다. 하고 싶은 일을 의식적으로 피하는 의미가 아니라 주영에게 임원으로서의 의식이 확고하지 않다고 보는 것이 정확했다. 주영의 성격 상 한번 몸을 담그면 누구 못지 않게 적극적인데 그런 활동으로 좋은 의미로든 나쁜 의미로든 남의 입에 오르내리는 것은 딱 질색이었다. 막말로 '돈 좀 번다고 설친다.'는 이미지는 주영이 사업을 하면서 가장 경계해 온 것이어서 그런 오해의 소지가 있는 집단적 행동에는 거리를 두고 싶었다. 그 협회가 소상공인의 권익 신장과 경제활동 및 기업의 사회봉사를 모토로 하는 공익적 가치가 크고 우리 사회에서 소상공인들의 원활한 기업 활동을 위해 꼭 필요한 단체라고 하더라도 그게 자신이 앞장서 어떤 역할을 꼭 해야 하는 영역은 아니라는 판단을 하였던 것이다. 중선도 그런 주영의 소신을 존중해 잘한 결정이라고 지지를 해

주었다. 중선은 평소 여성의 사회활동을 적극 지지하는 입장이었다. 직장에서도 여성의용소방대와 같은 여성들의 자율적 참여를 높이 평가해 왔다. 여성의용소방대는 지역 단위에서 불조심 캠페인 등 본연의 화재 예방과 소방 활동은 물론 소외계층을 위한 봉사활동도 열심히 하는 여성단체이다. 소방서의 공적 기능이 미처 미치지 못하는 사각지대에서 여성의용소방대의 역할은 막중하다는 데 이의가 있을 수 없었다. 그러나 주영이 얘기를 꺼낸 임원 취임은 여성의용소방대와 같은 순수 민간 봉사단체와는 성격이 완전히 다른 것이어서 주영의 판단이 옳을 수도 있다는 믿음을 갖게 된 것이다. 소상공인협회가 공익을 위한 기여와 봉사활동도 한다고는 하지만 그래도 소상공인의 공동의 이익추구가 전제가 되는 것은 부인할 수 없을 것 같았다. 그리고 꼭 그 '협회'에 임원으로 참여하지 않더라도 회원으로서 개별적으로 사회적 공익에 기여할 수 있는 방법은 얼마든지 있을 거라고 중선은 주영에게 화답하였다.

52

선희는 박대석 교수가 사무실로 방문을 하겠다는 전화를 받고 오후 일정을 조정해 사무실에서 그를 기다렸다. 점심시간이 지나고 오후 일과가 시작될 무렵 박교수는 후배인 최준영 교수와 함께 사무실로 왔다. 최교수는 평소 농업기술원의 전문위원도 맡아 안면이 있던 터라 자연스럽게 서로 그간의 안부를 물으며 인사를 나눴다. 자리에 앉아 선희가 타 준 차를 마시며 그날의 방문 용건에 대해 설명하기 시작했다. 박교수는 지난번 선희가 알고 싶어 했던 일본 사정에 대해 직접 최교수로부터 견해를 듣게 하는 게 좋을 것 같아 같이 왔다고 했다. 그간 최교수는 박교수의 문의를 받고 자신의 경험과 일본인 지인들의 조언을 들어 나름대로 확고한 지견을 가지고 있었다. 한 마디로 그는 춘천막국수의 형태로 조리하는 즉석면보다는 건면만 수출하여 일본인들의 기호에 맞게 냉면 또는 온면으로 조리해 먹도록 하는 것을 제안했다. 신막국수의 면에다 육수는 일본식으로 조리하게 하면 즉석면으로 진출해 일본시장에서 막국수의 품질이나 경영상의 '모 아니면 도'가 될 수도 있는 리스크를 피할 수 있겠다는 판단이었다. 그리고 즉석면은 직접 진출하지 않으면 품질 관리가 쉽지 않아 부침(浮沈)이 있을 것이라는 지적도 했다. 그렇지 않고 프랜차이즈 방식으로 하더라도 모든 원재료를 본점에서 공급을 해줘야 할 텐데 현재의 여건으로 그것이 가능하겠느냐고 했다. 국내에서 프랜차이즈 기반이 마련되면 그때는 가능할 것이라고 했다. 그래서 즉석면보다 사업성이 낮더라도 재고의 반품도 가능해 리스크가 적은 '건면' 중심의 일본시장 진출이 바람직할 것으로 보인다고 했다. 선희는 그의 의견에 전적으로 공감했다. 그동안 여력이 없어서 대량생산을 미뤄 왔던 '주영건면'의 본격적인 가동도 고민하던 참이어서 남편과 주영과 상의를 해 보겠다고 했다. 두 교수는 기술원 포장을 둘러보고 가겠다고 해 선희는 그들을 포장으로 안내해 이것저것 설명을 해드렸다. 그러고는 '주영막국수'로 한 번 모시겠다고 약속을 하고 주차장에서 작별 인사를 했다. 퇴근을 하고 '주영막국수'로 가 남편과 주영과 마주 앉아 낮에 들었던 얘기를 했다. 기본적인 방향에는 모두 공감을 하고 '주영건면'을 키워 보기로 했다. 그래서 다행히 부지에 여유가 좀 있어서 '유수막국수' 하우스 옆으로 공장 한 동을 지어 건면제조 기계와 건조장 및 포장실을 설치하기로 하고 전문업체를 찾아 시공을 의뢰했다. 그리고 공장이 완성되는 동안 '주영건면'의 이전 신고와 제조허가 등 필요한 행정적인 절차도 끝내고 도움을 줄만한 지인을 찾아 일본의 건면시장을 견학하는 계획도 세웠다. 그래서 가이드를 통해 처음 일본 진출을 제안했던 일본인 소바재료상 사다오 하야시와 접촉해 일본 출장이 성사되었다. 세 사람 모두 한꺼번에 자리를 비울 수가 없어서 상섭은 집을 보게 하고 어느 날 선희와 주영이 최준영 교수를 모시고 동경으로 갔다. 2박 3일 동경에 머무르면서 건면시장은 물론 즉석면 소바집도 몇 군데 둘러보았다. 최교수가 통역을 해주고 그의 일본인 지인들도 몇 분 만날 수 있어서 견학의 성과는 매우 컸다. 번화한 신주쿠 일대와 동경대 근처의 우에노공원 일대도 돌아보고 일본의 유니버설 스튜디오와 디즈니랜드 주변도 돌아보았다. 청년실업이 심각한 한국과는 달리 일본에서는 취업이 잘 된다고 들어서 그런지 거리에서 마주치는 일본인들의 표정이 밝고 활기차 보였다. 선희와 주영 모두 와서 직접 보고 조언도 듣기를 잘했다고 생각했다. 짧은 일정에 속속들이 파악은 안 되겠지만 그래도 안 보고 막연한 감으로만 판단하는 것과 실제 눈으로 직접 시장을 확인하며 판단하는 것에는 정말 큰 차이가 있음을 실감하였다. 더구나 최교수가 통역을 해주어 궁금한 것도 자유롭게 물어보고 답을 들을 수 있어서 선희의 수첩은 이미 깨알 같은 정보로 가득 찼다. 주영도 스마트

폰으로 찍은 사진이 저장 공간이 부족할 정도로 많았다. 동경에서의 마지막 날, 두 사람은 최교수에게 부탁을 해 유명한 한국레스토랑을 찾아 도움을 준 일본인 지인들을 모두 오찬에 초대를 했다. 한우갈비를 대접하며 감사를 표하고 향후 일본에 진출하는 데 많은 도움을 바란다고 했다. 일본인들도 하나같이 '주영막국수'의 일본 진출을 환영한다고 하며 꼭 성공할 것이라고 덕담을 해주었다. 견학단 일행은 조금 일찍 공항에 나와 면세점에서 식구들에게 줄 선물을 사고 선희는 박교수와 최교수에게 줄 사은품도 따로 챙겼다. 비행기에서 머리가 하얀 후지산을 내려다보며 '주영건면'의 청사진을 후지산 머리 위에 펼쳐 보던 주영은 긴장이 풀려서인지 눈을 감고 금방 잠이 들었다. 선희도 기내 잡지와 신문을 들춰 보다가 모포로 어깨를 감싸고 잠이 들었다.

두 사람이 눈을 떴을 때는 기내식으로 저녁이 나왔을 때였다. 두 사람 모두 면 요리를 선택해 와인과 함께 저녁을 먹었다. 주영은 머릿속으로 맛과 색상이 컬러풀(colorful)한 '주영건면'으로 제공될 기내식을 상상해 보았다. 선희도 이심전심으로 같은 생각을 했는지 두 사람은 먹다말고 서로 얼굴을 쳐다보며 씨익 웃었다. 인천공항에 내려 춘천행 버스에 올랐는데 몇몇 사람이 주영을 알아보고 잡지와 방송에서 봤다고 하며 반갑게 인사를 했다. 최교수는 주영의 대중적 인지도가 범상치 않음을 느끼며 '주영건면'이 '주영막국수' 못지않게 큰일을 낼 것 같은 예감이 들기도 했다. 주영과 선희에게도 100번 자동차전용도로를 달리는 공항버스가 마치 꿈의 하이웨이로 달리는 희망버스 같아 차창 밖의 뭉게구름이 마치 행운을 상징하는 네잎 클로버로 보였다.

53

상섭은 테마파크 관장을 하면서 나름대로 문화상품에 대한 안목도 생겼다. 때로 출연진의 교섭이 개런티 문제로 난항을 겪을 때도 있고 공연 일정에 펑크가 나 고객들에게 사과를 해야 할 때도 있었지만 모두 소중한 경험이 되었다. 그래서 음악과 마임(무언극)은 어느 정도 안정적인 상설공연이 진행되어 공연은 예정대로 차질 없이 진행되었고 테마파크에서 공연하기를 희망하는 연주자나 연기인들도 늘어나서 공연 일정 잡기가 어려운 상황이 되었다. 그래서 막국수테마파크의 성격에 맞는 레퍼토리와 공연 내용을 주문하는 경지에 이르게 된 것은 다행한 일이었다. 관장의 입장에서 다른 데서도 쉽게 접할 수 있는 프로그램을 굳이 이곳 야외 공연장에서 되풀이하기보다는 테마파크 특유의 프로그램으로 일관하는 것이 맞는 방향이라고 생각했다. 한 가지 아쉬운 것은 관장이 개인적으로 의미 있게 생각하는 마당극 상설공연이 아직 진행되지 못하고 있는 것이다. 전문대 시절 연극동아리 활동을 한 경험이 있는 주영에게도 테마파크에서의 마당극 공연은 언제가 꼭 해보고 싶은 프로그램이었다. 하루는 서울에서 낙향한 전직 PD 한 분이 찾아와 막국수를 먹고 테마파크도 둘러보고 나서 관장과 이런저런 대화를 나누다가 관장이 아쉬워하는 마당극에 관한 소망을 들었다. 그는 낙향에서 하는 일도 없이 무료하게 소일하고 있는데 테마파크에서 어느 정도 예산 뒷받침을 해주면 자기가 재능기부로 도와줄 수 있을 것 같다고 했다. 그래도 어떻게 무상으로 도움을 받을 수 있겠느냐고 관장이 망설이자 그러면 매주 1회 공연하는 것으로 하고 최소한의 활동비만 받겠다고 하며 금액을 제의했다. 출연진의 개런티를 포함해 매월 소요될 예산을 따져보니 관장으로서 수용할 만한 조건이었다. 마당극이니 따로 무대는 필요 없고 잔디밭에 대형 멍석을 깔고 출연진의 복장과 소품만 준비해 주면 될 것 같았다. 분기별로 한 작품씩 일 년에 네 작품을 공연하는 것으로 하고 분기 내에서는 매주 같은 작품을 같은 시간대에 공연하는 것으로 계약을 체결했다. 작품 선정은 관장과 협의를 해 결정을 하고 연기자는 PD가 지역에서 뽑아 연기지도와 연출을 하는 것으로 했다. 연기력이 다소 미흡하더라도 지역의 문화일꾼을 양성한다는 취지를 반영한 것이었다. 주영도 관장의 이러한 마당극 상설공연 계획을 전폭 지지했다. 어떤 작품이 될지는 모르지만 자기도 시간만 되면 연기자로 출연하고 싶은 충동마저 느꼈다. 관장은 최근 정년퇴직을 하고 소설가로 데뷔한 선희의 지도교수인 박대석 교수에게도 마당극 원작의 창작을 부탁하기도 했다. 메밀연구자인 박교수가 누구보다도 테마파크에 알맞은 원작을 써줄 수 있을 것 같았기 때문이다. 박교수도 아이디어가 있다며 관장의 제안을 기꺼이 받아들여 주었다. 작품 선정, 연기자 모집과 연기지도, 복장과 소품 준비 등 마당극 공연에 필요한 준비를 하다 보니 6개월이 훌쩍 지났다. 그 사이 해가 바뀌고 겨울도 지나 꽃샘추위만 지나면 야외공연이 가능할 것 같아 관장과 PD는 주변에 벚꽃이 만발한 4월 중순에 첫 공연을 하기로 일정을 잡았다. 마당극과 다른 공연의 일정을 취합한 안내전단을 만들어 돌리고 입간판도 만들어 입구에 세웠다. 유료공연을 할 것인지는 추후 공연장의 사정을 봐가며 결정하기로 하고 일단은 오픈

된 공간에서 무료 공연으로 하되 막국수를 먹고 받은 영수
증을 공연장 입장 시 확인하는 것으로 했다. 마당극은 지역
에서 처음 상설공연 하는 것이어서 고객들의 관심과 참여가
폭발적이었다. 첫 작품은 고전창작극인 〈흥부전〉이었는데
연기자들의 코믹한 연기로 초회 공연부터 뜨거운 반응과 호
평이 이어졌다. 지역 언론에서도 기사를 대서특필해 주었다.
문화도시를 표방해온 시장도 관계자의 보고를 받고 언제 공
연을 보러 오겠다고 했다는 얘기가 들렸다.

54

주영은 '주영건면' 공장 개소를 앞두고 바쁜 일정을 보내고
있는데 봉평 효석문화제 주최 측으로부터 행사기간 중 막국
수세미나에서 발표를 해달라는 요청을 받았다. 봉평도 전국
에 익히 알려진 '메밀의 고장'이라 주영도 처녀 때부터 친구
들과 축제 현장을 몇 번 가본 적이 있었다. 봉평의 대로변에
있는 '미가연'에서 '이대팔'이라는 타타리메밀 막국수도 먹어
보았다. 장터에서 메밀배추전도 사먹어 보고 엄마의 실력과
비교도 해 보았다. 봉평은 「메밀꽃 필 무렵」이라는 이효석의

단편소설이 배경이 되는 지역적 특성이 있어 막국수를 비롯한 여러 가지 메밀음식도 전통과 현대의 조화를 이뤄가며 발전할 필요가 있다고 생각했다. 그래서 잡지와 방송을 보고 세미나 연사로 초청을 한 주최 측의 제안을 받아들여 예정된 일정에 맞춰 봉평을 찾았다. 정식으로 세미나 발표를 해본 적은 없지만 세미나에서 자신의 경험을 애기해 주면 된다고 해서 쉽게 초청에 응하기는 했는데 그래도 어느 정도 격식은 갖춰야 할 것 같아 학술발표 경험이 많은 선희의 도움을 받아 발표 자료를 준비하기는 했다. 주영의 발표 주제는 '신막국수의 식품적 특성과 경영 현황'이었다. 세미나 시간보다 서너 시간 일찍 봉평에 당도하여 오래간만에 효석문화관과 축제현장을 살펴보았다. 효석문화관의 전시실은 예전과 별 차이가 없었고 출구 쪽에 지역출신 작가의 문예작품을 중심으로 기획전시를 하고 있었다. 효석문화관이 개관한지 20년이 넘었는데 메밀자료실이 개관 당시 모습 그대로인 것은 유감이었다. 그동안 국내·외에서 메밀에 대한 연구개발이 많이 진행되어 성과로 꼽히는 내용들도 많은데 그런 새로운 정보들이 전혀 반영되지 않았다. 십만 평 가까이 된다는 주변의 메밀밭도 멀리서 보면 하얀꽃으로 덮여 메밀꽃밭이긴 했지만 가까이에서 보면 생육 상태가 저조해 보기가 흉했다.

9월 초순 축제기간에 맞춰 꽃을 감상하는 데만 초점을 맞추어 대개 7월 말경 파종을 하다 보니 한창 영양생장이 이뤄져야 하는 시기에 기온이 낮아져 바로 생식생장으로 메밀의 생육상이 바뀌었다. 그래서 지상부 생육이 충분히 이루어지지 않은 상태에서 어떤 개체는 가지도 뻗지 못하고 삐죽 원줄기만 한 자 정도 컸을 뿐인데도 개화·결실이 이루어져 눈에 띄는 종자가 서너 알갱이에 불과한 것도 수두룩하니 전체적으로 소출은 보잘 것이 없었다. 오죽하면 수확량이 뿌린 파종량보다 적다고 하는 얘기가 있을 정도였다. 그게 사실이라면 그것은 농업이 아니다. 농업이라면 적어도 뿌린 것의 백 배는 나와야 한다. 그런데 9월 첫 주 금요일에 축제를 시작하는 것으로 정해 놓고 달밤에 흐드러지게 핀 메밀꽃밭을 연출하느라 파종시기를 늦추다 보니 메밀농사는 제대로 안 되고 꽃만 보고 마는 기형적인 축제가 되고 마는 것이다. 봉평이 옛날부터 메밀의 고장으로 이름이 난 것은 메밀농사를 짓는 과정에서 메밀밭이 조성되었고 그것이 문학의 소재가 된 데 연유하는 것으로 보는 것이 정석일 것이다. 식량이 될 만큼 소출이 나는 메밀농사를 기본으로 하는 가운데 축제를 해도 해야 하는 것이 맞는 이치일 것이다. 그것이 자연의 질서에도 부합되고 농업이라는 산업적 특성도 이치에 맞게 살리는 길이 되는 것이다. 그런데 그런 점을 무시하고 농업의 기본 이론에조차 역행하는 꽃축제에 연연하면서 메밀생산도, 그에 따른 메밀문화도 위협받는 아이러니한 상황이 발생한 것이다. 현행 방식의 축제가 지역의 농민에게는 도움이 되지 않는다고 문광부 축제가 아닌 농림부 축제로 지원부처를 바꾸고 축제도 경관 위주에서 생산병행 방식으로 바꾸어야 한다는 목소리가 지역주민들 사이에서 나올 정도라고 하니 봉평의 메밀문화는 원점에서 다시 돌아봐야 하는 상황이 되었다는 지적이 나올 만도 했다. 한 마디로, 생산되는 '메밀'이 없는데 식문화든 농경문화든 지역에서 토착적인 '메밀문화'가 생겨날 수 있을지 의문이 드는 것은 당연했다. 메밀을 재배하지도 않는데 전국민속대회에서 수상한 봉평메밀도리깨질소리 같은 전통민속을 누가 어떻게 보존하고 전승할 것인지 회의를 품지 않을 수 없었다. '메밀재배 농민도 없는 데서 농업과 무관한 사람들이 민요를 부르며 도리깨질을 한다?'고 생각하니 그것이 보존·전승되어야 할 진정한 메밀문화일까 하는 생각이 들기도 했다. 살아 숨 쉬지 못하고 박제된 문화도 문화이니 소중한 문화유산으로 지키고 이어나가야 하는 것은 맞을 것이다. 그렇지만 주체가 없이는 왠지 원형이 손상될 것만 같아 아쉬운 느낌이 들었다. 그런 문제는 비단 봉평만이 아니고, 메밀만이 아니라는 생각이 들었다. 식문화만 하더라도 그 지역에서 땀 흘려 생산한 농산물에 깃든 땅의 생기와 인간의 혼으로 빚어지는 것이라야 온전히 내 것이고 보존·전승할 가치가 있는 것이 아니겠는가. 이미 그런 지경이 되었지만 춘천도 대부분 수입 메밀에 의존해 막국수업을 하면서 "이것이 우리의 메밀식문화이다"라고 하는 것이 낯간지러운 일은 아니가 하는 생각도 들었다. 다행히 춘천막국수협의회에서 몇 년 전부터 서면의 호숫가에 수만 평의 메밀밭을 조성해 시민들과 관광객에게 경관을 제공하고 정상적인 생육기에 맞는 경종(耕種)을 통해 메밀종자도 생산해 오고 있어서 '메밀문화의 자존심'을 조금씩 회복하고 있는 것은 반가운 일이다. 이농(離農)과 수입농산물로 기반이 무너진 농업 속에서 어떤 농경문화가 존속할 수 있는지 봉평의 메밀밭을 둘러보던 주영은 메밀의 고장에서 조차 메밀문화가 위협을 받고 있는 현상을 목도하고 씁쓸한 기분이 들었다. 축제장에서 느끼는 또 하나의 문제는 주최 측에서 관광객에게 뿌리다시피 나누어준 플라스틱꽃이다. 메밀꽃 같아 보이지도 않는 손가락 길이만한 플라스틱꽃을 메밀꽃이라고 나누어주고 젊은 여자애들이 그것을 양쪽 귀나 머리에 꽂고 다니는 것을 보았다. '이건 도대체 무슨 해괴한 짓인가' 싶었다. '자연친화

적이어야 할 메밀꽃축제가 이렇게 반자연적일 수 있는가?' 이 따위 유치하고 생각 없는 짓거리를 누가 축제 아이디어라고 냈는지 옆에 있으면 한 대 쥐어박고 싶은 심정이었다. 땅에 버려지면 분해되지도 않는 공해물질인 플라스틱꽃을 일부러 비용을 들여 만들어 쓰레기만 양산하는 이런 반자연적 행태를 즐기는 관광객들의 마음속에 순수한 메밀꽃의 이미지가 투영될 수 있을까 회의하지 않을 수 없었다. '설령 일순간이나마 메밀꽃의 잔상을 마음에 심는다 하더라도 그게 환경에 미치는 나쁜 영향을 상쇄하고도 남을만한 가치가 있는 것인가?' 하는 생각이 들었다. 그렇다고 주영은 자기가 뭐라고 세미나에서 주제넘게 그런 얘기를 할 처지는 아니었다. 그래서 세미나에서는 오로지 자기에게 주어진 주제에 국한해 발표를 했다. 봉평에서는 '이대팔막국수' 외에는 대개 밀가루와 전분을 섞은 낮은 함량의 보통메밀가루로 뽑은 막국수와 메밀전, 메밀전병, 메밀묵 등이 주된 메밀음식이었다. 축제 때 일본에서 초빙돼 온 요리사가 '소바'를 시연하는 프로그램이 있기는 하나 봉평에서 평소에 모리소바나 자루소바와 같은 일본 메밀국수를 전문으로 하는 집은 없었다. 주영은 신막국수를 소개하고 건면에 대한 계획도 들려주고 세미나를 마쳤다. 질의응답 시간에 봉평에는 산채연구소도 있고 허브나라도 있어 주변에 소재가 풍부하니 봉평 지역의 업체가 타타리메밀로 '블랙메밀'이라는 메밀차를 개발해 판매하고 있는 것이나 보통메밀로 메밀식혜를 만들어 팔고 있는 것처럼 자체적으로 신막국수를 개발해 볼 것이라고 한 참석자가 코멘트를 했다. 그는 국내 유일의 메밀음식문화연구소도 봉평에 있다고 했다. 주영은 성공할 것이라고 덕담을 해주고 어디서 누가 만들던 한국의 신막국수가 서양의 파스타처럼 세계적으로 존재감을 갖게 되었으면 좋겠다고 했다. 주영은 세미나가 종료된 후 평창읍에서 타타리메밀로 빵을 만들어 성업 중이라는 젊은 여성과 인사를 나누고 회의장을 나오는데 그때 막 회의장으로 들어서는 오봉태와 허종삼을 만났다.

"어! 두 분이 여긴 어쩐 일이세요?"

"마대표님이 여기서 세미나 하신다고 듣고 부리나케 왔디요."

주영이 갑작스런 만남에 놀라워하자 오봉태가 반갑게 응대했다.

"봉평에 메밀꽃 축제도 볼 겸 고객업소 방문도 할 겸 해서 왔습니다."

허종삼 이사도 깍듯이 인사를 했다.

"은경이와 애들도 잘 있지요? 애들도 많이 컸겠네요."

"그럼요. 큰딸은 초등학교 4학년이고 작은애는 1학년이지요."

"오이사님도 사업 잘 되시지요?"

"그렇소. 봉평에도 우리 '통일메밀' 사 가는 집이 꽤 늘었디요. 한 열 집 되지요? 이사장님?"

"예. 아홉 집입니다."

"잘 됐네요. 우리만 쓰는 줄 알았는데 그새 많이들 쓰게 되었다니 축하드려요."

"이게 다 돌아가신 정기사님 덕분입니다."

"맞소. 정기사님이 기반을 잘 다져 놓아 우리가 거저 먹잖소?"

두 사람은 정기사에 대한 고마운 마음을 여전히 간직하고 있었다. 통일메밀협동조합에서는 생산 물량이 늘어나면서 새터민협회의 투자를 받아 제분소도 직접 운영하게 되었다. 그래서 직접 재배한 메밀로 순메밀가루를 생산해 막국수업소에 직접 공급하고 있었다. 새터민협회 회원 중에서 트럭을 가지고 용달사업을 하는 회원과 계약을 맺어 주문을 받으면 업소까지 배달도 해주었다. '주영막국수'도 원료 메밀가루를 백 퍼센트 통일메밀협동조합으로부터 공급을 받아 왔다.

"다 이사님들이 열심히 하신 덕분이지요. 아무튼 통일메밀가족이 꾸준히 늘고 있다니 반갑네요. 언제 춘천에도 한번 오세요."

"그래야지요. '주영막국수'야말로 원조 고객인데다가 왕고객인데…… 우리 배달기사한테서 건면공장 짓는다는 얘기도 들었는데 내래 공장 개소식 때 가서 축하를 해드려야 하지 않갔소?"

"꼭 오세요. 건면이 출시되어 잘 팔리게 되면 메밀가루를 배 이상 더 써야 할지도 모르겠어요."

"그렇게 돼야지요. 우리 통일메밀도 재배면적을 더 늘려야 할 것 같네요."

"건면사업도 내수와 일본 수출 모두 잘 될 겁니다. 내래 마 대표님을 믿디요."

"감사합니다. 통일메밀도 더 잘 됐으면 좋겠어요. 허이사님은 은경에게도 안부 전해주세요."

"예. 그러지요. 잘 넘어가시라요."

오봉태와 허종삼은 번갈아 주영과 대화를 나누며 사업이 확장될 가능성에 대해 적지 않은 기대감을 품게 되었다. 주영은 춘천에서 다시 보기로 하고 두 사람과 헤어져 서석을 경유하는 새로 난 길로 접어들어 귀로에 올랐다. 고랭지배추로 이름이 난 내면의 국도변 마을을 지나면서 보니 길가에 즐비한 배추밭에는 무성히 자란 큼지막한 배추들이 줄지어 수확을 기다리고 있었다. 칼로 쪼개보나마나 노랗게 속이 꽉 차 있을 것이 분명했다. 날 것을 씹어도 단맛이 넘치는 배추속이 연상돼 입안에 침이 고였다. '주영막국수'와 '주영건면'도 그렇게 단맛 나는 속이 꽉 차기를 소망하면서 춘천을 향해 달렸다.

55

어느 날, 일본인 소바재료상과 같이 와서 통역을 했던 가이드가 주영을 찾아왔다. '주영건면'의 일본 총판권을 자기에게 줄 수 없겠느냐고 했다. 주영이 상대방의 신원에 대해 아는 게 없다고 하며 머뭇거리자 가이드는 일본인 소바재료상과의 특별한 관계임을 털어놓고 '그이'라고 하며 소바재료상과도 상의를 하고 청하는 것이라고 했다. 가이드는 현재는 소바재료상인 하야시상과는 연인관계인데 그는 오래 전에 상처를 한 처지라 조만간 그와 결혼을 할 것이라고 했다. 하야시상이 며칠 뒤 한국에 오는데 미리 총판 가능성을 타진해 보라고 해서 혼자서 먼저 오게 되었다는 것이다. 주영은 아직 총판을 하겠다고 나서는 사람이 없는데다가 하야시상은 처음 '주영막국수'의

일본 진출을 제의했고 동경에 견학을 갔을 때도 많은 도움을
준 사람이라 그가 직접 하겠다면 고려해 보겠다고 가능성을
열어 보였다. 가이드는 하야시상이 입국하면 다시 오겠다고
약속을 하고 돌아갔다. 그 사이 주영은 총판의 조건 등을 여
러 군데의 사례를 탐문해 가며 선희와 상의를 해 대비를 해두
었다. 며칠 후 가이드와 하야시상은 일본과자 선물을 들고 찾
아와 주영과 선희를 마주하게 되었다. 주영이 제시한 계약조건
에 대해 큰 이견이 없어서 가계약을 하고 공장이 완공되어 제
품이 출시되기 시작하는 시점에 정식 계약을 하기로 했다. 주
영은 이제 한식구나 마찬가지이니 잘 지내보자고 했고 하야시
상도 만족해하며 자기를 믿고 총판을 맡겨주어 감사하다고 했
다. 주영은 매우 우호적인 분위기 속에서 하야시상 일행과 함
께 테마파크와 신축중인 공장을 둘러본 후 마침 점심식사 시
간이 되어 식당으로 가 특별한 점심상을 차렸다. 메뉴판에 있
는 음식 이외에 주영이 직접 조리한 밑반찬도 몇 가지 더 상에
올렸다. 그야말로 집밥 수준으로 한식구 대접을 확실히 한 것
이다. 식사 자리에는 선희 부부도 함께 해 흉금을 털어놓고 대
화를 나누었다. 그런 가족 같은 분위기에 도취되어서인지 하
야시상은 통역하는 여성과의 인연에 얽힌 얘기를 자랑삼아 늘
어놓기도 했다. 그녀의 이름은 김순애이고 재일교포 출신이라

고 했다. 모 종교를 믿게 돼 교단이 주선한 합동결혼을 통해 한국남자와 결혼을 해 줄곧 서울에서 살았다. 동네에서 일본어 교습을 하다가 급성 폐렴에 걸린 남편과 졸지에 사별을 한 후 여행사의 끈질긴 섭외로 자격증을 따 가이드 일을 하게 되었다. 주로 서울에 온 일본인 관광객을 서울 시내와 근교 관광지에 안내하는 일을 했다. 춘천에는 주로 남이섬과 김유정문학촌을 찾는 단체관광 가이드를 하느라 몇 번 다녀간 적이 있었다. 비즈니스를 위해 서울에 온 일본인의 개인 안내는 하야시가 처음이었다. 한국의 소비재료 시장 진출을 모색하던 하야시가 여행사로부터 김순애를 소개 받아 전국의 소바전문점과 메밀국숫집을 같이 다니게 되었다. 김순애는 고객에게 질 좋은 서비스를 하기 위해 우리나라 메밀국수에 대한 공부를 사전에 철저하게 했다. 직접 조리도 해보고 사전도 찾아 용어도 익히면서 완벽한 통역을 하려고 무진 애를 썼다. 하야시상은 그런 순애의 열정과 성의에 감동을 받았다. 서울에 올 때마다 고정적으로 통역을 부탁해 두 사람의 만남이 잦아졌다. 재일교포였으므로 일본인에 대한 익숙함에다 열 살 위인 하야시의 자상함이 더해져 순애에게도 하야시와의 만남은 편안했다. 만남이 잦아지면서 두 사람은 누가 먼저라고 할 것도 없이 서로 연정을 품게 되었고 사적인 얘기도 나누게 되었다. 피차 싱

글임을 알고부터는 더 편안한 마음으로 잠자리까지 같이 하게 되었고 한번은 순애가 동경까지 가서 며칠 하야시와 밀회를 즐기고 오기도 했다. 이틀 예정으로 갔다가 하야시가 급성 장염으로 입원을 하게 돼 한번 급성 질환으로 남편을 잃은 경험이 있는 순애는 귀국을 늦추면서 지극 정성으로 하야시를 간병했다. 그런 순애를 보면서 사랑의 감정이 고조된 하야시는 입원실에서 링거를 꽂은 팔로 순애를 포옹하며 청혼을 했었다. 순애도 그 자리에서 그의 청혼을 받아들이기로 결심을 했다. 그래서 지난번에 왔을 때 주영에게 하야시와의 특별한 관계를 실토하면서 총판을 제의할 수 있었던 것이다. 주영 앞에서 순애를 대하는 하야시의 눈빛과 언행을 보아도 그가 진실로 순애를 사랑하고 있음을 느낄 수 있었다. 주영은 두 사람의 사랑을 직접 확인하고 미리 결혼을 축하해 주기도 했다. 앞으로는 주영도 순애를 단순히 통역만 해주는 가이드가 아닌 사업의 파트너로 대해야 할 것으로 생각되어 그녀와의 교감이 중요할 것으로 생각되었다. 순애의 고운 성품도 느껴져 총판을 하면서 주영의 속을 끓일 것 같지는 않을 것 같은 넉넉한 믿음도 생겼다. 선희 부부도 같은 느낌이었다. 자리를 파할 때쯤 되어 순애는 선희에게 "언니"로 부르고 싶다고 했다. 선희도 흔쾌히 동생 하자고 해 주영은 "그럼 나는 뭐가 되는 거냐?"고 했다. 하야시가 눈치로 감을 잡고 "쓰리 시스터(three sisters)!"라고 하며 얼른 세 사람의 관계를 규정해 주었다. 그 말을 들으면서 상섭은 언젠가 '세 자매'의 스토리텔링이 테마파크의 한 코스가 될 수도 있겠다는 생각을 했다. 이 자리가 '세 자매의 방'을 위한 효시(嚆矢)가 될 것 같은 예감에 어떤 콘텐츠를 만들어 가야 할지 머릿속이 빠르게 돌아갔다. 주영은 공장 준공과 제품 출시의 대략적인 일정을 알려주고 서울로 돌아가는 그들을 주차장 입구까지 따라가 배웅을 했다.

56

선희가 공장이 거의 완공될 무렵에 박교수와 최교수를 '주영막국수'로 초대를 했다. 두 교수는 개인적으로 몇 번 손님을 모시고 다녀간 적이 있어서 주영도 낯이 익었다. 그래서 선희를 통해 도움을 많이 받은 두 교수에게 주영이 대접을 해야겠다고 생각해 선희와 상의해 날을 잡은 것이었다. 특별히 신경을 써 상을 차려내고 선희 부부와 함께 주영도 합석을 했다. 사업에 관한 여러 가지 얘기를 나누다가 박교수가 '주영건면'에 대해 태클을 걸었다. 회사 명칭과 제품 명칭에 오너의 이름만 쓴 것에 대해 불만을 토로한 것이다. 수출까지 하게 된 막국수 건면 사업에서 '춘천'이 빠져서 되겠느냐는 일리 있는 지적이었다. '춘천막국수'의 고장에서 만들어지는 건면인데 이름에 춘천을 넣어서 사업이 잘 되었을 때 춘천의 자랑이 되고 춘천사람들의 자부심이 되게 할 필요가 있다는 것이다. 주영은 물론 선희 부부도 뒤통수를 한 대 얻어맞은 듯 정신이 번쩍 들었다. 이전신고를 하면서도 지금까지 아무도 그런 생각을 못했던 것이다. 주영은 미처 그 생각을 못해 부끄럽다고 하며 그 자리에서 개명을 해주면 얼른 변경신고를 하겠다고 했다. 이런저런 논의 끝에 오너이름과 지역이름을 같이 쓰는 '춘천주영건면'으로 결론이 났다. 영어로는 'Chunchon Juyoung Dried Noodle'이 되어 꽤 긴 이름이 되지만 그래도 춘천을 병기하는 것이 맞는 것 같아 주영은 박교수에게 감사를 표했다. 줄여 쓰는 경우에는 '춘주면(春周麵)'으로 하면 좋겠다는 박교수의 의견에도 모두들 동감이었다. 춘천을 의미하는 봄 '춘(春)' 자에 주영을 뜻하는 두루 '주(周)' 자를 합치면 '춘천에서 시작해 두루 퍼지는 국수'로 해석할 수도 있을 것 같아 주영도 대만족이었다. 또 '주' 자가 다르기는 하지만 '춘주(春州)'는 춘천지역의 옛 지명이기도 해 한글만으로는 춘천을 의미하는 동의어로 들리는 점도 좋게 느껴졌다. 그래서 주영은 공장 개소 전에 모든 변경절

차를 마치기로 하고 이미 주문해 놓은 포장지와 박스 회사에도 급히 연락을 해 변경하도록 조처했다. 이번 일을 통해 선희 부부와 주영은 박교수의 막국수와 춘천 사랑에 대해 깊은 감명을 받았다. 그가 왜 말년에 『춘천막국수』라는 책을 펴내게 되었는지 알 것 같았다. 춘천막국수축제를 시작해 25년이 지나는 동안 아무도 '춘천막국수'를 종합적으로 다룬 책은 출간하지 않았다. 그동안 박교수는 메밀 책과 잡곡 책 위주로 여러 권의 저서를 냈는데 '춘천막국수'에 대한 책이 없다는 사실에 일말의 책임감도 느껴서 얼마 전 서둘러 저술과 출판을 하게 되었다고 했다.

그로부터 2주가 지나 공장도 완공이 되어 주영은 개소식을 할까 하다가 일단 제품부터 만들고 일본 수출을 위해 첫 선적이 되는 날 선적기념을 겸해 개소식을 하는 게 좋겠다는 생각을 하게 되었다. 선희 부부도 주영의 복안에 동의하여 김순애와 하야시상과 연락을 취한 끝에 개소식은 한 달 뒤로 일정이 잡혔다. 시간적 여유도 좀 생긴 탓에 주영은 관장인 상섭에게 근사한 개소식 이벤트를 주문했다. 상섭은 마당극 연출가인 PD와 상의를 해 공개적인 문화행사로 개소식을 치르기로 했다. 개소식 하는 날을 옐로우 캡 데이(Yellow cap day)로 정해 점심시간에 택시기사 30명을 초청해 식전행사로 공연장에서 먼저 마당극 공연을 하고 공장에서 개소식을 한 후 점심을 제공하는 것으로 계획을 세웠다. 그리고 옐로우 캡 데이는 매년 같은 날 한 차례씩 치러 택시기사 위로 행사를 정례화 하기로 했다. 택시기사를 위로하며 택시기사들의 입소문으로 '춘천주영건면'의 홍보를 시도하는 전략이기도 해 주영과 선희도 적극 지지했다. 개소식 날엔 초청한 택시기사 서른 분 외에 춘천시 관계자, 춘천막국수협회 회원, 소상공인회 임원, 박교수와 최교수, 하야시와 김순애, 중선과 어머니 등 여러 분이 참석을 했다. 계획대로 11시쯤 마당극 공연을 50분간 하고 공장 앞으로 이동해 간단한 경과보고에 이어 테이프 커팅 및 내빈 몇 분의 축사 겸 덕담이 이어졌다. 박대석 교수는 축사를 통해 "우리나라에서 건면은 2000년대 중반부터 주목을 받기 시작했다. 농심이 2008년 둥지냉면과 후루룩구수를 출시한 이래 2010년 시장규모는 약 500억 원까지 올라갔다. 그 후 잠시 정체했다가 프리미엄 라면 바람을 타고 2015년 이후 크게 성장세로 돌아섰다. 2016년에 내놓은 풀무원의 '육개장칼국수'가 기름에 튀기지 않은 쫄깃한 면의 살아있는 식감으로 6개월 만에 1,000만 개가 팔렸다. 2018년 건면시장 규모는 1,178억 원으로 930억 원이었던 2016년에 비해 20% 이상 성장했고 이듬해는 1,400억 원에 이를 것으로 추정된다."고 하며 건면제품에 대한 소비자의 반응이 뜨겁다고 했다. 개회식을 마치고 참가자들 모두 식당으로 가 준비된 음식으로 점심식사를 했다. 초대받은 택시기사들은 감사를 표하고 열심히 손님들에게 홍보를 해주겠다고 했다. 하야시는 그 시간 부산항에서는 선적이 되고 있다고 했다. 일본 시모노세키항에서 통관절차가 마무리 되는 대로 동경으로 운송돼 소바재료의 판매망을 타고 전국으로 판매가 될 것이라고 했다. 일본에서는 이미 제품 홍보 카탈로그가 제작되어 배포되었다고 했다. 국내에서는 주영이 대형 백화점에 직접 납품을 하고 전국의 식자재상들로부터도 직접 주문을 받아 택배로 물건을 보내주고 있다. 또한 주영이 홈쇼핑 MD와 접촉해 물량이 확보되는 대로 신막국수 건면 세트 제품을 만들어 런칭할 계획을 추진 중이다. 이렇게 하여 '주영막국수'의 신막국수는 즉석면과 건면 모두 날개 돋친 듯 판매되고 있고 테마파크의 전시, 체험 및 공연도 지역의 고유한 문화관광상품으로 제 역할을 톡톡히 하고 있다. 운송은 택배회사에 맡기는 데도 생산과 포장 등 일거리가 늘어남에 따라 정규 직원도 네 명 채용해 기존의 식당과 테마파크 직원까지 합치면 총 열 명의 직원을 두게 되었다. 파트타임 일용직까지 합치면 주영이 고용하는 연인원은 5백 명이 넘었다. 돌이켜 보니 처음 원주에서 시작한 게 엊그제 같은데 어느새 12년이 훌쩍 지났다. 아들은 고등학교 3학년이 되었고 중선도 발병한 지 8년이 되었으나 전이가 되거나 악화되지 않고 건강을 잘 유지하고 있다. 양가의 어머니도 아직 근력을 유지하며 간간이 집안일을 돕고 계신다. 선희도 정년퇴직이 가까워지고 있어 이층짜리 컨테이너에 조금씩 갖추어 온 메밀연구소를 본격 가동할 준비를 하고 있다. 나이가 더 들면 이층을 오르내리기도 힘들 것 같아 이층은 자료실로 쓰고 아래층 컨테이너에 연해서 컨테이너 두 동을 추가로 설치했다. 새로 설치한 것을 연구소 공간으로 활용하고 기존 아래층은 '어머니방'을 꾸미기로 했다. '어머니방'은 전시나 체험 공간이 아니라 명상의 공간으로 꾸몄다. 그 방에 들어서면 누구나 어머니를 떠올리며 모정에 대한 진한 그리움을 느끼는 공간으로서 여자들에겐 어떤 어머니의 삶을 살 것인지, 남자들에겐 제 어머니에게 어떤 아들이었는지를 되돌아보도록 음악과 글귀와 사진 및 영상을 통해 잠시 앉아 명상을 하고 나가게 설계를 했다. "막국수 먹으러 왔다가 너무 센 힐링을 강요하는 게 아니냐?"고 중선의 걱정스런 반응도 없지는 않았으나 주영과 선희는 테마파크 중의 핫 플레이스(hot place)로 '어머니방'을 꼽았다. 막국수는 단순히 메밀가루로 면발을 뽑아 삶아 배를 채우는 '생명의 양식'을 넘어 자식들을 위해 산화하여 여러 개로 갈래진 모성의 뿌리를 모아 허기진 영혼을 채우는 '영혼의 양식'이기 때문이라고 했다. 그런 의미를 상징하듯 '어머니방'의 출입문에는 어머니가 젓가락으로 국수 가락을 집어 아이의 입에 넣어주는 그림이 그려져 있다. '어머니방'에서는 자신을 낳아서 길러준 어머니에 대한 정겨움과 그리움을 반추하며 어머니에 대한 사랑과 어머니의 은혜에 대한 보은의 무게를 달아보는 것이다.

57

오늘은 주영의 회갑 날이라 식구들과 지인들이 식당에 모여 회갑 잔치를 벌였다. '주영막국수'의 실질적인 창업 공신들이 모두 머리가 희끗희끗하고 얼굴에 주름도 잡혀 나이 들어가는 티가 역력했으나 어느 때보다도 표정이 밝고 화기애애했다. 양가의 어머니는 두 분 다 큰 고생 없이 팔순을 넘기고 노환으로 별세했다. 중선은 발병 후 십 년까지는 건강을 잘 유지하다가 주영이 마흔 다섯이 되었을 때 재발해 일 년여의 투병 끝에 먼저 세상을 떴다. 주영이 중선과 영원한 이별을 해야 했을 때는 하늘이 무너진 것 같았다. 암세포의 재발과 전이는 의학적으로 설명이 안 되는 것이었지만, 중선은 가족에게 슬픔을 남기지 않으려고 무진 애를 썼다. 어떻게든 이겨 보려고 애쓰던 중선의 모습이 한동안 눈앞에 어른거려 견딜 수가 없었다. 아들 몰래 눈물을 쏟고 퉁퉁 부은 눈으로 아침마다 아들의 눈길을 피하느라 신경을 곤두세우곤 했다. 그래도 아들 때문에 중선을 잃은 슬픈 상흔을 가슴에 안고 외롭고 아픈 시간을 버텨냈다. 그 후 십오 년을 사업에만 전념해 식당과 회사를 안정적으로 키운 주영은 이런저런 사업 확장에 대한 유혹을 이겨내고 열다섯 명의 직원으로 현상을 유지하고 있다. 아들 재성이 대학에서 식품공학을 전공하고 과 커플과 결혼해 어머니 사업을 돕고 있어서 때가 되면 아들에게 사업체를 넘겨주고 주영은 진폐증으로 돌아가신 아버지를 생각해 평생 하고 싶었지만 못했던, 생존해 있는 진폐증 환자와 그들의 유가족을 돕는 일을 하면서 여생을 보낼 생각이다. 정선과 태백 일대에는 6천 명이 넘는 진폐증 환자가 있었고 태백에 그들의 혼령을 추모하는 위령탑이 있는데 처녀 적에 한 번 가 본 적이 있었다. 그게 아니더라도 주영은 이미 수익의 사회 환원 차원에서, '주영700'으로 상당한 금액을 자선단체에 기부했고 또 막국수 꿈나무 육성 차원에서 중선이 작고한 그 이듬해부터 '마주영정중선막국수장학재단(약칭 마정재단)'을 만들어 관내 초·중·고등학교 졸업식장에서 학교별로 한 사람씩 소정의 '막국수장학금'을 지급해

왔다. 중선의 장례 때 받은 조의금도 모두 재단의 장학기금으로 쾌척했다.

"언니! 언니!" 하면서 일본 총판을 잘 키워준 순애와 하야시도 사업이 번창해 돈도 많이 벌고 번 돈으로 좋은 일도 많이 했다. 해마다 한국 학생 두 명씩을 뽑아 일본에서 석사 또는 박사과정에서 메밀을 연구하도록 지원해 왔는데 혜택을 받은 수혜자가 벌써 20명이 넘었다. 그가 운영하는 장학재단도 '춘주장학재단'이라고 이름을 지어 춘천주영건면과의 끈끈한 정과 의리를 보였다. 특히 하야시는 한 여행사와 제휴하여 정기적으로 일본인 단체관광단을 유치하는 데도 앞장을 서주었다. 그 덕택에 막국수테마파크의 일본 내 인지도가 크게 향상되었고 찾아오는 일본인 관광객도 현저하게 증가했다. 국내 여행사에서도 '춘천막국수' 일일여행 상품을 기획해 수학여행, 실버관광, 주부관광 등 테마별 막국수여행 프로그램이 생겼는데 그때마다 막국수테마파크는 필수코스가 되었다.

선희와 상섭은 공직을 은퇴한 이후의 삶을 연구소와 테마파크와 더불어 열정적으로 살아 지역을 대표하는 '문화일꾼'이 되었다. 매주 한 차례씩 방문객을 대상으로 진행된 선희의 '메밀 강연'은 방송국에서도 탐을 낼 정도로 명강의로 소문이 나기도 했다. 선희가 중심이 되어 테마파크 주관으로 인근

KT&G 상상마당 회의실을 빌려 개최한 세 차례의 막국수심 포지엄은 춘천이 '막국수와 메밀의' 고장으로 더 확고히 뿌리를 내리고 국제적으로도 한국의 메밀문화를 선양하는 데 큰 역할을 했다. 그 공로로 시에서 주는 '시민상'도 받았고 『메밀』, 『막국수테마파크』, 『이빈문집』, 『창작마당극 작품집』 등 저술 또는 편찬한 책도 여러 권이 있다. 선희의 아들은 토론토대학을 나와 캐나다 오타와에서 공인회계사로 일하며 캐네디언 여성과 결혼을 해 슬하에 1남 1녀를 두었다. 가끔 아들네 집을 방문할 때는 교포모임에 나가 '춘주면' 시식회를 주선하기도 했다.

주영은 손님들과 잔칫상에 둘러앉기 전에 잠시 짬을 내 선희와 순애를 데리고 관장이 꾸며 준 '세 자매의 방'으로 갔다. 세 여인이 인연이 된 계기부터 사업을 하면서 있었던 에피소드가 사진과 그림, 한지공예 등으로 재미있게 잘 표현되어 있었다. 피를 나눈 친자매는 아니었으나 그에 못지않게 짙은 인간적 우애와 사업파트너로서의 의리 있는 협력 사례가 타 회사 경영에도 귀감이 될 정도로 볼만하게 꾸며져 있었다. 그래서 그 방의 별명은 '우정의 방'으로 불리기도 했다. 조금 늦게 도착한 맏딸 진희 내외가 주영을 찾다가 '세 자매의 방'까지 따라

들어왔다. "자기도 끼워 주지 그랬느냐?"고 볼멘소리를 하면서
도 세 사람 모두 친동생처럼 따뜻하게 품어 주었다. 진희 내외
는 농협을 퇴직하고 본가 근처에 농토를 장만해 블루베리농장
을 하고 있다며 주영에게 회갑 선물로 줄 블루베리를 잔뜩 따
왔다고 했다. 진희는 또 막국수를 뽑기 위해 메밀가루를 반죽
할 때 블루베리즙을 섞으면 국숫발의 색이 곱고, 맛도 더 좋다
고 했다.

    식당으로 돌아온 주영은 강릉에서 온 시아주버니와 윗동서
의 축하를 받았다. 상선 내외도 모두 공직에서 퇴직을 하고 연
금으로 생활하면서 자주 해외여행도 다니면서 재미있게 살고
있다. 자녀들도 모두 대학을 졸업하고 부모들처럼 공무원이 되
어 결혼해 잘 살고 있다. 막내 미희는 사업에만 전념해 원주에
피부관리사를 두고 운영하는 숍을 두 개나 가지고 있는데 개
소식을 앞두고 주영과 순애의 적극적인 중매로 하야시의 전처
소생인 다카시 하야시와 뒤늦게 전격 결혼을 하게 되었다. 그
래서 다카시와 인도네시아 발리로 허니문을 떠나 개소식에 오
지 못했다. 신혼여행에서 돌아오면 다카시는 동경-원주와 원
주-춘천을 오가며 아버지 사다오 하야시의 사업을 돕다가 장
차 막국수테마파크에 세계메밀민속박물관이 세워지면 춘천에

정착해 박물관을 운영할 계획이다. 미희는 자신의 모교로부터 외래강사로 위촉되어 일주일에 이틀은 학교에 나가 실기지도를 해주고 있다. 미희가 개발한 메밀화장품은 OEM(Original Equipment Manufacturer, 주문자 상표 부착 생산) 방식으로 제조해 많은 양은 아니어도 전국적으로 꾸준히 판매되고 있다.

주영의 동생 미영은 언니의 가게였던 '주영막국수'를 인수한 이후 사업을 잘 해서 조기 퇴직한 제부와 같이 지금도 원조 '주영막국수'를 경영하고 있다. 딸만 둘을 둔 미영 부부는 딸들이 모두 어릴 적부터 음악을 해서 오스트리아 빈 국립음악원으로 딸들을 유학 보냈다. 큰딸은 피아노를 전공하고 작은딸은 성악을 전공하고 있어서 가끔 귀국해 자매리사이틀을 하기도 하는데 언젠가는 이모가 하는 춘천의 막국수테마파크 공연장에서 같이 연주를 하기도 했다.

식탁에 둘러앉아 잔치음식을 먹으면서 식구들은 옛날 얘기에, 자식자랑에 대화가 끊일 사이가 없었다. 축하를 해주러 온 지인들이 옆에 앉아 소외감을 느낄 정도여서 선희가 중간에 사회를 자청하고 나섰다.

"자! 지금부터는 내게서 발언권을 얻어서 얘기하세요."

식사 자리는 금세 간담회 자리처럼 변했다. 선희의 능란한 사회 솜씨로 공통의 주제에 대해 돌아가며 한마디씩 하다 보니 예측 불허의 기발한 얘기도 있고 재미있는 추억담도 튀어 나왔다. 20년 넘게 교류해 온 지인들이다 보니 주영과 얽힌 얘기가 보통 많은 게 아니었다. 주영이 순애의 주선으로 지인들과 일본 온천여행을 갔다가 민슈쿠(民宿, 민박집)에서 기모노을 입고 방이 헷갈려 일본인 부부의 방으로 들어갔다가 혼비백산하고 나왔던 얘기는 추억담 중의 백미(白眉)였다. 누군가 주영이 중선과 사별하고 지인들이 수없이 재혼을 하라고 괜찮은 남자를 소개해 준데도 한 번도 응하지 않은 얘기를 했을 때는 잠시 숙연한 분위기가 되기도 했다. 그럴 때 주영은 "시집을 갈 걸 그랬나? 사실 수도(修道)하느라고 힘들었다."고 농담을 해 금방 분위기를 반전시켰다. 특히 중선을 보내고 나서 하야시와 깨를 볶는 순애와 같이 다니는 게 참기 힘든 고행이었다고 말하며 순애에게 장난기 섞인 농을 던져 좌중에서 한바탕 웃음이 터졌다. 진희가 이때를 놓치지 않고 농장에서 따온 블루베리를 그릇에 담아 내놓았다. 모두 블루베리의 파란 단물을 삼키며 곱게 물든 추억도 함께 가슴에 스며드는 것 같은, 황혼의 여심(女心)에 흠뻑 젖어 들었다.

그 사이 상섭은 하야시와 후임 관장으로 내정된 주영의 아들 재성을 데리고 테마파크 오른쪽에 있는 산자락 사이의 오솔길을 걸어 산 정상으로 올라갔다. 나무숲 사이로 테마파크가 내려다 보였다. 주차장 입구에 세워진 대형 막국수타워도 눈에 들어왔다. 야간에는 그 타워에 조명등이 켜져 마치 막국수와 고명이 담긴 막국수그릇처럼 보이도록 한 조형물이다. 상섭은 예비 관장, 재성에게 하야시도 공동 투자를 하기로 한 테마파크의 새로운 비전을 설명했다. 뉴비전(New vision)의 핵심은 테마파크 주변에 힐링을 위한 숲을 조성하는 것과 세계메밀민속박물관을 세우는 것이다. 테마파크 주위를 빙 둘러 10년 전에 조성한 자작나무길은 이미 사방으로 뻗은 나뭇가지가 컨테이너의 지붕을 덮을 만큼 커서 운치가 있다. 자작나무 뒤로 경사진 야산에는 군데군데 소를 키우는 축사가 있었는데 주영이 그 일대를 매입해 전나무숲을 조성하는 중이다. 예비관장은 이곳에 가족들이 즐길 수 있는 글램핑 캠핑장을 만들 계획이다. 하야시는 또 이곳에 소바재료상을 하면서 모은 세계의 메밀민속품들을 전시하는 세계메밀민속박물관을 세우기로 했다. 미희와 혼인을 한 아들 다카시가 오사카대학에서 민속학을 전공했으므로 그로 하여금 춘천에 정착해 세계메밀민속박물관의 큐레이터와 관장을 겸해 박물관을 운영하게 할 것이다. 다카시가 미희보다 한 살 더 먹었는데도 결혼이 늦은 것은 아프리카 민속에 심취해 한동안 자이카(JICA, 일본국제협력기구) 대원으로 르완다에서 지내느라 그렇게 되었다. 그의 전문적 식견과 해외 체류 경험은 지구촌에 유일한 '세계메밀민속박물관'의 독창적 지위와 문화적 가치를 내재하는 데 조금도 부족함이 없을 것이다.

'네 시작은 미약하였으나 네 나중은 심히 창대하리라(욥기 8장 7절)'는 성경의 구절처럼 주영에게 '주영막국수'와 '춘천주영건면'은 평생을 바쳐 일군 과업이었다. 시아버지의 막국수 사랑이 도화선이 되어 대를 이어 번창할 수 있게 든든한 기반을 자신이 만들었다고 생각하니 주영은 심연으로부터 벅찬 감흥이 끓어올랐다. 함께 해준 시누이 선희 부부와 여동생 미영이 고마웠고 돌아가신 양가의 부모님들의 성원도 감사했다. 사랑하는 중선이 과업에 끝까지 동참하지 못하고 사별을 하게 된 것은 가슴 아픈 일이었다. 중선을 지켜주지 못하고 인연을 맺어준 시아버지 곁으로 보내면서 미안한 마음을 억누를 길이 없었다. 그때 마음속으로 했던 수많은 다짐과 약속을 어느 정도 이뤄낸 것 같아 그나마 천국의 중선에게도 위로가 되었기를 바라는 마음이다. 이제 주영이 현업에서 손을 놓더라도 믿음직한 아들과 며느리가 주영의 뜻을 잘 이어받고 작고하신 아버지와 조부모님의 막국수 사랑도 잘 지켜갈 것이다. 아들이 중선을 추모하는 '아버지방—항암투사 정중선'도 메밀과 막국수의 항암연구 결과를 중심으로 조만간 설치할 계획이다.

그래서 '주영막국수'는 둘둘 감겨 그릇에 담기는 순백(純白)의 막국수 면발처럼, 발가벗겨져 비로소 향기와 풍미를 자아내는, 위선도 가식도 없는 서민적 삶의 원형을 세대와 국경을 넘어 면면이 이어가게 될 것이다. '두루 번성케 하리라'는 '주영(周榮)'의 창업정신은 날이 갈수록 빛을 발해 입에서 입으로, 가슴에서 가슴으로 막국수의 영토를 넓혀 가게 할 것이다. 그것은 사람들의 가슴에 또 하나의 연가(戀歌)로 남아 세상을 사는 힘이 될 것이다. 그렇게 온 누리에 퍼진 막국수는 사람들의 가슴에 또 하나의 연가(戀歌)로 남아 두고두고 세상을 사는 힘이 될 것이다. '생명'과 '문화'를 살리는 힘이 되어 사람들의 마음에 달빛 같은 메밀꽃을 피우고 솔잎처럼 푸른 '평화'를 열매 맺을 것이다.

주영의 회갑 잔치를 막 파하려고 하는데 주영과 함께 일본을 다녀왔던 최준영 교수가 식당 안으로 들어섰다. 최교수도 최근에 정년퇴직을 했다는 소식을 선희로부터 들었었다. 선희가 먼저 최교수를 알아보고 일어나 반겼다.

"교수님! 어쩐 일이세요? 어서 오세요?"

"이 좋은 자리에 저만 빼고 잔치를 하십니까?"

최교수는 진담 반 농담 반으로 첫 마디 말을 했다.

"죄송해요. 바쁘실 줄 알고 연락도 못 드렸네요."

주영이 송구한 마음으로 최교수의 손을 잡아끌어 자리에 앉혔다.

"회갑 축하드립니다. 마대표님이 아직도 40대로 보이는데 회갑이라니 믿어지지 않네요."

"참! 교수님도 40대라니요? 너무 띄워 주시는 것 아니에요? 요즘 회갑 잔치는 다들 안 하는데 애들이 고생했다고 일을 벌였네요."

"그럴 만 하지요. 마대표님이 하신 일이 아무나 할 수 있는 일이 아니지요. 아들과 며느님이 생각을 잘 했네요. 역시 마대표님 후예다워요."

"그렇게 좋게 봐 주시니 감사합니다. 교수님도 퇴직하셨다면서요?"

"예. 30년 봉직하고 조용히 물러났습니다."

"박교수님 근황은 어떠세요? 팔순이 다 되셨을 것 같은데……"

선희가 지도교수의 근황을 물었다.

"예. 그렇잖아도 여기 오기 전에 댁에 들러 잠깐 박교수님 뵙고 오느라 늦었습니다. 허리 통증으로 거동은 잘 못하시는데 정신은 온전하세요. 기억력도 좋으시고요. 저보고 대신 축하한다고 전해 달라는 말씀도 하셨어요."

"저도 한 번 찾아뵈어야 하겠네요."

"정박사님 뵈면 교수님도 무척 반가워하실 거예요."

"참! 교수님이 마대표님께 선물도 주셨어요."

최교수는 쇼핑백에서 박교수에게서 받은 A4용지 파일을 마대표에게 전해 주었다. 한 장 한 장 넘기며 파일을 들춰본 마대표는 "어머! 교수님!" 하며 눈물을 흘렸다. 같이 들여다보던 선희도 감동의 눈물을 흘리며 말을 잇지 못했다. 그것은 주영을 모티브로 쓴 소설 「춘천막국수」였다. 교수님이 말년에 소설가로 데뷔해 여러 작품을 발표하신 것은 선희도 알고 있었고 교수님의 막국수 전문서인 『춘천막국수』 책도 주영의 사업에 많은 참고가 되었었다. 하지만 춘천막국수를 주제로 단편소설을 쓰신 줄은 아무도 몰랐다.

"저도 몰랐었는데 박교수님이 마지막 작품으로 생각하시고 오년 전부터 쓰기 시작했는데 건강이 안 좋아 완성을 못하다가 얼마 전에 손자의 도움을 받아 완성을 하셨답니다. 저도 교수로 정년퇴직을 했지만 정말 박교수님의 메밀과 글에 대한 열정은 못 따라갈 것 같습니다."

최교수도 박교수의 혼신을 다한 마지막 작품에 적지 않은 감동을 받고 자신이 꾸려갈 노년의 삶에 대해 큰 가르침을 받았다고 했다. 박교수의 소설 「춘천막국수」의 요지는 이랬다.

58

"일찍 남편을 여의고 아들 하나를 키우며 새로 개발한 레시
피로 막국숫집을 하던 김선영(주영의 소설 속 이름이었다)은 갖은
고생 끝에 업계에서도 인정하는 '막국수 명인'으로 우뚝 섰다.
고향도 아닌 객지에서 하나씩 배워 가며 조리와 경영에 남다
른 투혼을 발휘해 지역의 막국수산업에도 적지 않은 기여를
했다. 사십 대 중반에 혼자되어 일에만 집중하다 보니 건면을
수출할 정도로 사업에는 남부럽지 않은 성공을 했다. 주변에
그런 선영을 관심 있게 지켜보던 사람들이 많았다. 사업적으
로 접근하는 사람도 있었고 연정을 품고 구애를 해오는 사람
도 있었다. 그러나 어떠한 경우에도 선영의 마음을 움직이지
는 못했다. 그러다 보니 남자든 여자든 선영이 막국수 이외의
다른 일로 그들과 엮이는 일은 없었다. 선영을 흔들어 보려고
다양한 직위의 사람들이 직분을 이용해 이런 저런 수작을 걸
어 보았지만 선영은 끄덕도 하지 않고 잘 버텨냈다. 공무원은
행정적 규제로, 기자는 음해성 기사로, 교수는 전문적인 컨설

팅 등 막국수 일을 가장해 선영에게 접근해 어떻게 좀 해보려고 했지만 소용없는 일이었다. 그런 과정에서 벌어진 음모와 공작과 회유는 선영에게 깊은 상처를 남길 법도 했지만 선영은 속아 넘어가지 않고 대범하게 모두 희극으로 치부해 버렸다. 그런데 딱 한 사람 선영을 흔들다 못해 심하게 가슴앓이를 하게 만든 남자가 있었다. 선영은 진폐증으로 돌아가신 아버지를 잊지 못해 사업을 하면서도 가끔 친정엄마를 모시고 탄광촌을 찾곤 했었다. 아버지가 잠든 추모원에도 가고 진폐증으로 죽은 광부들의 위령탑도 찾아 추모를 했었다.

그날도 추모원을 거쳐 태백에 가서 위령탑에 헌화와 분향을 하고 춘천으로 돌아오는 길이었다. 강원랜드가 있는 사북 근처의 국도를 달리는데 남루한 옷차림의 한 중년 남자가 차를 세웠다. 다른 때 같으면 모른 척 하고 그냥 지나쳤을 텐데 그날따라 선영은 엄마가 그냥 가자고 하는 데도 듣지 않고 차를 세워 그를 태웠다. 차를 얻어 탄 그는 선영과 엄마에게 연실 고맙다고 하며 영월까지만 태워 달라고 했다. 백미러에 비친 그의 모습은 며칠 굶은 사람처럼 기운이 없고 몹시 지쳐 보였다. 무언가 알 수 없는 수심으로 가득 찬 그의 창백한 얼굴이 선영에게 측은지심을 갖게 했다. 죽은 남편 생각도 났다. 엄마도 같은 느낌이었는지 차안에 있던 먹을 것을 챙겨주자 그는 허겁지겁 음식을 먹고 잠이 들었다. 그를 어디에서 내려주어야할지 몰라 일단 영월역 앞에서 차를 세우고 그를 깨웠다. 그가자기 집까지 가자고 해 차를 돌려 동강변 제방 밑의 한 허름한집 앞에 차를 세우자 그가 줄 게 있다며 잠시 기다려 달라고했다. 그는 누르스름한 먼지투성이의 고서 한 권을 건네주며고마운데 줄 게 이것 밖에 없으니 갖고 가라고 했다. 선영은차 한번 태워주고 뭔지 모르지만 고서를 받아 간다는 게 용납이 되지 않아 사양했으나 그는 막무가내로 가지고 가라고 했다. 그런 그의 얘기를 더 들어볼 필요가 있을 것 같아 선영은차에서 내려 그를 앞세워 그의 집으로 들어갔다. 집은 허름하고 한동안 사람이 살지 않았었는지 온기도 전혀 없었다. 선영은 툇마루에 걸터앉아 그에게 무슨 사연이 있는지 자초지종을들어 보았다. 그는 십여 년을 임시직으로 탄광에 다니다가 진폐증 판정을 받아 삶의 의욕을 잃고 카지노에 가서 수중에 있는 돈도 다 날렸다고 했다. 탄광도 잘려서 집으로 와야 하는데 차비도 없어서 길가에서 차를 얻어 타려고 수없이 손을 들어 사정을 해보았지만 아무도 차를 세워 주지 않았다고 했다.그 순간 이 사회에서 버려진 것 같아 죽고 싶었다고 했다. 그런데 선영이 차를 태워 주어 그렇게 고마울 수가 없었다고 했다.몸도 병들고 가진 돈도 없고 직장도 잃어서 살아갈 희망이 없음을 토로하는 그의 모습에 선영은 마음이 아팠다. 돌아가신 아버지의 젊은 날을 보는 듯했다. 그래서 그를 이대로 여기에 두고 고서만 챙겨들고 그 집을 나올 수가 없었다. 선영은 그 자리에서 그가 꼭 집에 있어야 할 이유를 물었다. 그가 딱히 그래야 할 이유가 없음을 알고 그를 다시 차에 태워 춘천으로 왔다. 차를 태워준 데 대한 감사의 표시로 그가 준 고서는 그에게 다시 돌려주었다. 나중에 전문가에게 감정을 받아 보니 그 고서는 조선시대에 쓰인 작자 미상의 일기장 같은 것이었다. 그렇게 값을 많이 쳐주는 것은 아니었으나 그래도 소장 가치는 있는 것이라고 했다. 일기장에는 음식 문화에 대한 내용도 있는 것 같다고 해 나중에 전문가에게 의뢰해 전문을 해석해 보기로 하고 일단 그에게 가보로 잘 간직하도록 했다. 그리고 선영은 그를 제 식당에서 일하게 해주고 병원치료도 받게 해주었다. 그는 성실하게 선영의 사업을 도우며 건강도 차츰 좋아졌다. 주변에서 모르는 사람들은 선영과 나이가 엇비슷한 그가 마치 선영과 무슨 특별한 사이라도 되는 게 아닌가 하고 의혹의 눈길로 쳐다보기도 했다. 선영의 사업 중에는 건면생산도 있어서 남자 직원으로서 공장에도 할 일이 많았지만 선영은 그에게 주방보조를 하면서 막국수 조리법을 배우게 했다. 약을 꾸준히 복용하며 진폐증을 다스리는 생활습관도 잘

들이도록 자주 조언을 해주었다. 선영이 그에게 지나치게 신경을 쓰는 것 아니냐고 아들이 따지듯 물었을 때도 불쌍한 진폐증 환자라서 도와준다는 말 외에는 달리 할 말이 없었다. 엄마는 진폐증으로 고생하던 남편이 생각나서인지 딸이 그에게 느끼는 연민이 이해가 되기라도 하는 것처럼 그에게 잘해주라는 말씀을 하셨다. 거무죽죽한 겉메밀도 타개 보면 속은 하얀 것처럼 사람을 겉모습만 보고 판단해서는 안 된다고 딸에게 일러온 엄마로서는 지극히 당연한 태도였다.

그의 건강이 어느 정도 회복이 되자 선영은 그의 영월집을 보수해 막국숫집을 개업하게 해주었다. 마침 그의 고향집 옆에는 군에서 만든 공용주차장이 접해 있어서 식당을 하기에는 안성맞춤이었다. 게다가 영월에는 막국숫집도 많지 않고 영월역 가까운 동강변이어서 관광객 등 유동인구가 많아 장사가 잘 될 것으로 판단한 것이다. 처음 개업 준비에 들어간 비용은 벌어서 갚으라고 했다. 그는 선영과 같은 상호를 쓰면서 선영이 지도해준 대로 막국숫집을 잘 운영해 금방 빚도 갚고 번듯한 사업가로 성장했다. 지역에서 봉사활동도 열심히 해 주민들로부터 인심과 신뢰를 얻어 군의원에 출마해 당선도 되었다. 선영의 식당에서 일하던 새터민 처녀와 결혼을 해 슬하에 아들도 둘이나 두었다. 식당은 아내에게 맡기고 사업가에서

정치가로 변신한 그는 군의원을 두 번 하고 도의원에도 도전
해 성공했다. 도의원이 되어서는 회기 중에 도의회가 있는 춘
천에 묵으면서 동료 의원들과 선영의 식당에도 자주 들렀다.
막국수를 먹으며 춘천은 물론 강원도의 막국수 및 메밀산업
육성을 위한 고민도 선영과 함께 나누곤 했다. 실제로 업계에
도움이 되고 농민과 소비자에게도 유익한 정책을 입안해 도정
에 반영하기도 했다.

　선영이 외출하고 없던 어느 날, 혼자 선영의 식당에 들른 그
는 술 취한 고객이 무슨 이유에서인지 식당에 불을 지르겠다
며 라이터를 꺼내 들고 고함을 치는 것을 목격했다. 선영의 아
들에게도 행패를 부리는 것을 보고 그는 취객에게 달려들어
라이터를 빼앗고 선영의 아들이 다치지 않도록 취객 앞을 가로
막아 섰다. 그러다가 그는 취객이 휘두른 주먹에 맞아 쓰러졌
다. 불행하게도 쓰러지면서 그는 식탁 모서리에 머리를 부딪쳐
식물인간이 되었다. 경찰이 취객을 연행해 취조를 한 결과 그
의 상대 당 정적(政敵)이 그가 선영과 가깝게 지내고 자주 식당
도 찾는다는 것을 알고 사람을 시켜 트집을 잡다가 선영에게
위협을 가함으로써 그의 정치적 입지에 타격을 가하고 심리적
으로 위축을 시켜 의정활동을 방해할 목적으로 자행한 일이
었음이 드러났다. 선영의 식당과는 하등 상관이 없는 정치인

들의 이해관계로 인해 선영이 피해를 입은 셈이었다. 생각하면 분통 터지는 일이었지만 그래도 자신 때문에 일어난 일인 줄도 모른 채 식당과 아들을 위험에서 구해준 그가 고마웠다. 그는 언제 깨어날지 모르는 중환자였지만 그의 의리에 선영도 모른 척할 수가 없었다. 선영은 외상 치료를 끝낸 그를 식당에서 가까운 요양 병원에 입원시키고 자주 가서 극진히 보살폈다. 그 사건으로 인해 그에 대한 선영의 진실은 삽시간에 세인의 입에 오르내리게 되었다. 잘 모르는 사람은 그가 마치 선영의 남편이라도 되는 것처럼 생각하고 이상한 소문을 내기도 했지만 선영은 아랑곳 하지 않고 그가 빨리 일어나 가족들 품으로 돌아가기를 기도하며 할 수 있는 한 정성을 다해 간병을 했다. 그런 선영의 지성(至誠)에 하늘도 감동을 했는지 그는 쓰러진지 일 년여 만에 기적적으로 의식이 돌아오고 재활에도 큰 진전이 있어 어느 날 퇴원을 하게 되었다. 가족들이 와서 선영에게 아빠를 살려줘서 고맙다고 울면서 인사를 하고 그를 데리고 갔다. 선영은 그가 떠나고 난 병실 앞에서 '윤기주'라고 적힌 그의 종이 명찰을 명패에서 빼내 핸드백에 넣고는 강바람에 머리카락을 날리며 주차장을 향해 걸어갔다."

59

마을 한 가운데에 중세 네오고딕 스타일의 저택이 미색을 띠고 뭉게뭉게 피어오르는 흰 구름을 머리에 이고 있다. 정원에는 네모지게 정지된 향나무가 줄지어 서 있고 양쪽으로 허브로 가득 찬 정방형의 화단 여러 개가 대칭 구조를 이루고 있다. 화단마다 다른 종류의 허브가 색깔도 다른 꽃을 피워 정원은 전체적으로 화려한 분위기를 자아냈다. 정원 끝에는 키가 큰 측백나무로 둘러싸인 원형의 연못이 있고 연못 한 가운데 물이 쏟아지는 항아리를 든 여인상이 흰 옷을 걸치고 있다. 저택 중앙의 육중한 문이 열리더니 백작의 차림을 한 중선이 걸어 나왔다. 정원을 가로질러 연못에 이른 중선은 점프를 해 여인상 옆에 올라섰다. 마치 결혼식장에서 카메라 앞에 선 신랑신부와 같은 모습으로 중선은 만면에 미소를 머금고 여인을 바라보았다. 어디서 날아 왔는지 비둘기 한 마리가 항아리에 와 앉았다. 중선은 한 손으로 항아리의 물을 받아 비둘기의 부리에 대주었다. 비둘기는 몇 번 부리를 물에 적신 후 머리를 들어 좌우로 흔들었다. 물을 마신 비둘기는 "구구구구" 소리를 내며 항아리 위에서 빙그르르 몸을 돌렸다. 항아리에서 미끄러질듯하던 비둘기가 그때까지도 손을 뻗치고 있던 중선의 손목을 딛고 똑바로 몸을 세웠다. 중선이 팔을 거두자 비둘기도 항아리에서 여인상의 머리 위로 날아올랐다. 그때부터 항아리에서는 물과 함께 하얀 국수 가락이 쏟아져 나왔다. 동그란 연못을 넘친 국수 가락이 정원의 네모난 향나무 옆으로 이어져 국숫길이 되었다. 중선이 국수를 밟으며 그 길을 따라 다시 저택을 향해 걸어갔다. 저택 바로 앞에서 국숫길이 끊어지자 중선은 앞으로 고꾸라지듯 쓰러지고 말았다. 쓰러진 자리에 선혈이 낭자하더니 금세 자목련 한 그루가 우뚝 서서 손바닥만 한 보랏빛 꽃잎을 떨어뜨렸다. 연못 쪽에서 날아온 비둘기가 꽃잎을 물고 하늘로 날아올랐다.

꿈이었다. 주영은 한동안 꿈속에서조차 볼 수 없었던 중선을 보게 되어 반갑기도 했으나 국숫길이 끊긴 자리에 목련꽃으로 피었다 진 마지막 장면이 꿈이긴 했지만 마음에 걸렸다. 그래도 꽃잎을 물고 하늘로 날아오른 비둘기가 천사처럼 느껴졌다. 떨어진 꽃잎이 중선이라면 천사가 중선을 데리고 하늘로 간 것이니 다행이다 싶었다. 이처럼 선명한 꿈은 근래 들어 처음이었다. 환갑을 맞은 주영을 중선이 꿈속에서 축하를 해준 것이라는 생각이 들었다. 아침을 먹고 주영은 수목원을 찾았다. 8년생이라고 하는 자목련 한 그루를 사서 선희의 메밀연구소 앞에 심었다. 다시 돌아온 중선이라고 여기며 주영은 자주 목련 앞에 서서 물도 주고 따뜻한 손길로 몸통을 어루만져 주기도 했다. 그리고 아들과 며느리에게 자기가 죽으면 화장을 해서 중선의 골분과 합해 목련나무 밑에 수목장(樹木葬)을 하고 작은 시비(詩碑) 하나를 세워 줄 것을 미리 유언으로 남겨 놓았다.

사랑으로 씨를 맺고 그 씨로
막국수가 되어준 메밀처럼
중선과 주영도 사랑하며 살았고
이곳에서 서로의 눈빛과 숨결로
목련꽃을 피우며 영원히 사랑하노라!